蔡伟璇◎著

凤凰花

Fenghuanghua Di

地

厦门大学出版社　国家一级出版社
XIAMEN UNIVERSITY PRESS　全国百佳图书出版单位

一生做好一件事

认识蔡伟璇是在鲁迅文学院,作为她的指导老师,我们在写作上有过多次的探讨和交流。

蔡伟璇给我的印象是直率坦诚、快言快语,对创作抱有执着与热情。她在鲁院创作的四个短篇小说,后来都陆续发表在《北京文学》《山花》等刊物上。这四个短篇代表着她目前对小说的认识与现有的水准,也是她从散文转向小说创作的阶段性收获。在鲁院跟学员们交流时,我曾希望他们要做到:在创作上要自我设置难度,对生活要有自己的见地,尽量不要重复别人,在语言上要有较高的辨识度。

最近她发微信说,准备把最近几年发表在文学刊物的十几个短篇小说结集出版。这些短篇,生活领域宽阔,人物形形色色——权势官员、农村黑势力、公务员、普通教师、文化人、小资女人、退休妇女、村民农妇、社会青年……我想这与她有过几种工作经历与丰富生活阅历有关,也与她敏锐与细致的观察研究有关。

蔡伟璇在鲁院学习期间,经常和我辅导的另外几个学员一起聊天。我们随意交流,漫无边际,其中有对文学不同看法的碰撞,也有超出文学范畴对变革中的复杂社会与现代人的丰富形态的议论与感叹——面对这些,蔡伟璇常常会即兴发表一些"真知灼见"。从这些看法中,能感觉到她比较开阔的阅读与视野,这也可从她发表的小说中得到印证。

几年前她发表在《福建文学》上的小说《两笼鹧鸪》,选取中国乡土社会转型期作为切入点;《股王的一天》中无论是对股票市场的分析还是对炒股人士的心理描写,都十分在行;《开红花的凤凰木》是对当今各行各业的文化人的生存困境的描写;《白茉莉,红凤凰》对人性进行了探究与叩问,也是对官场生态及其人格分裂的剖析;《谁是我再婚的选择》是对道德、道义以及男人的灵与肉的深入分析;《好人平安》是对传统意义上的"好人"形象的颠覆,并分析其复杂性格产生的制度根源;《老妈》是通过对人物心理和日常琐碎细节的冷静绵密的叙述,把笔触伸向老年妇女的精神领域,对中国人大多靠"孝"来解决养老问题提出大胆的质疑……这些小说,我看到她正在超越一般的写作女性,努力以一个观察者与思考者的角度对当下现实生活有自己冷静的审视。

蔡伟璇是一个注重小说可读性的写作者,在《手镯》中,一只至纯至洁的祖传手镯,历尽现实各种污浊之事后,却有了一个十分意外又合乎情理的结局。在《好人平安》里,一个小人物面对现实境遇,峰回路转,既写出写作者的现实经验和思索,又让读者愿意跟随作者一路不停地阅读。《白茉莉,红凤凰》这篇小说,在对人物事件的浓墨重彩铺陈之后,以一个令人目瞪口呆的结尾结束。这些小说人物的结局与命运多在戏剧性的高潮之后——这种欧·亨利式的结构方式,这种跌宕起伏的故事性与其相应的可读性,都是她对自己心仪的文学方式的一种认识、理解与选择。

蔡伟璇的小说中常常出现"凤凰花",比如《两笼鹧鸪》《白茉莉,红凤凰》《开红花的凤凰木》等,这是她在厦门的生活印迹。凤凰花这个意象每次在她的作品中出现,都不仅是单纯的一个物象,也是她赋予笔下的故事与人物某种精神特质的一种重要写作手段。

对于蔡伟璇来说,写作是一种热爱和坚持,在繁忙的工作之余,在为生活拼尽其力的同时,偷得浮生半日闲——她的这种"偷闲"的写作方式,尽管使其小说产量不高,但她依然秉承慢工出细活的原则,因此,这是值得肯定与鼓励的。

蔡伟璇经常以池莉的"一生做好一件事"来自勉,在工作、家务之余,将自己交给文学,交给这件唯一值得并愿意去做的事,这便使她有了三本散文小说集和这本短篇小说集。

这让我们有理由对蔡伟璇以后的写作抱以真诚的期待。

宁小龄
2014 年冬于北京

(序者为《人民文学》杂志副主编)

目 录

开红花的凤凰木

　　我家临着宽阔的人行道的店面,原来面目庸常,但在多年前门口植下一株凤凰木。长到如今,这棵凤凰木虽没有虚张声势的伟岸与高大,却也有粗实的主干、遒劲的枝丫和绿云般婆娑的冠盖,并且在每年的四五月,次第开花,最后绿云般的叶子几乎消失殆尽,转成一树灿若云霞的凤凰花,使得这一片小天地,摇身一变,绮丽迷人得像个盛装的新娘。

　　这个店面,因此,即便不在凤凰花期,看上去也黏带着一些灵气,隐含着某种情调,因而,变得很不凡常,变得不容小觑。因此,就有人来慧眼相中,租下,装修装饰,开出咖啡馆。

　　我闲时常去咖啡馆里与老板娘一道闲看街景聊点闲天。我的文友们找我来，便习惯地先到这咖啡馆里来打探一下，见不着人，才往后面我家里寻去。后来逐渐地，文友们把这咖啡馆当了聚会的地点，因为在这里好碰头，间或可以奢侈地品杯咖啡，老板娘也不反对大家把这里当文艺沙龙，还热衷于旁观笑容浪漫地盛开在每张文友脸上的场景——不知这是因为老板娘本身潜藏着的文艺细胞使然，还是这对于白天相对清闲的咖啡馆也是一种人气。这其中，最常来的，是当时在我们滨海市信访局上班的邱红以及写诗的许不多和柳絮。

　　那时我正热血沸腾地在几家报刊写专栏，业余时间里，邱红也跃跃欲试地在报刊专栏上拼命画画。邱红虽不是美术科班出身，未受过正规专业训练，但他的画如山野天然草木，蓬勃无拘，自然清香，这正是许多成名画家所缺乏的，因此刊物愿意用他的画作，常来与他约稿。我想把给报刊专栏写的文章收成一个集子，就邀那时差不多要破茧而出的邱红为我的作品集画插图，他欣然应诺。因此，我们有一阵子，不时凑在一处讨论我的书稿他的插画。

　　那时的邱红，推得短茬茬的平头，像养护得规规整整的绿草坪，眼睛则像草坪边上用来浇灌草坪的两潭子碧清深邃的水。一笑，一口白灿灿的牙花，激情地盛开在络腮胡茬刮得精光铮亮的类似婴儿肥的圆圆的下巴上，清爽中带一点干干净净的稚气，看了让人身心澄澈，无法藏污纳垢。邱红每来找我讨论插画，我便借了咖啡馆老板娘欧式风格的茶桌椅子，搬到门口的凤凰木下，借天然景物，汲悠然清风，与他泡茶切磋。

　　那时正值初夏，暖阳和煦，清风徐徐，开始喷红吐丹的凤凰木，既用它绿云般的冠盖，热情洋溢地撑出一把蓊郁轻盈的大伞，为我们遮蔽头上过于强烈的光线，在我们在树下清饮，谈文，论画时，又不时风雅地委派红灼灼的花瓣,飘然落下,悄声细语地加入我们的谈论,缤纷我们的茶桌,旖旎我们一呼一吸的空气。

邱红那时还是个不到三十岁的小伙子,我们在树下茶桌上热烈讨论,互启心智,激情碰撞。有些不属于他那年龄段的人物故事,只要我稍一说明,他便明了,很快用简洁的线条和光与影构成的画面,准确地把人物心理的幽微和事件的复杂恰当地表现出来。他每次见我对他的画作呈惊喜之色,就会在一旁喜悦得眼睫毛密集地一眨一眨,每一眨就扬起一片光亮。

凤凰花在我们对一本新书的共同探究中,愈开愈明润。我们活跃的思维和不倦的谈论,仿佛正是滋养它的阳光、空气、水和肥料。因此,这一年的凤凰花,红着那种艳闪闪的有灵魂有气质精神抖擞的特别的红。

我们这样怡然的聊天中,间或也会有点不愉快的插曲,就像晴好的气候中夹杂的阴雨天,那是邱红说起单位人事的时候。邱红几次跟我说到比他后进科室的几个同事,通过各种神秘通道,年限一到,即升职,有的如今已官至副处,只有他兢兢业业地原地踏步,给比他晚进科室、升职比他快的人跑腿当孙子。每谈及此,邱红那盛开在胡茬刮得干干净净的圆满下巴上的白灿灿的牙花,就会立即衰萎下去。这时我既为他无能为力难过——我明白在机关里上班,一个没有半点背景,没有一线人脉的人,要受多少气遭受多少屈辱;也为他深感惋惜——公务员格式化的早八晚六,假大空的文山会海,不消几年,就能吞噬掉他身上的所有艺术细胞,让他的画家梦,彻底成为一个梦。不过,对于后一个想法,我多半无语沉默,一个人可以怀揣梦想,却必须现实地活。

正在这时,姚娆来了,她从外市调来我们市文联。

姚娆第一天走进来,我才抬头瞥了她一眼,就觉得眼前的一切仿佛都变了,连空气都游动着一股花香。细细端详姚娆,却又并不觉得她的眉眼出色到哪个地步,还过于骨感,手脚稍嫌瘦长,在我们文联,肯定不是顶级美女。

过了一会儿,姚娆与我的几个同事一起抬来她的办公桌。沉重的办公桌让她抬得面红耳赤,咿呀呼叫。可即便是这样,她的一腾一挪,一举手一投足,依然处处勾勒出经过专业训练的优美体型,洒落下一个优秀舞蹈演员的芬芳气韵。这时,我才明白了她的不平凡的美丽之处。

有一天,我无意中从做人事的小唐的电脑里窥见,姚娆出身于一个有些背景的家庭。当我又得知姚娆尚未有固定的男朋友,我立刻就想到邱红。于是,我迅速在心中罗列出邱红的所有优点,调动起我自己的全部说服神经,说动姚娆去见邱红一面。我希望能以姚娆的家世来荫蔽在城市里赤手空拳、奋力打拼又毫无希望的邱红。而凭邱红目前的公务员身份以及艺术素养,姚娆找他,也不亏。

我把邱红和姚娆安排在我家门口的咖啡馆见面。那晚的姚娆,丝一般的长发,简洁利索地在脑后挽了个乌黑亮泽的髻,秀逸地平端着肩坐着,左手手背轻抵着右手手肘,右手漆了透亮指甲油的手指,拿了小茶匙子,缓缓地搅着杯里的咖啡,却是不喝,只有穿在耳垂上的钻石耳钉,藏在乌黑的发髻边与四处的幽暗灯光,无语覆射!邱红只瞅了一眼姚娆,灵活的大眼睛,便凝滞了,脸上泛起一波一波的红光,头不住地低下去,两团手掌心,不停地磨着两个膝盖头,和姚娆的自然交流滞涩起来。我坐在一边见此情形很是着急,邱红身上的那种与他的画极为相近的蓬勃无拘清香自然荡然无存了。这哪是那个我极力推荐给姚娆的邱红?

我终是明白了,贫贱的出身,不仅能催人奋发,也能造成人钙质的严重流失。第二天,我还是肩负着邱红热切的期望,硬着头皮询问姚娆对邱红的印象。姚娆果断地把淡漠的目光从我脸上移开,幽长地唔出一声:"顺其自然吧!"那断然的一移,细长的一唱,既让我感到了姚娆对邱红的失望,也让我觉出她处事的老到。我后悔不该贸然把两个人扯在一块,却也不无忽然明白并暗中松了一口气。我想,要是姚娆答应下来,我也许就害了邱红。让邱红如履薄冰地与姚娆天长地久——纵然真能天长地久,并真能在仕途上让姚娆家帮上一把,邱红真会幸福吗?

我想起第一次和文友们去邱红家的情景。在黄昏把最后一抹光线从邱红家抽走时,我们跨进邱红家的院子,我们迎头瞅见邱红的母亲,她正在喂鸡;这时邱红的父亲后脚也随着进来了。我正乐呵呵地看着鸡雏们不时淘气地跳上来,啄食粘在邱红母亲斑驳围裙上的饲料颗粒,回头又喜滋滋地看到邱红的父亲从锄头上取下一捆地里现摘的青菜,那菜青鲜得让人恨不得立即放进油锅里热炒了来吃。这时,我见拘谨的笑容如糙贱的野菊,苍黄地从邱红父母两张干糙得像要起蜕一层壳来的鳖黑的脸上浮开出来。他们那笑容,可以看作憨实,也可看成傻相——凹在那两双本该是洞明世事的眼窝里的,却是直直愣愣的眼神。我怔在那里不无震惊地想,这样的一对父母,哪来灵犀剔透的基因,埋进邱红的身体里?

这样的乡野生活,是文友们采风写生热衷表现的原生态;邱红的这个家,更是文友们每隔一阵就心里痒痒,想着去蹭一顿乡野饭菜的地方。但姚娆显然不是"衣粘不足惜,但使愿无悔"的这类人,如果邱红真娶了她,恐怕就要折煞这两个一辈子几乎没走出过山村的人。"门当户对"的婚配观,以它潜藏着的颠扑难破的真理,来昭示它冷酷的实用性。

邱红后来再找女朋友,就显得潦草了。我第一次见到小阮,已是他们俩一道走在街上忙着购置结婚用品的时候了。小阮两手提了五六个大大小小的袋子,微喘着一张红扑扑汗涔涔的苹果那般,紧绷光滑照得见人影似的脸,投向我的探询的眼光务实而略显迟钝,相比一旁邱红(很奇怪他两手空空)气质中我不必转头即能感知的飞扬的灵性,让我几乎要为他们难过起来。可是,这时候了,还能再跟邱红说什么?人生里,顺心遂意的事,总是那么稀缺。

邱红结婚后,很快有了小孩。那小孩如他母亲一般红润结实健康,张着一双和他父亲一样的每瞅人一下,就会扑出一股灵气来的眼睛,很招人喜欢。邱红叫这小孩邱小红。文友们聚会,邱红常带了那孩子来。那孩子刚学会走路,正是好动的时候,颠颠地跑来跑去,两只小手一刻也不消停地抓抓这个,掷下那个。邱红跟在他后面吭哧吭哧地收拾残局,嘴里不停地呵责吓唬他,眼中却流泻出父爱的闸门关也关不住的笑意。再多带来几次,熟了,那孩子就不要他爸爸,而专寻许不多叔叔。许不多叔叔上上下下颠着自己的膝盖头给他当马骑,教他念他诗里的字。小家伙每用小指头用力点着字,可着嗓子,使劲发出一个跑岔了的音节,小脚丫就要铆足劲踢蹬许不多叔叔的腿弯一下,于是大人小孩便乐灿灿地笑。这倒让邱红能歇上一口气。另一个写诗的美女柳絮,也喜欢这虎头虎脑的小家伙,也喜欢把他抱到怀里来教他念她的诗,小家伙却是不干,一下便"哧溜"从她怀里挣下来,又找许不多叔叔去了。

小阮生完孩子,膨胀成一截臃肿的香肠。香肠般的她,在家里穿起了无数小球的睡衣,睡衣上那无数的小毛球,就像她皮肤上长出来的大片大片痱子,我的眼光从那些小球扫过,身上便要发起痒来。昔日的苹果脸,也还窝在她烫过而乱蓬着的头发中红实着,散发出的却是汗水、奶水和孩童尿液混合的酸馊腥臊味,绝对不是成熟苹果的香味。文友们聚到他们家时,小阮常手上浆浆水水拖拖沓沓地做活,嘴里则杂杂碎碎频率很高地"控诉"邱红成天画,不顾家,把孩子甩给她一个人,一穷二白的家被颜料摧残成七荤八素……小阮"控诉"的时候,邱红多半自顾和文友们泡茶聊天,没有听见一般。但小阮说多了,邱红也会极不耐烦地斥责一声,间或爆出一句粗口,骂将过去。大家这时猛醒,原来他对小阮的唠叨并不是充耳不闻,只是闷憋在心中。这时候,小阮倒住了嘴,眼白却还是要不甘地轮他一下,嘴里不满地再嘀咕一回,像突然刹住的车,还要向前再滑行一点。

每一次看到邱红越来越杂乱不堪的家,我都不免会难过地想,邱红的这桩婚姻,是不是太自暴自弃了?可是,节假日里,还是见已失去蓬勃无拘,迅速滑向中年松垮松弛的邱红,跨上摩托车,载着老婆孩子,提了大包小包满满当当一车回乡下老家,起劲地过着平凡而热闹的日子。

这时我写了第二本书,但邱红已不大画画了,他来跟我说,他想开店卖茶叶。记得文友们去他山村的老家,夜晚在山脚下他家老屋的院子里,泡他妹妹亲手采下来的茶,未揭开紫砂茶壶盖子,我们的桌上,已四溢着茶香。当他揭开茶壶盖子,闷在滚烫热水中的茶叶,已舒展开来,潜藏在叶片中的一股极清极净的草木清香,猛地穿透山区晚间格外清凛的空气,一股脑儿冲向高挑在天空的明月。一身清辉的明月,闻此香,大大打了一个激灵。一切就如他在《山乡月夜品茶图》里所表现的那样。于是,我热烈而诗意地说:"好!好!"彼时,我并不知道,邱红的妻子小阮在企业做保管,出大失误,下了岗,只剩了邱红一个人赚钱养家。结婚时买的房子每月要一大笔按揭,孩子又正是花钱的时候,所以,邱红再不寻思其他活路,已是没法过下去了。

大年初一,邱红来给我拜年的时候,提出如果咖啡馆老板不再续租的话,要租我临街的店面开茶叶店。正好我那店面二月份租期就到,咖啡馆的女老板也打算回上海去,于是,我一口应诺。三月开始,邱红日日下班后来查看店里的装修进度,看到工人赶不出的活,便急急迫迫地亲自动手,搞得满头满身滴滴答答落满了泥浆,像个农民工。每次瞅着他泥泥水水的,我就忍俊不禁地问他:"茶叶店什么时候开张?"他只回一句与他一身泥水极不相称的浪漫话:"等门口这颗凤凰木开花,就开张!"

茶叶店装修好后,他搬来当年写生画的《山乡月夜品茶图》,挂在店里,茶叶店未进茶叶开卖,便已先弥漫起一股草木清香。我家门口的凤凰木开出红艳艳的花来时,他的茶叶店果然应和着凤凰花,开张了,给它取了个别致的名字,叫老茶舍。

邱红的茶叶店一开张,众文友又鱼一般地从四面八方,迅捷地游回来,兴致盎然地聚在《山乡月夜品茶图》下品邱红的免费茶,评论彼此的新作,闲嗑文坛艺事。此时这个渐次放弃画画的邱红,依然是文友们铁骨铮铮的铁哥们。每次聚会,都会有文友饮上一口茶,在嘴中品咂良久,然后,忽地赞一声:"这泡好!"这样,就会有人在聚会结束时,说:"刚才的那泡,给我来两斤。"于是,其他文友也便都跟随着要几斤,有的不但自己买还要帮朋友提拎几斤回去——反正家里好歹总要泡茶,哪里买不是买。文友们总是这么卖力而不着痕迹地帮衬着邱红。

文友们还自发地运用起各自擅长的方式,鼎力为邱红做免费广告。这些广告因为艺术含量高而显得格外诚挚温情,所以效果特别好,邱红老茶舍的生意因此一日比一日兴旺。因此,过了两年,邱红手头就有了积蓄,为方便回去采购茶叶,他又向几位文友贷了些款,在文友们惊羡的眼光中,白亮闪光地开回一辆白色富康。

邱红周末开这辆白色富康回老家收购茶叶,常会顺路载几个文友恣情随意热闹不拘地一并去他乡下老家一带采风游玩。邱红的妹妹邱白出嫁的那天,邱红也把我们捎回去喝喜酒。当我看到邱白这个穿着和她的年龄一样红艳的新装,即将嫁到一个更加偏远的村庄的新娘,我大吃了一惊。

这个我无数次喝她采的茶,无数次听过她的名字,却因她常年在外打工未曾谋过面的姑娘,眉眼竟酷似姚娆。当她看到哥哥的文友进来,慌忙放下手中的活,恭敬地站起来,斟茶端上糖果来,我这才又从她的腰身意识到,这个差二十天才满二十岁的新娘,已将显出笨拙的身子来了。想起几年前姚娆与邱红在咖啡馆见面的情景,在一片喜庆的烟腾火燎中,我的眼睛像被烟熏住了那般,模糊了一下,接着眼角泅出了一些潮湿的东西:两个相貌相近的人,人生的境遇竟这般的不同!

五年过去,邱红一路发展,在全市各地已有八家分店。我去参加他最新一家分店开张的那天,中午邱红招待我们到酒店吃饭,吃完饭,他顺路送我回家。邱红开车,我坐在副驾座上,当车快速前行,挡风玻璃外的宽阔大道飞速向后退去,我心里一动,说:"邱红,你的生意越大,画家的梦就被抛得越远。""正是为了画,我才不画!"我意外的眼光,惊诧地睇向邱红,只见邱红使劲抹了一把胡子拉碴的脸,说,"你知道吗,我拼命开店拼命赚钱,就是想等赚够一家三口的生活后,就收手,然后,背起画夹走天涯!"邱红逼视着前方的眼中,耀出金属一般有硬度的光。那铮硬的目光,"当"的一声撞在我的心坎上,我顿时清醒了邱红的血性和铁骨,我也顿时增添更深的不安和沉重。听知情的文友说,邱红本已借了不少高利贷,这回为了开新的分店,把房子也抵押出去了。面上的风光,只是一层华丽的桌布,遮盖住的是资不抵债这张斑驳陈陋的桌子。

这之后才过一年,我突然听到邱红把地处偏僻的槐花洲路的一间面积大效益差的茶叶店左右紧挨着的其他店面吃下来,改成一处会所。这会所虽不大,但地段较为隐蔽,其背后环境又极为幽雅,一些政府官员和商场老板,固定在这里聚集,接待。夜晚路过,从门口看过去,灯火幽幽,人影幢幢,有些隐秘有些暧昧。我隐隐地感觉,邱红是从这个时候真正赚钱,而他赚钱的背后,有着一只看不见的手在有力地撑着。由于邱红的公职人员身份,他把这会所挂在他老婆的名下,却都是他在操作。

这时,老茶舍虽然还是邱红的一家分店,但基本见不到邱红,后来就连时会过来照拂一下的小阮,也难见其踪影了,文友们在这里的聚会,早已又成了另一段往事。后来一天,我惊觉,就连那幅《山乡月夜品茶图》也遁出我们的视野。

虽是这样,每当我看到门口的凤凰花艳闪闪地开出来,还是会肯定地想,邱红的重拾画笔,指日可待了。哪个人与生俱来的爱好,不是与他的血液,一起流淌在他的血管里的?

后来几次在宾馆酒店遇到邱红,见他端着酒杯,粗着脖子,红着脸膛在几个包间串场,说是宴请生意上的朋友。出出进进,急急忙忙,人胖了一大圈,肚子绷在白衬衫里鼓着。有一次,在一家酒店恰遇他送出客人,又折回头到总台来结账。久不见邱红了,我守在他身后,等他结完账后急忙叫住他。邱红转过脸来,一颗大大的青春痘烂红在鼻头上,朝我喷射出两股恶浊的酒气,眼珠子在腥红血亮的眼波里转了一下,见是我,便骨碌出一层客套敷衍散淡的光。对于过去忘乎所以地沉浸在文友圈内惺惺相惜的强烈怀念,让我太想不管不顾地逮住这个他少有的空档,问问他可以"背起画夹走天涯"了没有?那幅散发着草木之香的《山乡月夜品茶图》又在哪里?我刚翕动嘴唇,他的敷衍与客套,已瞬间发展成一脸的不耐烦。我尴尬愣怔之际,邱红已老练地应付别过,扬长而去。

我奢侈地罩在酒店大堂大水晶吊灯的璀璨中,心中腾起无名的愤懑之火,但想到邱红连房子都抵押出去,想到寒门出身的他孤身在城市里打拼之不易,便泄了气,悻悻离开。

偶然路过邱红的其他茶叶分店,倒是见过小阮几次,她倒热情如故。
如今的小阮,早已鸟枪换炮,衣着时髦,纹了深黛的眉又纹了深黛的眼线。

只是因纹得过于浓重而溢出媚态来的眉眼,与她本质的质朴不搭调,让人看到的反而不是美丽,而是一个扑腾挣扎又找不着北的灵魂。让人不忍卒看。

姚娆一直和我在一个办公室坐对面,坐完她的二十几岁,坐过她三十之坎,直坐到她三十好几。起先的几年,她的男友流水般地换,我几乎能听到花样的年华水样地从她身上哗哗流掉。到了近两三年,才见她安静下来。不过,还好,姚娆的三十多岁,并不是衰萎,相反,还因逐显丰腴,而使她从骨感的秀逸中,慢慢开出妖娆的花来。因而,她的安静,就让人嗅出静水流深的意味。

邱红的会所装修好后,招来当服务生的佳丽,基本是大学城里高校的女生,而其中给他最撑场面的是本市唯一的一所全国著名高校中文系和外语系的两个女孩,她们被私底下叫作"双姝"。文友们多少隐秘地耳闻了一点,因此偶然见了面,都用表面上的嬉笑怒骂,或真情或假意地吹捧邱红,并带着些许窥探的心理,要求他安排去喝个茶,聚次会。邱红有些抵挡不住,也有些要炫一下的意思,应诺下来,在一个风和日丽的周日上午,把大家都招了去。

这个热闹,我根本就不想去凑。但许不多要去,他再三地来我家求我,央我同去。因为他要出诗集,想趁此难得见邱红一面的机会,碰碰运气,请求邱红赞助,他知道我跟邱红有过合作,有过很好的交情,觉得邀我同去,成功率会更高。这更让我迟疑了,冷水要兜头泼他的当儿,我忽然碰触到他热切得近乎忧伤的眼神,我不忍,顿住了。

许不多在残联上班,他是单位里被先后几任领导叫去批评累计次数最多的员工,批评的主要内容都是要把主要精力放在残疾人事业上。现在在单位里,关于诗的话题,许不多早已噤若寒蝉,在报刊上发几首没人看的诗,也小心地用笔名——许不多。但即便是这样,在单位,他早已被归入"异类"。做错事,在别人,也许会被一笑置之,谅解过去,但到了他身上,领导会在他刚转身走开,就带着五分鄙夷,朝他后背把"脑残"直接骂将过去。现在,许不多唯一能说说诗的地方,就是在这一小群文友这里了。

我放下端在手中空转的水杯,心中更加犹豫踌躇。忽然,我想起许不多和邱红是大学的同班同学,据说当年在宿舍里,只有他们两个来自农村。上大学的第一个学期,两人因为家里带来的棉被都太单薄,既硬且旧,夜里常常冻醒,因此,睡一个上下铺的他们,便把两条被子叠加在一处,两个人抱窝在一个被筒里,一起抵御大学四个寒冷的冬天。或许他们骨子里蛰伏着外人料想不到的情分也未可知,因此,我在许不多热切得让人不忍回绝的眼光中,应承下来。

去的那天,许不多骑了摩托来我家载我。他把摩托支在我家门口的凤凰木下,等我,瞅着我从家里走出来的目光,急切的期盼里掺杂着明显的讨好,陌生得让人生生地疼。我们到的时候,邱红亲自在门口迎接,他站在阳光地里,打了发蜡的头发一缕一缕,硬铮铮地挺立在以他的头为顶的高原上,在阳光下昂然闪着油亮油亮的光。同样油亮的脸上笑容舒展,笑声轻率。肚子仿佛比我前些时候看到的又更凸了些,包在白色短袖条纹衬衫里豪放地鼓着。

柳絮早早就来,着花色连衣裙的她,迎着骄艳的阳光,贴在一旁邱红的"路虎"身上,兰花指比划着"V"字,摆着娇媚的 Pose,扯着尖嗓子,呼唤许不多过去帮她拍照。柳絮看过去,活像笨重的"路虎"身上娇俏地栖着的一只大蝴蝶。

大家基本到齐,邱红便领我们进去。我一抬头,见门楣上长方形油黑的木质地牌子上书着墨绿的字"藕香榭"。心下暗想邱红附庸风雅,盗取

"红楼"里的东西来充门面,但是离了一点谱。虽然这样,那三个墨绿的字,还是在夏日的骄阳下,在我们的心中透着一股凉润的绿意。大家说说笑笑进去,邱红先引着我们参观他装修成刻意暗沉的古典风的会所。我走过窗边时,悄悄揭起竹帘,才赫然看到,这"藕香榭"并非浪取虚名:原来窗外,就是我们滨海市最大的活水湖——滨海湖。大片活水的湖面上,波光粼粼,荷叶田田,莲蓬飘香,荷花争艳。好一幅人间仙境!

上下走完一圈,邱红才招呼我们回到楼下大厅坐下。大家才落座,就有两个眉目俊俏的女服务生款款走来,为我们泡工夫茶。她们穿高开叉丝质旗袍,高挺着穿得严丝合缝的秀气的胸,动作娴熟,举止风雅。一切的风情,都藏在博大精深的文化之下,因此越发地有韵味了。柳絮悄悄附在我的耳旁说:"这就是'二姝'。"邱红看也不看那两个女孩一眼,顾自仰靠着,肚子理直气壮地如一座小山包那样在宽大的真皮沙发上挺立着。

开始品啜工夫茶时,邱红才朗朗地与大家谈笑,自我感觉特别良好的高高在上的神色在眼中脸上流溢泛滥。我独坐一边喝茶,漠然旁观,想,邱红那鼓凸着的肚子里,除了装着成功人士的钱,傲慢,自以为是,现如今它还能再装下别的吗?

说话间,许不多不合时宜地从背包里掏登出他的作品——大叠打印得齐刷刷的书稿,急急迫迫捧与邱红,求他赐教。邱红扫了眼递到面前的书稿,愣了一下才回过神来,才接过许不多的书稿,草草一翻,便胡乱摔到沙发上,嘴里同时爆出响亮的笑声:"你老兄还写啊,打算写成莫言吗?哈哈,哈哈!佩服佩服!"说得大家参差不齐地笑了,许不多只得跟着大家笑,笑那种比哭还难看的讪讪的笑,白皙的脸,连同脖子根,喝多了酒那般地全红了,显得特别硕大尖突的喉结在薄薄的伸缩性很强的皮下,艰难地上下蠕动,像在干燥地吞咽着什么——如果真是在吞咽,那吞咽的一定是拉赞助的事了。

许不多的尴尬受窘是我意料得到的,我没有意料到的是,我在邱红带起的一片向四方肆意传染的笑声中,竟意外地发现《山乡月夜品茶图》,就端然挂在会所的一面墙上!这幅邱红早些年的作品唤醒了我,曾经有过一个理短平头,目光澄澈,一笑就露出一口白灿灿牙花的叫邱红的画画的人!

中午,邱红请我们到已预订的酒店吃饭。邱红坐在主位,他侃侃而谈,喷着酒气,滔滔不绝,猛力抨击当下的社会现象中,夹带着对文坛画界的轻蔑和不屑。文友们轮番敬他酒,说些假假真真的恭维话。柳絮一双流星眼在邱红面前顾盼生辉,又借了三分醉意,发痴发嗲地撅起丰腴的臀部,倾过大半个身子,去碰邱红的杯,一叠声地叫邱红"红哥",引得一众文友拼命拿酒杯敲着桌上的玻璃转台,要她和"红哥"来首"红歌"。邱红微眯着睥睨众人的眼睛接受文友们的真假恭维,又在柳絮的甜蜜攻势中败下阵来,缓过劲来,放下姿态与文友们称兄道弟热火起来。整个聚会,大呼小叫,闹闹嚷嚷,啤酒"砰砰"地开了一瓶又一瓶,气氛火爆,但早已不是过去文友们聚会谈文论画的畅快和真性情。

事隔半年,我跟了旅游团去瑞士,深夜,在一家老表名店,赫然看到一对男女,女人光洁的脸大半掩在丝一般乌亮的长发里,她戴上一枚亮晶晶的精巧女表后,便以舞台上一般优美的姿势,划拉开另一只瘦长的胳臂,待在空气中,等去勾住另一只刚刷完卡,滚着个圆肚皮走过来的男人的胳膊。两人喷笑亲狎了一阵,才并肩缠绵走向灯火阑珊处。我触电般地醒悟,那滚着圆肚皮的男人,不就是我再熟悉不过的邱红;那处处勾勒出优美体形的女人,就是姚娆啊!

我和姚娆几乎同时归来。姚娆波澜不惊。反倒是我,对这次的不期而遇忐忑不安,总惴惴地在想,不知邱红和姚娆认出我来没有?

后来我听到一个消息,说是邱红会所能经营成某些官员和企业老板的麇集之地,都是姚娆一手运作,而他们俩,在这之前就好上了。这个消息,我可能是最晚知道的,但纷纷的议论,却早以我的背为涂鸦墙恣意涂抹已久,说是我有意牵线,诱使姚娆与邱红凑在一处。

这期间发生了一件不幸的事。

许不多终是顶着老婆的咒骂,自筹资金,准备把自中学以来公开发表过的诗,收集出书。那天上午,九点多,出版社的编辑打来电话,问他能否把校对好的稿子送过去?许不多那时正好闲着,就想利用这个空档送过去。许不多先去跟单位的司机商量,想让他"假公济私"一下,司机嘴上叼着一支烟,徐徐喷吐出一圈烟雾后,乜斜了他一眼,嘴角斜起一个冷笑。许不多明白,只有那些手中多少有些权力的人,才叫得动他。于是,不再多说,返回身到办公室,从办公桌抽屉里掏出锁匙,骑上摩托,出去了。

为了上班时间溜号不被发现,许不多以时速七十公里的速度上路,急慌慌地拐上上个月刚挖好水管的隐僻的槐花洲路后,竟看到单位二把手从邱红的会所里摇晃着出来,走向他车号以两个零结尾的公务车。那两个零,霎时如两颗白色子弹,穿梭过明丽的阳光,斜刺过来。许不多去年一年,有两组诗发在《诗刊》,因此他填了"中国作家协会入会申请表",要盖单位印章,二十天前送去给分管的二把手签。现在要过期了,却还压在二把手的案头。许不多硬着头皮去催过几次,二把手拿钝的刀子割他,次次都淡漠地扫他一眼,不置可否地说:"先搁着。"

许不多一惊,疾驰的摩托,一头栽进因要埋电缆而在这些天又开挖并已挖深,没有任何标识的沟里,人却被高高弹起,砰地一下撞在十几米外的一块镌刻着"槐花洲记"的石碑上,脑袋如摔破的西瓜,让他连送医院的机会都没有。

许不多死在上班时间，但当然不是因公殉职，有他如纸钱般散落一地的雪白诗稿为证。

挨过两天，送别许不多的时候，我的眼睛已如一口枯废的井，再汲不出水来。在一片惨恸中，我和一双同样干燥，绝望木然得瘆人的眼睛对上，直视，我在记忆的储存器中快速搜索，足足一分钟，才恍然悟出，面前的这个人，是我将近一年未见面的邱红！我惊惧的目光迅速上下扫描他的全身，当我发现，他的滚圆肚皮，早已离开他的身体，全身的体重顶多只剩原来的三分之一，我的眼泪忽地滂沱而下。我不知道邱红到底发生了什么事，但这几年来对他淤积起来的强烈的不满，瞬间消融，土崩瓦解。

追悼会后，文友们都留着陪伴许不多的家人，帮助收拾残乱的场面，只有邱红先行离去。柳絮望着邱红只剩一副肩胛骨硬顶强撑的背影，低声泣告："他肝部发现恶性肿瘤，三个月前刚做了手术。更糟的是，赚钱的会所，因为一个重要部门官员和一个背景颇深的老板为二姝中的一姝，大打出手，几乎出人命。现如今，已无法开了。而其他几家茶叶分店，原来就赊账多，早已举步维艰，只是还有会所支撑，尚能运转。现在一损俱损，他连治病的钱都没有。"柳絮睫毛葳蕤的眼里，星子般的眼眸沉落在沉重的泪水之下。

邱红要定期化疗，已经无法上班。会所和几家茶叶店一一折价转让，好歹回收的资金，除偿还贷款已所剩无几，治病许多自费的开销，要靠小阮去把欠款死活一笔笔追讨回来，才能应对。邱红的茶叶店，只留了向我租的这一家分店维持生计，店里本来的两个店员无力续雇，都辞去了。邱红每天早晨九点和小阮来开店门。小阮要追讨欠款，得开店，须忙家务活，更要照顾邱红，香肠般的她枯干成一竿竹。

有一天，小阮出去讨要一笔款项，刚精疲力竭回来，屁股才挨着凳子，便见面色菜青的邱白带了个黑乎乎的男孩来,来城里投靠邱红。她刚离婚,无处可去。经历了邱红的事,家也穷下来,小阮反倒更慷慨悲悯。她长叹一声,一把拢过那孩子,便把邱白也留下。邱白母子俩从此吃住在店里,帮衬着小阮照管店里的生意。邱红每天九点来店里后,便在店里顾自铺开白纸,一心在上面耕耘,对小阮的劳累和邱白的忙碌,视若无睹,充耳不闻,人还沉沦在红尘中,心仿佛已在天国。

邱红的人生仿佛一败涂地。但每当我看邱红作画时周身笼罩起的那层淡青的光,和一副仿佛跳过眼前浮世的凛然面容,我就又觉得他并没有被击败,他只是避开现世的纷扰,走进一个更加安静的世界。不画画时,邱红便坐到电脑跟前,一坐大半天。因为化疗掉秃了头,邱红不得不每天扣顶毡帽,再加上面目身材完全走形,出去进来泡茶买茶的人,都疑疑惑惑地瞄他一眼,便自行离开。可我只要一眼看到他沉潜画中,就会仿如穿过时光隧道,见到从前的他。有一天,他让邱白叫了我去,与我商量一些词句,我才惊讶地知道他坐在电脑前,是在润色加工,编辑修改许不多遗留的诗稿!更让我吃惊的是,他对文字与他的画一样,有着特别的悟性,经他修饰过的一些文字,都镀着一层淡而亮洁的光。

周末,文友们又陆续聚到邱红这里来泡茶赏文,论画聊天。那幅《山乡月夜品茶图》昔日重来一般地重又挂出来了。只是少了一人,有的话题成了雷池,气氛凄清了一些。还好有个此时更似明星耀眼的姚娆,一群灰扑扑的中年人里面便有了一个闪亮的点,因此看上去还有一些鼓舞人心的气息。彼时,姚娆已和一个老婆病逝不到半年,年龄堪比她父亲的老板结婚。关于这事她闭口不谈,只有我们几个文友大略知晓一二,仿佛听说此老板就是那个为一姝和官员打架的彼老板。自从姚娆结婚后,她的衣着更上档次,都是正宗名牌,却是不再嗲嗲地说话,嗲嗲地笑。这些原先让我很不自在的习惯悄没声息地消失,倒让我难过起来。虽然这样,当她来店里帮忙诗集,与邱白分站两边给邱红打下手的时候,衣着靓丽保养细致的她,还是会马上放射出珍珠般的光泽,使比她小许多的邱白,更像一颗死鱼的眼珠子。

姚娆的心,似乎总是不在那个婚姻的瑰丽的壳里,她几乎每天一下班,就到这里来帮助做些跑腿疏通诗集出版的事,或就是闲坐听文友聊天。在诗集诸事完备即将付梓之际,姚娆又掏出两万元的润笔费,通过已退居二线的曾经是另一个城市文联主席的父亲,聘请某著名诗评家,给许不多的诗集写了一篇评论,并事先发到省级党报的"读书"副刊,做先头宣传。

我们小心地珍惜着又能聚在一起的时光,这样的时光的长度,是那么莫测,以致我们只要想起来,便心中惴惴,相聚在邱红的老茶舍里时会突然心照不宣地静下来,不敢喧哗,唯恐把光阴惊醒,让它一把收走这失而复得的欢乐。小阮每隔一阵,要陪邱红去做化疗,老茶舍要关上三两天。每次看到拉下来的卷闸门,我的心就会喇啦提上去,揪紧,怕生生地看到这门久久地拉下来的那一天。

然而,没有,冬去春来,老茶舍门口的凤凰木先是结出一嘟一嘟的花苞,接着喜盈盈的花,一簇一簇地喷丹吐艳。但我进去出来,总是心中慌慌,不敢抬头直视那一蓬蓬开得艳闪闪的花。

等到老茶舍门口的凤凰花,开得云蒸霞蔚的时候,在邱红的竭力张罗和姚娆的大力赞助下,许不多的诗集正式出版了。诗集的名字,是我给取的,叫《许你五千年》。诗集素色的封面上有一幅素描,只寥寥数笔,却是谁都能一眼看出,那是门口那棵开满凤凰花的凤凰木,和凤凰木下颔首沉思的许不多。这幅邱红反复修改,几易其稿的画,画好时,文友们都争相一睹为快。可当文友们一眼触及画面上传达出来的那些刻骨铭心的东西,便都静默下来,无语失神。

我们在许不多的第一个忌日,在邱红仅存的老茶舍里,为他的诗集举行了首发式。首发式上,邱红一口气朗诵了许不多《许你五千年》里的三首诗,我默坐旁听,回首历历往事,眼里结出两颗沉沉的冰果,跌落在下眼睫毛上。"……—枚离开枝头,守口如瓶的落叶,温暖、黯淡、矫情,它拯救了一段光秃秃的时间"。当邱红朗读到这样的诗句,我敏锐地感觉到了他空灵的声音里,渗进一些暖暖的东西,犹如寒夜里的一股地热,从我的脚底暖暖流过。过了一刻,我抬头,赫然发现,邱红那仿佛总没有看着眼前现世的凛然淡漠的眼眸里,燃着两簇火焰,那很久以来笼罩周身的淡青的光,也逐渐化作袅袅青烟,消散无踪。我乌云沉沉的心,忽地撕开一道缝隙,透出一道金光:生命之火既能重新燃起,就不会熄灭!这时,门外传来幽远深沉的乐声:岁月的河呀,汇成歌,汇成歌……凤凰木,随之扬下点点落英,落英锦心绣口地加入我们的朗诵,旖旎了这一天一地,缤纷了每一个人的心。

《许你五千年》在三个月里加印了两次,卖出一万册。是一个平凡诗人的诗歌奇迹。

(原载《北京文学》2015 年第 3 期)

好人平安

无论我沿着爬在记忆之墙上的青藤，如何使劲往回追索，都记不清老安在被叫作"老安"之外，大家对他还有过怎样的称呼。老安仿佛生来就叫"老安"——连单位不苟言笑、满面威严的"一把手"严主任，都顺了大家的嘴，叫他"老安"，老安他还能被叫作什么？我一开始当然也随了大家，乱喊他"老安"，有时忙乱起来，甚至还跟科室里的人一个"德行"，随便任意差遣他忙东做西，因为那时我一点也未料到，几年后，倚云会像一朵轻盈的云彩，突然浮现在我的天空。

人生里头的事，谁料想得到？何况，那时，我以500：1的比例考取这个单位的公务员，正是像一只夺胜的牛犊，睁着初见世面的眼睛，神气地张望世界的时候。

其实，老安姓着一个体体面面的大姓——陈，有一个规整平凡好念好记的名字——平安。

老安中等偏矮些的个子，偏瘦，戴眼镜，文弱中夹带点怯相。他的腿脚，常年禁锢在半旧的黑皮鞋，半旧的白袜子，半旧的深色长裤里，不见天日，因此，从他几乎恒定的下半身，难以判断四季更迭；季节的轮换，只表现在他的上装上。老安不笑时，五官平淡，白开水一般淡而无味。但当他笑起来时，不大的眼睛细眯成两条缝，隐在镜片后发出两点似乎有点狡黠，却是怯弱躲闪的光，一口异常整齐洁白的牙，便闪亮登场，像舞台上一排穿着齐整挺括的白衬衫正在卖力演唱的合唱演员。这一口白牙，总是在人们心底投下白亮而令人心安的影子。这白亮的光影，在某些特别的时候还起着某种关键的作用，它会勾起人们对于他这样弱势群体的恻隐之心和保护欲望。所以，我们叫他老安，并不侧重在"老"，而是偏重在"安"，老是让人心安。

我们的科长姓卓，不到四十岁，大家叫他"大卓"。又因他身板宽大硬铮，"大卓"就变成了"大桌"。老安在我们科室，主要负责给主任写材料，当然，材料写好后要先过科长大桌的目，由科长大桌修改把关，方能送达主任案头。不过，这只是机关里死板的逐级上报的程序，事实上，老安写材料的水准，早已远在科长大桌之上，所以，每次大桌也只是摆出一副科室负责人应有的倨傲派头，撑着做做翻阅浏览的样子，便龙飞凤舞地签字，让老安恭敬地呈上送去。

老安从二十几岁就开始写材料，一直写到他病倒住院，电脑里还有一篇半截子的领导关于污水排放的发言报告。就像他从二十几岁就一路科员,到他生病,住院,去世,人生之路断了,还是科员一般。老安在我们科室,甚至我们单位,众人眼里,是头不折不扣的"吃的是草,挤出来的是材料"的老牛。

自打我进这个科室,就一直坐在老安的前面。几年来,我早已习惯了老安在我背后打材料时发出的时疏时密又稳步有序的"嗒嗒"声,偶尔老安出差或外出开会,少了那声音,我都会觉得哪儿不对劲。

老安电脑的"嗒嗒"声,是他写材料在声音形式上的兢兢业业。可是,久了,我的耳朵还是从那兢兢业业中捕捉到一个疑点,后来偶然几次,我跑到后面去关窗,从老安来不及关闭的网页上无意中瞥见,他正在"斗地主"!我这才恍然大悟老安鼠标的声音有时怎么变得那么密集细碎,类似老鼠躲在墙洞中啃食谷物。我在老安专注"斗地主"和颇显慌乱地关闭电脑的瞬间,无意中觑见老安有些惊慌的脸上掠过一恍阴绿。这一恍就收敛的阴绿之光,还是让那时刚走出大学校门,对人完全不设防,对世道之险恶无知无畏的我,有些惊愕地想:真实的老安,恐怕并不像我们看上去的那么简单、弱小。

也许是由于内心开始对老安有点发怵,也许是因为老安"斗地主"并不碍我事,我一直为老安保守着这个秘密。因此,几乎每天照例都会有几个时段,老安鼠标的声音在我厚道为人、严密嘴巴的沃土中,密集细碎地滋滋生长。后来,我自然是为我的这个善举感到无比的庆幸,要不,倚云就不可能云彩般轻盈舒展在我的天空上了。

我们科室,除了材料,还有无人愿意干的活,比如节假日值班,经年累月地,都成了老安的专利。老安病倒前的那年春节长假,我们科室照惯例和其他科室联合安排值班,老安又照惯例被推出去,调到大年初一去值班。那已经是连续四年老安大年初一值班了。大家本以为我们科长大桌会摸摸良心,不好意思把大年初一值班的活再兜头甩给老安,因此都在暗中忐忑,不知谁得这天值班。及至大家接到值班表,有人立时面浮喜色,有人即刻暗中舒气,几乎每一张面孔都洇着快乐的红晕。大桌则在大家几乎都满意的愉快气氛中,唇上翘着范唯递上的一支烟,朝着老安不当回事地"嘿嘿"笑道:"嘿,老安,再辛苦你一下!"然后在众人欢呼声的伴奏下,吐出一个比一个更圆满的圈。

老安只是在大家的欢乐中,露了露齐整的白牙,笑笑,便齐齐整整地折起值班表,妥妥帖帖地塞进上衣口袋。我们也便在老安的白牙在我们的视野里闪过一道让人安心的白光之后,松下心来,加紧打理手头上的事,欢欢喜喜准备回家过年。

我跟老安一起最后走出办公室。和老安互相贺年辞别后,我下楼到车库开车回家。我的车刚拐出单位大铁门,我就在后视镜里,瞥见老安在日光渐淡、寒冷四蹿的大街上有些佝偻地踽踽独行,然后一点儿水花、一点儿声响也没有地被吞进浓得发稠的年味里。望着老安枯瘦的背影,我的心头长出一片苍凉的荆棘,我冲动地想把车开过去,赶上老安,告诉老安,大年初一的值班,让我来。我一个单身汉,值班上上网再叫上几个狐朋狗友来打打扑克,一天就乐滋滋地过去了。我的车轮在单位门口滞涩了一下,终究还是冷漠地朝与老安相反的方向,滚动前行,绝尘而去。

本分的老安,不但从不计较这些,没有一句微词,连背着大桌骂几声解气也不会,还照旧每天像我们办公室的专职"物业"那般,最早到办公室,最迟离开。因此,嗜茶的科长大桌,每天上班来就有人烧开水,泡上茶,候着他。大桌桌上的烟灰缸,又是最晚回家的老安义务倒空洗净。除了这些,有时单位给各科室分发物品,短一个人的,大桌也是惯性一般地缺老安,不会欠别人。逢到这样的时候,大桌总是用他那肥厚的大巴掌,大大咧咧地,拍走一只苍蝇、蚊子、臭虫那般，扇扇老安瘦削的肩膀，不当回事地说："先欠着。"过后，有时给老安补上，有时没有了，或忘掉，也就那么着糊弄过去。大桌随随便便，也亏老安不跟他锱铢必较。

他们俩就这么在办公室"默契配合"着，他们的配合默契，平衡吞噬掉办公室里的大大小小诸多矛盾。我们大家对此司空见惯，感觉理所当然。因此我们办公室看起来比别的办公室更少矛盾，更和谐有爱，更其乐融融，这使得严主任光临我们办公室时，多次表扬大桌领导有方有魄力，并在大小会议上一再要求其他科室向我们学习。

有老安每天认认真真为大桌清理满满当当的烟灰缸，有范唯不断殷勤敬上好烟，大桌每天都非常享受地过着烟火兴旺的好日子。每当大桌把椅子往后一挪，上眼皮耷拉下来，头惬意地往后靠过去，把笨重的身躯十二分放心地交给四腿椅子的后两条腿的后两个点，肥厚的双足，连鞋带袜带泥，交叠搁到桌面上，那是他吸烟吸到最悠然的时候。悠然的大桌一定笃笃定定地相信，即便没有职务上的上升，他也可以这样悠然地把这公务员科长的好日子过到最后退休的那一天。

大桌的座位在进门的第一排后座，他这样大肆吞云吐雾的时候，宽厚多肉的脸，藏在烟雾的后面，就像一尊享受着鼎盛香火的菩萨一般。而眯下来的眼皮里的一道睥睨一整个科室的光线里，也的确游动着一个王国的最高统治者的好感觉。我和老安以及两个小女生四人在办公室的第二排，我们虽然不抽烟，但整个办公室烟雾弥漫，饱受危害的不仅仅是我们不能说话的肺，还有我们能睁却睁不开的眼。我家三代中医，已 N 代人不抽烟了，因此对这样肆无忌惮地制造烟雾的行为，真是深恶痛绝。但在科室里，大桌是科长，又有能把他伺候得酥到骨头里去的范唯和他一个鼻孔出气，我们怎敢抗议！老安是科室里最年长的却是最弱势的群体，我纵然是科室里唯一怀揣硕士文凭的人,但在机关里,有用的是官阶,无用的是文凭,所以,我充其量也只是个最底层的小科员。还有两个女孩,虽然有些来历,但到底是编外的合同工。

有一天,有朋友来找大桌和范唯泡茶,老安在赶一份材料。大桌让我去把门掩上,他和范唯与朋友上班时间抽烟泡茶聊天,也不好太公开化。不一会儿,满室烟雾浓浓。赶材料的老安起先是间歇地咳,不一会儿,变成连续激烈地咳,咳得面红耳赤,胆汁要吐出来一般。我看老安咳得厉害,又得赶材料,终于忍无可忍地向大桌和范唯大声吼道:"你们就不能到小会议室去泡,去抽?"大桌正与朋友谈笑,膨胀得大大的笑容,迅速瘪下来,生硬地贴在脸皮上。范唯率先跑过来,戳着我的鼻子,开骂道:"操你妈,你这是跟谁在说话?"想起令人敬畏的严主任那么信任大桌,想到范唯是副科长可能的人选。我的脾气的跑车不敢奔向悬崖,及时刹住,熄火,闷声。在一个小科员忍气做事的肺憋得快要炸开来时,我忽然想起了北京的叔叔,前天他打电话给父亲,才说到他月底要到福州来开会,之后要请公休顺路回来看望奶奶,跟久没在跟前尽孝的奶奶多住几天。叔叔!我的心脏忽然激烈地跳动起来,泵出一管又一管滚烫滚烫的血液……

没想到,这烟雾,比我预想让它消散的时日,更早地灰飞烟灭。没有任何预兆。出事的那天,我头顶着一朵洁白云彩,心情愉悦地走进单位。当我跨进单位院门,那朵白云,忽地不见了。我微感诧异地一路走进办公大楼,爬上我们办公室所在的楼层,感觉空气里飘荡着更加神秘和诡异的气息,却又说不出是何异象。我疑惑的目光朝四周打打探探一圈下来,才感觉有三三两两的人躲在电脑后面,嘴上虽不作声,脸上却演绎着秘而不宣的凝重,眼睛里也闪烁着按捺不住的亢奋的光,像背着人偷吃了兴奋剂一般。当时因为手头上正有个昨天大桌临出差开会前交代发的通知急于拟定,交由领导签发,无暇顾及。所以,到了接近中午,才知道,是大桌一张上班时间把双脚搁到办公桌上抽烟的照片,被晒到本市一个点击率很高的论坛。照片上,烟雾把大桌的胖脸遮得影影绰绰又清晰可辨,大桌背后头顶上办公室唯一的挂钟,时针和分针清楚明白地指向 10:15。那段时间,正是全市机关治庸治懒的风火头,每天翻开报纸,治理机关懒散作风的内容,立马就扑进眼帘;打开电视的本市新闻,耳朵里充塞的,也是这些。

大桌很快就被处以"极刑",从公务员行列剔除出去,"弃尸街头",成为无业游民。据说大桌走之前,把范唯约到外面去痛打了一顿。这是据说,谁也没有亲眼看见。但是,范唯在大桌走后请了十天的公休,回来上班脸色暗灰,还找得出鼻青脸肿的痕迹。大家从那痕迹里,似乎也找到了传言的可靠性依据。

想必大桌以为范唯是冲着科室里有个副科的位子,这才暗中使坏,但结果却是,出人意料地提拔了我。范唯跟班大桌多年,花了很多钱疏通关节,并且比我早三年进科室,现在提拔无望,正是无处出气的时候。

大桌和范唯或许永远都不会知道,叔叔回来开会探亲的时候,设宴招待了严主任,席中得知严主任的女儿大学毕业,正在北京紧张地准备公务员入围面试,她报考的,居然是叔叔当"一把手"的单位。于是,叔叔回去暗中设法使劲,成功地使她从笔试的第五名,一跃变成面试后的第二名,堂而皇之地招进叔叔的单位。作为回报,严主任严格按照干部提拔的程序,公平、公正、公开地提拔了我。

现在,从其他科室调整来的老科长不抽烟,落单了的范唯,烟瘾来了,只得躲到外面去抽。我们多年一贯沦陷"雾霾"的办公室,空气质量咸鱼大翻身,一跃成为空气"优良"率最高的科室。

　　有一天早上,我看到老安远远地闪烁着白亮的牙,笑灿灿地走回我们办公室,我心中不禁掠过一丝惊奇,但因要赶一份材料,也顾不上多想。不一会儿,老安回来了,他走过我身边时,裤子唰唰,呼扇有风,一反平时的安静低调。我诧异地抬头,只见老安手里捧着一摞新书,在路过我们座位的时候,给我们每人都搁下一本,然后笑吟吟地走向最后面他的座位。直至老安额头沁汗,有些气喘地在他自己的座位上坐下,微抖着枯瘦的双手,把剩下的书码平,摆在自己的电脑边,我们都还没反应过来。

"老安,你的大作!"范唯第一个嚷嚷起来。见惯了范唯对大桌一向虚浮的恭维和对老安的轻视,突然听到他发自内心的赞叹声,我心下更加诧异,一把抓起桌上的新书翻看,只见灰白的新书封面上,行书写就的"和露集"三个大字,透着沉稳而遒劲的笔力。我狐疑地往下再看去,只见底下还印着"唐宋"著。封面反折下来的地方,倜傥地站着老安,他一手儒雅地扶在腰间,浅色长袖衬衫上猩红色领带随风扬起。我这才反应过来,这是老安的大作!办公室里顿时骚动起来,我和范唯,还有科长,都离了座位,拥过去祝贺老安。老安谦恭地站起来,强烈的笑容急遽地把他的瘦脸,推出层层叠叠的括弧,又像阳光一般阻挡不住,从一道道褶子间喷薄而出。老安有点语无伦次,反复激动申明,是大学的同学看了觉得好,推荐给出版社,出版社也觉得好才出的书,不是他自掏腰包。我又狐疑地合起书,紧盯着封面上的"唐宋"二字,一瞬,方才明白过来,"唐宋"是老安的笔名。这个响亮的笔名,与老安太缺乏特色的本名,太渺小的本人,反差实在太大了!"唐宋",应该是老安内心里的另一个老安吧?

先前只知道老安是部性能良好的材料机器,没想到,老安业余舞文弄墨,竟有如此成就!再细看老安照片下的作者简介,写着,于某年某月毕业于厦门大学中文系。我这才记起来,仿佛有谁曾提过,我们单位几十号人里,包括毕业于工科大学的主任在内,老一辈的只有老安,毕业于"985"

大学。

下班回到家,把带回来的老安的书,撂在床头。

夜里躺下,一小片白光,在眼角瞭了一下,伸手一摸,原来是老安的书。我于是兴起,叠起枕头,垫高脑袋,翻阅起来。读着读着,我迅速地被这个以绮丽的文字,呈现深厚古典文学功底的我所不知道的老安折服。这一晚,另一个跃然于枯燥材料之上、思维敏锐、洞察世事的老安,伴着我到凌晨一点。关闭台灯之后,我头搁枕上,揉来搓去,睡不着。我反复地想,过去的科长,为什么不是老安,而是部队转业只有高中文化大大咧咧的大桌?

文凭够硬、笔头过硬,颇有城府、颇有政治敏感性的老安,才是当科长的最佳人选啊!

新来的老科长不抽烟,喜读书,埋头搞材料之余,常翻阅老安的书当作工间休息。每阅读到认同处,他会舒开由衷的笑容,转头跟我和范唯等说:"我们要多向老安学习!"老科长说的还不是"你们",而是"我们"!

春天来了,窗外不知名的高大黑粗的老树,过了一冬,直挺挺地戳向天空的褐黑秃光的枝丫,眨眼间,挂出满满当当的新叶。一树嫩绿浅碧,透明了一般,明朗得让人直想掉泪。有一天,一大早来,老安端了茶缸,推开窗,站在早春二月的清凉的晨风中,沙哑的嗓子发出喝了陈年佳酿一般的笑声:"这才叫春回大地;这才叫空气清新如洗啊!"老安沙沙笑声的泡沫,七彩的肥皂泡一般飘忽过来,撞破在我的耳鼓上。我不禁回头瞟了老安一眼,我意外地发现,笑容朗朗的老安,像是嵌在以窗为框、以窗外的新绿为底色的一幅画里,画里的老安至少年轻了十岁。是什么让老安忽地焕发出青春,连头上理得短短的发茬,也仿佛春天大地上的绿草,一根根在拼命往外挣。是新科长到来,给科室带来新的生活、新的气象吗?可新科长也可以很快高升,或很快调离啊!为什么一个勤谨本分的人,活得这般艰难?

为什么一个才高八斗的人的人格尊严，不能掌控在自己手中？我悲哀地想，我不禁又想起在北京的叔叔，思忖着快到退居二线年龄的叔叔，对我争取在职考博的建议。叔叔说，高学历在机关里看似无用，但不能否定它的作用。

我把老安的文集放在随身的包里，有空就翻几页，越翻越觉得受益良多。老安文集的前半部分，是散文还以游记散文居多，除了文字功底了得，细细品味，还散发着类似余秋雨《文化苦旅》的苦艾味。文集的后半部分是杂文，针砭时政，文风犀利，见解独到，读来让人深思。其中有几篇的某些段落印象极为深刻，只是忘了在哪里读过，后来再翻阅文章后面的标注，才突然想起来，确实是在《南方周末》上看过，只是当时不知道"唐宋"即我身边的老安。老安当得起这个笔名！真实的老安，其实离那个被材料长年累月磨钝了的渺小的老好人，很远。

正当我用全新的眼光重新审视老安，内心对老安油然的钦佩与日俱增的时候，有两天，整整两天，看到老安的座位像个大大的问号那样空洞着，却又未听说他出差或开会。正狐疑间，科长面色凝重地前来告知，老安住院了，肺癌晚期。

老安的病很突然，原本只是见他常常干咳，似乎不大好治愈，却又没有什么大病的样子，最严重的也只是听他说咳出点痰血，谁知竟是绝症。这个消息，让我又震惊又悲伤。老安几十年兢兢业业，干科室里最劳心费力的活，连个副科也提不上。如今这病，大桌和范唯多年的二手烟，恐怕是罪魁祸首。已快淡出我记忆的大桌，还有范唯，又让我的愤慨，骤然强烈。

老安住院后，我随同事们去看他。坐着单位的车去看老安的路上，老科长拿出一千块，装入我事先准备好要慰问老安的信封，然后心情沉重地跟我们说："老安的老婆没有工作，一个女儿大学毕业，在一家企业上班，工资也低。所以,我多拿一点,你们就根据自己的实际能力吧。"往常同事生病,我们不成文的约定是,大家各出两百元。

我拿着同事们纷纷放入慰问金的沉甸甸的信封,明白了老安多年来事事隐忍的原因,也明白了为什么当年科长提拔的是大桌,而不是老安。大桌的老婆是市人社局的主任科员,老丈人是市公安局的一个处长。从许多不同的结果,都可以追溯到它相应的根源。

我们走进老安病房时,先只见到一个娇小的女人,坐在老安的床边,正默然地替老安掖被。她那家常的动作里失去了协调和灵巧,抽去了灵魂一般的机械,承受着不能承受之重的样子。她看起来是老安的老婆无疑。这女人一见我们进来,木然地站起来低声招呼我们,声音像抽去水分的水果那样干巴,失去了滋润和柔和。当我的眼光再次碰触到她的脸,缓缓地从她的脸上细瞄过时,我惊呆了,

老安的女人一眼看去似乎平平,再看上一眼,立即杨柳春风般地使沉闷哀伤的病房变了样。如此秀色夺人的女子,怎么就嫁给了老安?难道是看上老安的文才——百无一用的文才?我正诧异愕怔间,她见椅子不够,大家坐下我犹站着,忙又起身从床下拉出一张凳子来让我坐。这时,我的心中猛然一跳,我发现老安的女人的一条腿,竟有一条腿,是瘸的!我的心在极其惋惜地疼痛了一下之后,也明白了她为何嫁的是老安。

似乎是她的瘸腿与她极为清丽秀气的容貌长为一体,又像是她那隐在清秀中的一点不属于一个老年妇女的不谙世事一般的令人惊讶的媚,总之,老安老婆搬椅子的柔弱残缺,重重地触痛了我心中的某个点。

倚云其实当时已在病房,她在连着病房的阳台上忙些洗刷的杂活。不一会儿,倚云手上湿答答地端了一盘洗好的茶具走进来。倚云出现在愁云惨雾的病房中时,就如一轮皎洁的明月,从沉沉乌云中移将出来一般,我的

眼前豁然敞亮。倚云与她病病歪歪的父亲和清秀娇小残缺的母亲完全不同，倚云高个子，行走时抖落一些男孩的飒爽。走近一瞅，她大大的脸盘上却是明艳着鲜润的腮，油亮着花瓣一般柔软、舒展、饱满的唇。这让人对她被宽大得没谱的海蓝色单位制服模糊了的身段，也满怀起信心。

这个既不像她母亲，更不像她父亲的明丽的姑娘，顶梁柱般地站在她的父母之间，沉着地给我们泡茶。老安竟然有这样一个女儿！这让我比当时看到老安的大作更加意外！倚云的眼光明亮得能透视人一般，可却在她端着沏好的茶递给我，我仰上去的目光撞上她的眼光时，她目光的犀利触角柔软了一下，避闪了一下。就在这个柔软闪避的瞬间，我心中的一颗种子，"嗖"地拱出土面。

我浑身像通红的煤块那样燃烧着激情地追求倚云，一反奋发向上的常态，每天一下班，就抛开一切，往医院赶去帮助倚云照顾老安，任自己的双腿迅速变成倚云的两条腿。此是后话了。

那天从医院回来的路上，我不像前去医院的时候，一路和科长唏嘘老安的病情。我怀揣悲伤的甜蜜，心跳着低头走路，不愿多语。

后来有一天，我去医院看望老安，那天他恰好身体稍好些，精神头稍长些。他躺在床上和我有一搭没一搭地闲话，说了一会儿，老安突兀地静默下来，眼珠子直直地瞅着空白的天花板，脸上浮起一抹苍黄的笑影，他羸弱地转过头，朝我清晰地说："倚云的名字，是出自'日边红杏倚云栽'！"我最早读这句诗，是在《红楼梦》里，曹雪芹用这句诗来暗喻探春的命运，而"才自清高志自高"的探春，正是我最喜欢的"红楼"人物。我在头脑中想着倚云哪些品格像探春的时候，忽然看到老安露出了久违的笑容——一种千辛万苦达到某种目的后特别舒心的笑容，但这笑容，也使他瘦得脱了形的脸看起来更加变形可怖。老安大概是自己饱受大桌欺侮，一辈子连个副科也上不去，觉得我年纪轻轻就挫败范唯诸人，提上副科，倚云跟了我，实现了他让倚云倚云的梦想，才笑吧？可怜的老安！

老安在我的记忆中，有过两次最舒心动人的笑容，这是一次；还有一次，是他拿来他的作品集，分发给办公室同仁的时候。我在老安秋日黄叶一般透黄粲然的笑影里，突然想起老安的《和露集》。"和露""倚云"，不都来自唐朝诗人高蟾《上高侍郎》中"天上碧桃和露种，日边红杏倚云栽"这两句诗？那也就是说，他一次是因"和露"而笑，另一次是为"倚云"而笑。可怜的老安，你的一辈子里，难道就没有什么可以为自己笑一次？一个勤勉的、才华横溢的好人，为什么活得这般卑微，如此艰辛？

那时，我并不知道自己此后会异常顺畅地一路升迁。后来我再回头想当时老安那有些令人骇异的笑容，觉得那笑容里，仿佛掺杂着他看到我的辉煌未来的先知先觉。老安，似乎又并不是我们眼中看到的那个平凡卑微的老安！他早在我们的视野之外，在某个背阴潮湿的地方，暗自葳蕤着。

我和倚云情感的绿芽，在对老安的一同照顾中，迅速抽出，成长，茂盛，并在岳母的催促下，在老安弥留的最后一个月，举行了用喜庆粉饰哀恸的婚礼。

老安去世后，办公室进新人，要用老安的电脑。我用一个午休清理了老安的电脑——既让岳父的私物随他一起安息，也让新人用起电脑来没有忌讳。况且，保护老安的隐私，也是保护我自己。

我打开电脑里的文件夹，一一删去岳父老安的私人文件，又小心地保留下单位可能用得着的东西。处理到快上班的时候，电脑桌面已清理干净。

我接着清理老安的抽屉，我取出岳母交给我的锁匙，转开老安办公桌一个上锁的抽屉时，压根也想不到我即将揭开一个让我瞠目结舌的秘密。

我在伸手进去刨出抽屉里的杂物时,中指指头触碰到一个小铁盒子。我在是否打开这只旧铁盒子时踌躇了一秒,最终还是把盒子打开了。小铁盒子里装着零星几枚旧纽扣,估计是老安平时衣服上掉落下来的。

小铁盒子里还有一个黑色 U 盘,黑老大般地混迹在旧纽扣中间。我本来要把它们连盒子一起丢进垃圾篓,鬼使神差地我转念又把 U 盘挑出来,插进电脑。U 盘中有好几个文件夹,我一一清理,最后点开一个未命名文件夹时,已到了下午上班时间,科室里的人都已陆续来到。我听见大家进来的杂杂沓沓的声响,抬头扫视了科室一眼,科室里一切按部就班,没有任何痕迹显示曾经有个叫作"老安"的人,在这里待过多年,我不禁悲从中来。当悲伤像一颗掉落到水中的墨汁,氤氲开来,染墨了我的整颗心,我的手点开了一张照片。这是一张拍摄而非下载的原始照片,当照片在电脑屏幕上徐徐展开,我赫然看到已解聘的大桌,活神仙一般地把双脚搁在桌上吞云吐雾。这不就是那张贴在网上,导致大桌被开除的照片?我忙查了下照片的拍摄时间,那日期,正是大桌照片被晒到网上的前一天?也就是说……我不禁倒抽了一口冷气,大桌一定打死也不相信那张把他置于死地的照片,竟然是……我目瞪口呆地坐在电脑前,浑身冰冷,眼前仿佛又看到老安"斗地主"被我窥视到时脸上放出的那抹阴绿的光。如果他不是我的岳父,我可能会惊叫出声,喊上科室里的人都来看。可那时,我在瘆然如同后背爬上一条蛇的同时,毅然吞咽下这个意外发现。接着,我赶忙删除照片,清空垃圾桶,把它处理得干干净净。处理完后,我像浑身的血液都被抽光了似的无力地呆坐着。呆坐了许久,才恢复知觉,心中才慢慢渗出一丝凉丝丝的庆幸,庆幸倚云是个身心澄净的女孩,庆幸老安业已离我们远去……

我之后多次想起这件事,也曾有过私下汇报严主任,"照片门"其实与范唯无关的念头,以减轻严主任对范唯表面看不出的严厉惩戒——由于大桌出事,严主任本要上升一级的事,也黄了,还受到上级批评。却又因想到范唯也曾经跋扈,并且可能得供出老安而放弃。由于不知要怎么恰当地向倚云述说这件事,也怕女人家不慎漏了嘴,因而,很长时间,我单独面对倚云时,会突兀地沉默下来,导致了倚云对我的一些猜疑。

有时晚间逛街,路过霞溪路的路边摊,会看到大桌围着油腻的围裙,在一块大圆木头上,为顾客挥刀斩切烤鸭。比他的围裙更油腻的是他的手,比他的手更油腻的是他在灯泡下的额头。大桌似乎比先前在我们科室时更胖了,他并不避我,偶然见到路过的我,没事一般地和我打招呼,没有顾客就顺便歇下手中的活,松开一条腿,站着,和我抽上一支烟。不抽烟的我,会在大桌递过烟盒来时,毫不犹豫地抽出一支。倒是大桌会突然想起来我不抽烟,可在他突然醒悟过来,有些不好意思地咧咧嘴笑时,我已借了他的火,点着,吸上。每次在灯下看着大桌的胖脸没心没肺地喷出蓬蓬烟雾,我就会涌上要告诉他真相的冲动。但每次,又都会在大团烟雾散去后神志忽然清醒过来,与大桌匆忙作别。

我会不会有一天,至少告诉大桌部分真相——照片的事,并不是范唯干的?!我不知道。我怕我会在某次冲动中,做出不慎供出老安的事,因此,每次跟大桌见面,都会在谈兴正浓时,突然中断,与他匆匆别过。

大桌除了在小事上总是"欺负"老安,烟瘾太大,过于不拘小节之外,细想起来,并没有什么大到不可饶恕之罪,而且甚至也可以说是个不太坏的"头"。他不死板,但凡有事,跟他请个假,只要不误工作,即使是老安,也是不会刁难的。有时领导来查岗,他也总是想些面上说得过去的理由来遮庇科室里缺席的人。我跟他没有深厚交情,甚至有过冲突,但几年来也没有中过他的背后枪。这也是我能年限一到,就被顺利提拔的原因之一。考核我的人私下跟我兜了点底,说大桌虽然力荐范唯提副科,可是,也说我好话,是那种摸着良心说话的人。

老安一周年忌日那天,家族里的近亲,都聚到岳母家。奠祭完,岳母捧了大沓的纸钱,从满屋的香烟烛火中穿梭出来,和几个亲友要拿到门外去烧。岳母红着眼睛,低头,身上头上犹有青烟袅袅,不似在人间一般。我正沉思,岳母伤过的那条腿突然在我面前颠了一下,差点摔倒,幸好近旁的亲友及时出手扶住。我不由自主地攥紧站在我身旁的倚云的手,示意她看她母亲的腿脚:今天似乎瘸得比以往更厉害。倚云会意,口气冷漠地说:"我爸给我妈留下的遗物!"我万分诧异地转过头去瞅了倚云一眼,只见倚云不见一闪泪光的脸,像枯水期的河流,干凉荒寂。她作为老安的独生女儿,却是家里众女眷中唯独没有流泪的人。为什么?

吃饭时,倚云只静静地坐在她妈身边,机械地吃,一眼也没看我。我只得极力地把惊天的疑问团塞在喉咙口,干硬地吃。

没想到,这个谜,到了午后,就不是谜了。

吃过饭,倚云叫我送她外婆回去。又让她小姨也跟着上车,护送她外婆,顺便回自己家去。母女两人并排坐在后坐,一路喊喳地在谈论家事。我只开车,没有搭腔,想着把她们快快送回,好回头来接倚云回家。两个女人杂碎的家常,支离破碎地从我耳边飘过,我想着要快快回去接倚云,不甚在意。但当"大姐""脚"这些字眼像冰渣子一样飞过来时,我不由地支棱起耳朵。我从她们伤悲而又夹杂着沉淀过的愤慨中听明白了,原来,岳母的脚伤,是在一次老安和岳母争吵中,老安把娇小的岳母从楼梯上推下去所致。当时,岳母正怀着身孕,也就是说,倚云正在她母亲的肚子里。怪异的是,岳母的腿摔断了,倚云却居然还在岳母的肚子中安营扎寨。直到临产,岳母的腿,也还打着石膏。那也就是说,岳母在嫁给老安之前,是个媚丽健全的女孩!我听得血往上涌,一恍惚,险些撞上迎面驶来的一辆大卡车。

035

我吓出一身冷汗,两个谈论着的女人,也失声惊叫。

惊魂甫定,倚云的小姨在后面又低着嗓子劝了她母亲一句:"妈,你也别不原谅老安了,你也知道,倚云不是……老安亲生。"倚云的小姨清了清嗓子,又带了一点谴责接续道:"当年拆毁姐姐的初恋,你要负主要责任!"春风杨柳的岳母,心机深深的老安,他们之间,还发生过多少事情?我听了倚云小姨的话,脊背阵阵发凉地想。

后来几年,再在单位里听人怜惜述说老安在世时的种种"好",我都会面上含糊应过,心中五味杂陈。那天的晚上,我必定又会假装路过,偷偷去看一眼在灯下卖烤鸭的大桌。只有看到大桌嘴叼一截香烟,偏着头(怕烟灰洒落到烤鸭上),没心没肺地为顾客挥力斩切烤鸭时,我才能够安心回家,吃饭睡觉。

有一次,我又假装路过,去偷看一眼灯下卖烤鸭的大桌。正巧遇到大桌的儿子,一手托了个篮球,跟大桌正在磨蹭,向大桌要钱的样子。大桌一把拔下叼在唇上的香烟,一边骂骂咧咧地数落,油腻腻的左手在油腻腻的围裙上揩了两下,拍拍上衣口袋,又摸摸裤兜,才伸手从裤兜里翻出一把票,塞给儿子几张。在儿子拿了钱要跑开时,大桌又用那宽大的巴掌,顺势扇了下儿子的脑袋。我远远看着,鼻头发酸,匆忙离去。如果当时大桌和范唯每每侮弄老安的时候,我能更多地站出来劝劝大桌,或去找严主任恳谈一次,是不是后来的这些悲剧,就不会发生?我在心中无限悔恨地谴责自己。

我读完在职博士后,恰逢单位竞争上岗。公开竞争的背后,存在着更加不公开的潜规则,叔叔刚到退居二线的年龄,最后极力帮了我一把。在此基础上,我的博士学历,又及时成了恰好可以达到使性质发生改变的"那根头发丝"。因此,最终由我升任单位的副主任。

036

宣布完任命的那天下午，我因为搬新办公室回家晚了。寒风中，传达室跛足的老尹，一颠一颠地过来为我开门。他微弓着腰，深度讨好的笑容，把他的脸撑得更加沟壑深深，拿刀子，胡乱刻下去的一般。我蓦然又想起去世多年的老安，心中不禁酸楚起来。我忙微弓着腰，面露平和笑容谨慎还礼——谁料想得到那笑容的背后，是什么？

我坐上等候在门口的小车离去时，从车窗内犹看到老尹佝偻着身躯，站在苍茫的暮色里，恭敬目送。寒风像对付一丛枯草那样，毫不在乎毫不留情地把他白多于黑的头发，一会儿纷乱地把它吹向东，一会儿又杂乱地刮向西，一会儿又来个正面袭击，像要连根拔掉一般，朝前往后猛扑过去。就像一只巨大的手，在任意捉弄欺侮一个卑微渺小的生命一般。

这使得老尹的面容，在某些瞬间变得不像人类的脸，十分滑稽可笑，也有些可怖。

我不禁又想起我初考上公务员初到单位，和大桌、范唯、老安在一个办公室的时候的许多往事，我悲哀地想，一个弱小生命的人格与尊严，乃至性命，要靠什么来保护？像我们当时那样，靠意外地等来德高望重的老科长？

（原载《山花》2014 年 7 月 B）

老妈

除了其他应酬和外出——不过像江芊这样既没一官半职，又供职于一个僵老的清水衙门，应酬和出差，都成了美事。而大凡美好的事，就是稀罕的事了。因此，江芊每天下午下班，都几乎铁定地循着这样的线路：出单位，往母亲那里赶晚饭，回自己家。从江芊的单位，开车到母亲那里，是二十分钟的车程。从母亲家再回自己家，又是二十分钟车程。

这个路线，如果再接上第二天早上，从自己家径直去上班，画出来，是个非常规整的等腰三角形。

这个等腰三角形，多年来，稳定牢固，坚不可摧地把江芊的人生定格下来。阳台的事,是不是也如这个等腰三角形那样,牢固地扎在母亲的头脑中?如果是那样,那么,母亲的有生之年,恐怕就要成为自己沉重的枷锁了。离下班还有十分钟,江芊和大家一样,"啪"地关闭电脑,拾掇桌面,提起包,赶往车库,倒出车来,开上车流正在迅速膨胀稠密的大街。江芊开着那辆灰色花冠,一口气开过大街,在十字路口轧上白线之前的半秒,红灯骤亮。江芊只得刹车,等。这个急刹车,使江芊的身体在车内不由自主地顿了一下。这个刹车,真像一个顿号啊,是潜意识里,对到母亲那里去的一个畏缩的停顿吗?而母亲,是不是自己人生里已亮起的一盏红灯?母亲的这条路,还得再走多久?江芊这样想呆过去时,红灯忽地转绿,江芊忽然醒来,忽然醒悟,她被自己最后的这个念头,吓了一跳!

车内音响里,陈红正在甜美深情地唱着:"妈妈准备了一些唠叨,爸爸张罗了一桌好饭,生活的烦恼,跟妈妈说说,工作的事情,向爸爸谈谈……"

父亲未病之前,江芊不但喜欢和父亲"谈谈工作",生活、感情、世界,都是和父亲没完没了欢谈的话题。父亲的感觉总是准确而敏锐。当医生的父亲,不但学识渊博,还有极好的文学修养,三个女儿的名字,一个赛一个地取得别致而诗意。只可惜,退休的第二年,就开始脑萎缩,现在连三个亲生女儿也不认得了。母亲,当年那个明媚、轻俏的母亲,自从父亲生病后,几乎足不出户,很快就被岁月和父亲的疾病,压榨得干枯,只积淀下煤床一般深厚的唠叨,埋藏在身体内部,每天掘取出来,熊熊燃烧,并且有取之不竭之势。江芊这些年来,则沦落为那只专门用来装煤渣的垃圾桶。作为当红歌星的陈红,她一定没有时间尝尝听母亲永无止境的唠叨的滋味;一定不清楚没有尽头地当一只装废话的垃圾桶,有多么可怕!

母亲的家到了。母亲住的房子,在老城区。那条小巷子从这个城市最著名、最繁华的步行街的右侧,弯弯绕绕地爬行出去。如果把这座城市比作一片绿叶,那么,这条大街,就是绿叶中间的主脉络。那条小巷,则是主脉络的一线分支。每天慕名走过那条大街的如织的外来游人,没有人想得到,与大街近在咫尺的这条小巷,是如此僻陋不堪,与大街仿若两个世界。在小巷末端母亲所居住的,盖于 20 世纪 80 年代末的宿舍楼,如今是如此破败肮脏,就像翠绿的叶片上,一点得了虫病的小黑斑。

从江芊的身影出现在这个住宅区,就不断有人拿眼光,往江芊的身上乱扫。人到中年的江芊,依然是个体态丰盈容貌姣好的女子,和年轻时的母亲像一个模子里倒出来的。那些贪婪乱晃的眼光,多半属于租住在这个小区的外来务工人员。这些外来租房的人流动率极高,所以,往江芊身上瞄来瞟去的眼睛,总是来自不同的脑袋。这个小区原先的居民,基本早已搬迁,住到坐落于花木掩映的带电梯的现代化小区的公寓里。少数像母亲这样还住着的,多半是些恋旧的老人,无法舍弃城中心的便利,或将就于孙辈在附近就学。江芊的母亲属于兼有两者的极少数。

江芊为了顺利跨过一摊污水——大约哪家的下水道又出问题了,一手挎包,一手捉住飘荡的裙裾。这条路,母亲走了二十几年,从花样盛年,走进苍茫暮年。二十几年来,是这个小区的逐日破败,导致母亲对家里的脏乱差,熟视无睹;还是母亲自己家里的脏乱差,使她对这个小区的不堪,丧失感觉?江芊每次走进这个小区,走进母亲的家里,总感到两者有着互为因果的关系。因此,江芊在父亲开始呈现明显的老年痴呆症状的时候,力劝母亲离开这里,住到自己家中,雇个保姆,既为上学的女儿心心做后盾,也分担照料父亲的责任。母亲却留恋住了多年的老房,坚决反对。女儿上中学后,学校在母亲家附近,为女儿便利,为方便探望父亲母亲,也省却自己下班后做饭的劳顿,江芊反过来,与薛飞和女儿,下班放学后到母亲那去吃晚饭,然后一家子再回自己的家。

老妈

江芊想,幸亏母亲不来。要不,阳台的事,还能这样拖着吗?真是后怕啊!只顾忌足下污水,不提防,江芊差点撞上一个正一头往外赶的男人。这男人衣着粗陋,却从他薄薄的眼皮底下,投出一瞥锐利而猥亵的光,狐疑又贪婪地往江芊圆润的胸和臀上打探。江芊猛然抬头,触及那光,心中不禁哆嗦了一下,那目光,就像一只欲向自己敏感部位伸来的脏手。江芊想起妹妹最后从这栋楼里嫁出去时的情景,那时,这栋楼好像还蛮体面的,没有如今这么多陌生的面孔和可疑可憎的目光;没有如今这般陈旧杂乱。这栋楼,仿佛是与母亲并行的两条轨道,他们以极为相似的方式,并列延伸向相同的终点。

爬上楼,歇在母亲家门口,一指摁响门铃,母亲循声过来开门。在过道逼仄的空间里,母亲身上馊酸的体味,更重了,江芊不得不屏住呼吸。而进到客厅,这里的脏与乱,就要靠视而不见、闻而不觉来屏蔽。江芊曾经自己掏钱,找好钟点工,打算每周来帮母亲清扫一次。好容易做通了母亲的工作,挑了个自己和女儿不来吃饭的周日来做。做完卫生的那个周日的晚上,江芊和姐姐江葭特地赶过来看钟点工做活的效果。

一进门,走在前头的姐姐江葭,一眼就惊喜地瞥见焕然一新的沙发。那是一年前江芊搬新家退给母亲的,那九成新的乳白色真皮沙发一进母亲家,便鹤立鸡群,成为母亲家里最豪华的家具。

可是,后来,母亲在沙发上堆衣物,擦脚布,置药瓶,瓶瓶罐罐、杂杂乱乱,沙发迅速污浊,像富家太太,突然家道中落,流落街头,蓬头垢面。此刻,这张沙发,它几乎又恢复到过去雪白丰腴的模样,静待姐妹俩欢愉就坐。江葭啧啧赞叹,眼露喜悦之光,快步迎向沙发。江芊走在江葭身后,眼角的余光,敏锐地捕捉到了暗处一闪贼亮的光,她发现这光源在厨房,因此折身转入厨房探看。天啊!

　　母亲的抽油烟机和煤气灶，原来也是亮晃晃的，原来也和别人家里的一样，会闪耀金属锃亮的白光！江芊正要夸赞出口，忽听母亲在客厅里一迭声地数落姐姐："磨了一整天，到处弄得湿漉漉的，要滑倒会死人——真会死人的，你们怎么办？一连五个小时，净捣腾厨房，叫我们连午饭都没法做。沙发上的东西，也不知给撮弄到哪里去了，全乱了套！

　　就这五个小时，就被赚了一百五十元，你们怕钱多烧手吗?!"母亲语无伦次，颠来倒去，断断续续地把江葭和江芊怒责了半个多小时，最后连哭带骂道："你们嫌脏，别来！不要不顾我们的死活！"就这样，母亲再也不准钟点工上门。母亲的家，一星期后，就恢复了从前的杂乱与污浊。

　　不过，和阳台的事比起来，这些，都算不上大事了。

　　江芊才进门，刚落座，母亲已从冷水壶里，给她倒来了一杯自制的酸梅汤。江芊一气灌下，凉润适口，通体舒泰。只有在母亲身边，才能心安理得地这样享受一下。因此，即便是现在，与母亲之间的关系已千疮百孔，江芊依然能刻骨地感到母亲的好。

　　接着，母亲又为江芊续上一杯。加了冰块的酸梅汤，是母亲做的酸梅汤里的极品。但母亲只有在第二杯，才会给江芊加冰，怕她刚进门热赤赤的，伤了肠胃。尽管江芊早已为人母，早已到中年，母亲对她，却依然如小时候对她那般，心细如丝。从小到大，江芊最喜欢的饮料，一直是母亲亲手做的酸梅汤。母亲为自己做酸梅汤，已有三十几个年头了。母亲老了，什么都变了，唯独她做的酸梅汤，依然保持着几十年前的酸甜润泽适口，而且风味益发醇厚芳香。江芊想，母亲做的酸梅汤并不卖，要不，一定会倾倒无数的人。而要是申请专利，批量生产，没准会在这个城市，把其他饮料，全面逼退。江芊想着，水水的眼波，流出微凹的眼窝，漫过白色瓷杯光滑的杯沿，流落到站在面前的母亲的腿脚上。母亲那裸露在松垮空洞的八分裤下的腿脚——枯白干瘦,如两截硬而脆的木棍。母亲这十几年来,就这样照料着父亲,一个她也许并不爱的人,的吃喝拉撒,直至把自己耗干!江芊看着,心酸与苍凉,在心的深处洇开,久久无法退去。

"爸。"江芊转眼瞥见父亲坐在堆满杂物的沙发上,如同坐在一堆垃圾中间一般,睁着木木的眼睛,无动于衷地在看电视。江芊知道他现在是盲看了,也不认识自己了,却还是习惯性地朝他喊了一声。父亲比母亲大十二岁,年轻时就显得暮气沉沉,和比真实年龄总显得年轻且俊俏的母亲站在一起,犹如母亲的父亲。不过,父亲虽然没有母亲年轻美貌,但他是市第一医院的名医,救治过病患无数。

只可惜在退休两年后,自己成了病人,成了母亲永远的病号,也间接使母亲成了健康的病患。母亲一听见江芊叫他爸,就像早已关不住洪水的闸门那样,汹涌地说开了。母亲诉说父亲今天如何把大便拉在裤子里,等到她闻到冲天的臭味时,已来不及了。为了快速脱下父亲的裤子,情急之中,把父亲的皮带扯断了,最后,费了九牛二虎之力,才把父亲的裤子脱下来,帮他清理完大便后,又帮他洗净身子。母亲极其详尽地叙述整个过程,描述清洗父亲下身的每个部位和每一个细节,就像当年父亲带实习生解剖人体结构那般。最后,半赌气,半恨怨地说:"你们都上班,不想侵扰你们。这种事,只有自己干了!"母亲面容上的自怨自艾,藏着内心里对女儿们尖刻的谴责。母亲说着说着,末了,猛然悲愤地别过头去,把哀怨的目光瞟向虚空处,以鼻头后部短促而有力的一吭,作为了结。

江芊和姐姐妹妹多次跟母亲说,她们姐妹出钱,雇个人来帮忙,母亲每次都不等她们把话说完,就一口回绝,且愤恨地责备:"别以为雇的人能真心干活,要的,都是钱!"所以,以后再听到母亲抱怨,只好默然地听,毫无办法地听,心境坏到极点地听。好在,母亲每次也只是发发怨气,过了,该干啥，支着日渐衰弱的身体，还干啥去。

母亲在父亲病后，笃信佛教，吃花斋，逢上旧历的三、六、九，全天茹素。所以，江芊和女儿心心吃晚饭时，她常不吃，她抓紧父亲呆坐着仿佛在看电视的那当儿，一边看着江芊和心心吃饭，一边把父亲一天的吃喝拉撒，无论巨细地详尽讲述。直到她们吃完饭，收拾了桌子，才重新刷锅再做自己的素食。有一次，薛飞和江芊、心心都到母亲这来吃晚饭，母亲反反复复地叙述那几天正拉肚子的父亲，如何七八次地把大便拉在裤子上。江芊听着听着，憋不住，去了趟卫生间，把刚吃下的东西，全吐在了马桶里。

虽这样，江芊却是不敢阻挡母亲诉说的。有一次，江芊因为单位的事正烦，就对正絮絮叨叨个没完的母亲说："那些无聊的事，不可以少说吗？"

江芊因为心烦，说得焦躁了一点，立即招来母亲的怒斥："我不跟你们说，我和谁说去，找那木头吗？"母亲食指戳着木木地坐在一边的父亲的脑袋，控诉着。母亲诉说着诉说着，双唇嘴角海浪一般堆积起白色的泡沫，继而眼泪鼻涕黏黏糊糊地下来。

江芊看着流泪的母亲，白发零乱，双颊塌陷，颧骨突兀，露在颓挂下来的空荡的八分裤外的腿脚枯瘦如柴，十分悲凉。从此以后，无论母亲说什么，她再不敢多嘴阻拦了。

那次的整顿饭，薛飞皱着脸，苦着眉，不发一言。打那以后，他坚决拒绝到母亲家里来吃晚饭了。

没有应酬的晚上，就在自家小区门外将就着喝碗稀饭，然后甩手上楼回去。从此也极少再到母亲这里来。

薛飞是女婿，不来，江芊找了个托词，母亲倒不甚在意。做女儿的江芊就无法不来了，姐姐和妹妹住得远，父亲母亲这般境况，还有在母亲家附近读书的女儿，都是江芊的重任。

—

老

妈

—

好在母亲每次怒骂完之后,母亲还是母亲,女儿还是女儿。血脉相承的东西,岂是一句话、一件事能轻易斩断的?

只要母亲不提阳台的事,这些,就都不是不可忍受的事了。

江芊擎着一只空杯,一仰头,一眼瞥见墙上的母亲。照片里的母亲,是三十年前的母亲。母亲是个有点西洋化的美女,白皙的肤色、微凹的眼窝、风情的眼眸、高挺的鼻子、秀发天然卷曲,松软的鬓角和刘海,迎着太阳看,是淡棕色的。有时候,江芊看着这相片,几乎无法说服自己,那就是面前的母亲。

母亲生长在北方,后来才随父亲来到南方(用母亲的话,是上当嫁人,被骗南下),儿化音纯熟的北方普通话,再加上异域般的美丽,使她很快被选中到厂里当广播员,一直干到五十岁退休。这期间,非但厂里一茬茬大学毕业的俊男靓女,无人能替去她广播员的位子,还意外生下妹妹江蔚。

妹妹江蔚,比江芊小十岁,同江芊和大姐江葭,一点都不像。江葭与江芊,长得酷似母亲,也是一对西洋味的美女。妹妹江蔚,亮亮的大眼,阔阔的嘴,小虎牙,全在微黑的脸庞上生动着,既不像母亲,更不像父亲。妹妹江蔚生下来后,常有人在母亲身后叽叽咕咕,江芊由此隐隐约约地提早知道了些风月的事,但是,这些并没有削弱她深爱母亲,深爱那个曼妙轻巧,普通话说得无人能及的好的母亲。

江芊小学的时候,一天下午因为肚子痛,没有随全班同学去看学校包场的电影,而转去厂里广播室找母亲。江芊推开虚掩着的门一头莽撞进去,惊讶地看到那个大家背后议论中的副厂长,正在帮妈妈从脖子上取下那条 18K 的金链子。江芊瞅见惊讶地转过头来的母亲,微凹的眼窝里,水草般的睫毛,异样地抖动,眼中神情怪怪,副厂长微黑的脸庞、亮亮的大眼,都显出惊慌失措的神色。不过,片刻的慌乱异常后,两人很快都镇定了下来,和颜悦色地来招呼江芊,询问她为何突然过来。江芊站在两人面前,模模糊糊地闻到异样的气味,朦朦胧胧地印证了人们议论中的某些东西,却从此更加依恋母亲,这个身上永远逸着香气的母亲,仿佛生怕母亲会在她一觉醒来,雾一般地淡出她的生活。

母亲退休后,只和昔日的老同事一道上了半年老年大学,就辍学了。随着父亲生活日渐不能自理,母亲,那个曾总是说自己的爱好是逛街的母亲,逐渐足不出户了。那个鲜润的、明媚的,身上洋溢着浪漫因子的母亲,随着开动机器般的絮叨,几乎同时流逝了一切美好,只剩得灰白的头发、塌陷的双颊、枯干的身躯。

终于吃完饭,终于可以逃一般地回自己的家。幸好母亲没有提起阳台的事。今天又逃过一劫。江芊侥幸地想。

明后天是周末,没有来这里吃晚饭。阳台的事,下星期再想办法了!

女儿驮着沉重的书包,走在前头,江芊拎了自己轻巧别致的包,随后。心心先开门出去,江芊刚走到门边,忽听母亲在背后急吼吼地叫:"江芊,等等!"江芊的心急遽上提的当儿,母亲已奋力追过来,布满老年斑的枯瘦僵硬的手,鸡爪子一般,攫住江芊的提包带子,怒视着江芊问道:"阳台封了没有?!"江芊那天跟姐姐聊天,无意中说到薛飞这两年炒股,亏了五十几万。母亲挨到星期天,招来江蔚照看父亲,带江葭,请了风水先生,过自己家里来。风水先生在家里四处狐疑地转悠了一圈,最后,走到阳台,瞥了一眼风光旖旎的赏笃湖,马上神色一转,诡异地凑近母亲耳边,神秘莫测地跟母亲耳语了一阵。母亲听后,颜色骤变。

风水先生走后,母亲立马下令给江芊,用砖头封死阳台,不得耽搁,不得有误!

那天晚上,薛飞一回来,江芊就告诉薛飞风水先生来过以及母亲的盼咐。薛飞听完,不可置信地大睁双眼,眼中极端惊讶的光,慢慢转变成极端厌恶之光,极简短地说:"你妈疯了。"

当江芊拗不过母亲,再次惴惴不安地跟薛飞提起母亲让他们封阳台的事,并且小心翼翼地跟薛飞说:"我再跟妈商量一下,改成用玻璃窗封起来,看可不可以?"薛飞未听完,那张英俊的脸,骤然变得铁青,目射两道寒光,仿佛要用那两道寒光,把江芊钉在十字架上那般,一字一顿地说:"跟你妈说,把阳台封死后,咱俩就各走各的,你看着办!"薛飞说完,转身出门,一夜不归。江芊潮红着眼睛,触目惊心地瞪着母亲那只筋络如蚯蚓般缠绕爬行的手,痛心疾首地想,母亲怎么如此可怕!想起薛飞的最后通牒,江芊的眼泪,顿时汹涌而至。江芊奋力从母亲手中挣出提包带子。惯性骤停,母亲打了一个趔趄,踉跄歪斜,几乎跌在地上。姐姐江葭正好推门进来,见状,哀叫一声,和心心扑将过去,扶住母亲。江葭回头瞥了一眼江芊淹没在泪水中惨白的脸庞,忙示意心心拉她妈妈快走,一面把母亲连拉带抱拖到沙发上。

江芊一路流着泪,开着车。刚进小区,停车下来,举头无望地望了一眼天空,只见明月当空,皎洁得有些诡异。江芊蓦然一惊,心头掠过一阵不祥。恰在此时,包内手机骤响。江芊心中一颤,脑中闪过一念:母亲!江芊抖着手,拿起手机,一按接听键,立即传来姐姐急促的声音里,有着极力克制的鼻音:"小芊,你快来,妈血压,血压升得很高,我已叫了120,正送第一医院……"姐姐一向遇事沉着,这般声气,一定是母亲情况严重。

江芊让心心快快上楼,自己慌忙返身开车往第一医院。江芊赶到第一医院时,母亲已进了ICU。江葭站在ICU外面,江蔚趴在江葭肩头,无声地哭着。一直到凌晨,母亲才稳定下来。江蔚说,她请公休,她来照顾母亲,叫江芊:"二姐,你先回家,心心还等你做早饭。"想到薛飞出差在外,心心正上高三,已到了最后冲刺阶段,江芊只得先回家。

　　江芊无力地回到家,愁苦万端地走到阳台,往外远眺,天已微明,再上床睡觉,怕误了给心心做早饭。江芊坐到阳台上的一把藤编靠背椅上,立即瘫成一摊的泥。不知过了多久,迷糊中,裙下裸露的双腿,感到一阵沁肤的凉。这般凉意,使江芊蓦然醒来。江芊撑开涩重迷蒙的双眼,摸出手机,点亮屏幕,瞄了一眼时间,未到五点,还早。江芊哀痛的眼眸瞟向远处,远方天光熹微,湖水浩渺,草木萋萋,湖水草木之间,游走着淡淡的晨雾,仙境一般。江芊哀苦地想起为这一阳台的美景,薛飞所费的周折和多付出的几十万元,不禁心中战栗起来。这时,一只白鹭,蓦地,云朵一般,从岸边悠然浮出,轻划翅膀,向着湖心舒缓优美地滑翔而去。

　　一个人,张开双臂,迎着晨风,也可以这般轻盈地起舞吗?江芊倾身探头,从二十八楼的阳台朝外望去,她忽然灵魂出窍一般地想,从这里,白鹭那般,轻灵地飞向远方,离了阳台,离了母亲,离了薛飞,不就可以一了百了?

　　又一阵凌晨的凉风袭来,把江芊的衣裙,吹得猎猎上翻。江芊觉得自己已然轻若浮云,飘忽着正要越过阳台,向着湖心飞去。再见,阳台!这时,江芊听到自己心里有个声音,轻柔地对阳台说。

　　(原载《山花》2014年1月B)

不识真颜

"我们家老张,唉……"每次大姑提起姑父,总是这么开头,那个"唉"字拖着一截本欲伸长却又戛然止住的尾巴,短促地承载着大姑对姑父恨铁不成钢的万般无奈。每次这样的开头后,大姑接下去必是左手三个指头轻揉着心口,轻切着亮着健康光泽的贝齿,十分无奈地絮叨控诉着姑父的种种不是,比如,要帮他疏通各种人事关系啦;要打理他一年四季所有的穿戴乃至一双袜子啦;指望不上他为家里出丁点力等等,不一而足。

大姑仿佛只有这样数落姑父,才不会让这些心头的淤积,妨碍自己心血管的畅通。

　　每当大姑能有时间坐下来和我妈闲聊,我就抓紧时机,目不转睛地盯着大姑的眼眸进行深入探究。我不明白,从头到脚端正大气的大姑,怎么能不动声色地长着那样一双眼睛。那双明眸,简直就像两个幽凉的水潭子中搁着两枚漆黑晶亮的黑宝石,并且还由丰茂的眼睫毛如丰美的水草那般,把那两个清幽的水潭子掩映得有些扑朔迷离。只可惜随着大姑提起姑父,它们便会在很短的时间内晦暗下来。

　　每次总是这么盯着大姑的眼睛看,直到她和妈妈聊完天,回过神来。回过神来的大姑,必定会和悦地笑拍我的面颊,逗我:"小柔你这么看着我,是想要接住我的唾沫星子不是?"我这时才不好意思地笑起来,依到大姑身边。这使得我,跟大姑更亲了。

　　深深吸去我的魂魄的,总是大姑的这双眼睛,因此大姑的那些责怪姑父的话,总是就像风吹落叶般地从我的身边飘零过去。可久而久之,还是在我心中烙下了对姑父的根深蒂固的成见——平庸无能!

　　我仅比大姑的独生女儿张小暖大半岁,因此我从小就是张小暖的伴,又由于大姑对我的钟爱几乎可以媲美表妹,所以,我的童年和少女时代就有很多日子是在大姑家里度过。在大姑家,碰上她开会晚回来,让先回家的姑父做晚饭,大姑回来吃饭时,常会用她那人到中年还极为清亮的嗓子,把尚在厨房里瞎忙乎的姑父叫过来,责问他怎么把饭烧糊成这样,或要他吃一筷子他炒的菜,然后生气地问他:"咸成这样,还能吃吗?!"大姑质问的时候又用筷子末端"啪啪"敲着端在另一手里的碗的边沿,算是一种告诫。这时,戴着厚厚近视眼镜的姑父,便会弓着腰,站在大姑身边,低下头发花白的头,两只手背在尚围在腰间的围裙上不知所措地蹭着,口中嗫嚅,像做错了事挨单位领导批评的老伙计。而此时,坐在大姑身边吃饭的表妹和我,咀嚼饭菜的声音便会戛然而止。在饭碗的遮蔽下,我们试试探探的目光攀过碗沿,惴惴不安地瞄一下大姑那张生气发灰的脸,再同情而又不屑地斜睥姑父一眼。姑父他花白头发下的额头上,原有的两条又深又长的皱纹此时更深更长了,还有汗水不住地从那深深的沟壑里泅出来。

类似的一幕,大姑家时常上演。所以,从懂事起,我就很庆幸地想,这个家,幸亏有我亲爱的大姑!

每次看到姑父缩着早早斑白的头,委委琐琐地走在光彩照人的大姑身边,从外貌看,几乎会让人误以为是大姑的父亲我的爷爷;从神态看,则又像大姑的跟班,我就疑惑,姑父怎么能娶到这样出色的大姑?!大姑这样出类拔萃的女人,又怎么会下嫁给姑父这样的无用之徒?!大姑是多么了不起啊,她从十六岁一个临时工干起,一路从副科长、科长、副局长乃至局长。事业上顺风顺水的大姑还长得很漂亮,到了快五十岁临去世前,她只略显些松弛的身体,依旧有着不太需要衣裳修饰的圆润的曲线,只有少数几丝白发丝的短发剪得精神利索烫得新潮优雅,一股历练过的端丽,从短烫发从得体的衣着和从容的笑容里焕发出去。此外,大姑还有一副唱高音的靓嗓,她经常是市区重要文艺活动的主角。大姑年轻时因为这样俊美的长相,这副天然的好嗓子,使她曾经拥有过一个加强连的追求者。

大姑里里外外一把手,姑父则除了每月工资如数上缴大姑外,我还真没看过他为家庭出过力。大姑在无奈之余,常很庆幸地对我母亲说,还好小暖,俊俏伶俐,生活学习都无须她多操心。表妹小时,大姑这么说着时,总是用她莹白的手从偎在她跟前的表妹的头顶,顺着表妹两腮,一下一下地摩挲下去。那一下一下下拂的动作里,倾注了大姑从姑父身上收回来的和自己赋予女儿的双重的爱。表妹长大后,大姑再这么说时,则是用她修长的臂膀,从表妹的后背绕过去,揽住表妹的腰,把表妹亲密地拢过来,仿佛只有与女儿这样结成一体,才能抵御来自姑父的深度失望。

051

大姑呢，她自己则是我和表妹从小到大崇拜的偶像和模仿的样板。

在我们情窦初开的少女时代，我和表妹小柔曾一次次地关在大姑房间里，偷偷地踩着大姑那一双双乌黑闪亮，在我们眼中极其秀美别致的高跟鞋，在镜子前煞有介事来来回回地颠着"猫步"。当我们在腋下像藏着一个天大的喜悦那样，秘密地藏着从大姑的香水瓶子里甩出来的几滴香水时，我们是多么渴望快快长大，长成大姑那样人人仰慕的女人。而当我们上了高中和大学以后，我们又是多么以说话掷地有声，几乎可以呼风唤雨的美丽局长大姑为荣啊！

这是我到了高中乃至上了大学后，还依然很喜欢到大姑家去的重要原因。

《厦门新娘》在厦门热播时，姑父便有了一个外号——福气，我们家族的人，除了奶奶，都觉得他像那个憨傻呆直的"福气"。

真正见识姑父的本色，是我医学院最后一年到姑父医院实习时。

刚去实习的那阵，一天，我一上班就遵大姑之命，去外科交代姑父一件要事。刚走到外科办公室门口，静悄悄的走廊忽然传来一个极其陌生又极为熟悉的声音："作为一个外科医护人员，应当谨记……"我不禁吃惊而又好奇地放轻脚步，仔细倾听，原来是外科全科室人员在开早会，姑父在训导科室里的医护人员。姑父声音虽不高亢，却有板有眼，措辞严厉，令本来一头就要撞进去的我，呆立在门口倒吸了一大口冷气。我悄悄探头往里张望，只见姑父背朝着门坐着，身板挺直，对面两排坐着，边上或坐或站着的，全是外科的医生护士，个个凝神屏气。坐在第一排边上的潘医生去过大姑家我认识，是位刚刚毕业分配来外科的博士，唯独他低垂着头，好像发生了什么大事。

这是那个在家里缩头缩脑的姑父吗？我的震惊不亚于看到一颗炸弹

在面前爆炸！

随着实习时间的推移，我才知道，在家里缩着脖子的那个姑父，在医院里是直着腰板走路，面带威严做事。姑父原来是他们那所三级甲等医院外科"第一刀"，找他做手术的病人要排着长队预约，还有不少是领导批条硬塞进来的。后来又渐渐知道，姑父除了医术高明，医德也有口皆碑。实习那段时间，每次在医院里说起张青山是我的姑父，许多女医生和上了一点年纪的护士，便会过来，热情地拉住我的手，关切地询问我："在这里实习多久？你姑父忙，有什么需要的地方，尽管来找我，一样，一样的。"或者轻拍着我的面颊，舒开愉快的笑容，对身旁的人说："瞧这姑娘，长得这么美！"我总能从人们的口气中，品读出大家心里对姑父油然的尊敬，和由于对姑父的敬重，而衍生出的对我的真心关照和疼爱。

其实，这一切，只要看一下姑父的书房，就能了解几分。

姑父书房的四面墙壁，有三面沉静的学者一般站着的满满三大柜医学书籍，还有一面，窗户下放着大书桌。在空调远未普及的年代，无数个仲夏深夜，我和表妹陪大姑看完那些当时风靡一时，并在播出时间致使全城万人空巷的电视连续剧之后，又一同出到街上去吃消夜，再一起回来小区花园里散步，消化装着过多食物的胃。两个姑娘家矫情地靠着大姑越是热天越是沁凉润滑的丰腴的臂膀，悠然行走在花丛旁树荫下。我们在夏虫的纵情鸣叫中享受着无边的明月清风，偶一抬头看大姑家的那栋楼，只剩几盏灯醉眼朦胧地亮着，其中亮得最执着的那盏，必定是姑父书桌上的台灯。于是，大姑会朝着那窗户，鄙夷地对我们说道："瞧那犟驴子，还在读死书，啃破书本！"我和表妹就会在一旁附和着大姑，嘻嘻哈哈地嘲笑此时在微风吊扇下，头发斑白黏黏、后背汗湿的姑父。只要想想这些，就不难明白，姑父何以能在医院里成为医术医德双馨的名医了。只是他在家一向太渺小，我们太少去关注他。

可是,姑父一旦从医院回到家,便又会还原成那位被大姑呼来唤去,耷拉着头窝囊委琐的姑父。如果说大姑是家里的太阳,那么姑父就是太阳边上那片灰暗的乌云了。那时,我初步断定,姑父是双重人格的人,只是没有料到,后来那双重性显现出如此巨大的差异。

四月底的一个早晨,天气晴好,微风吹拂在脸上清爽怡人。五一全市歌咏比赛的那天,我和表妹小暖手持大姑给我们的票,早早赶到人民会堂。我们像过去许多次那样骄傲自豪,目不转睛地注视着舞台上的大姑。大姑担任区合唱团的领唱,盛装的她星光熠熠地站在舞台中央,她圆润清越的女声正在高歌:"五月的红花,开满了祖国大江南北……"突然,在舞台灯光下星光灿烂的大姑,捂着胸,趔趄了几步,倒在舞台的中央,撑开如孔雀开屏的低胸粉红色演出纱裙,使她就像一朵被突如其来的狂风,骤然从枝头刮落到地上的色泽依然鲜艳的花朵。

一个小时后,大姑因心肌梗塞,在医院去世。

我和小暖,每天睁开沉重滞涩的眼睛,都要不由自主地去寻找大姑美丽的身影。我们无法相信大姑已以那样"华丽"的方式谢幕,与我们永别。我们许久许久面色惨白,眼神恍惚,无法接受这个事实。

是姑父的存在,把我和已婚住在夫家的小暖,从精神恍惚中唤醒过来。

大姑头七那天的晚上,我们从一早过去,直到新闻联播开始,才离开姑父家。我们出来顺手带上门的时候,回头望了一下包裹在深色衣裳中的姑父。他坐在电视前,定定不动,仿佛在看电视,又仿佛没有,灵魂早已游离出窍一般。我们这才从悲痛中惊心地醒悟过来:以后剩下姑父一个人,可怎么办?

我和小暖缓缓并肩行走过小区昏黄的路灯下时,一只孤独的蛾子"噗"

地支起薄薄的羽翅,飞离电杆,从我们面前掠过,扑向黑暗的深处。小暖眼望着那只虫子问我:"你说往后怎么办?"我明白小暖所指,想了想,说:"给他请个尽心点的保姆,要不,往后恐怕连饭都要吃不上。"

我和小暖不管姑父始终对雇保姆的事不置可否,只是加紧分头物色。过了一些时日,奶奶娘家的一个离婚后没有住处,只得回到娘家暂住的远房亲戚,终于被带到奶奶家里来。这是个三十几岁的女人。当她站在我们面前,我和小暖的神经都被强烈地刺激了一下,她的眉眼怎么竟那么像刚刚逝去的大姑? 我和小暖交换了下震惊的眼光,之后,都陷入沉思,不知如何是好? 我们再抬起头来端详她的时候,才都又发现,她和大姑事实上有着本质的区别。那区别是她的神态。她的神情里天然地流淌着一脉柔顺。就是这一脉泛着流动的泉水一般又隐含着一丝悲戚的幽光的柔顺,使我在她侧头看向窗外的一瞬,朝小暖投向我的探寻的眼光,微点了下头,表示了我的认可。于是,小暖便又把询问的目光投向一直默然坐在一旁的姑父,姑父只抬头瞟了这女人一眼,一点浅淡又明显的多日不见的笑容,便意外地在他的脸上洇开来。

小暖回去后,便打电话通知奶奶,让奶奶转告那女人明天就到姑父家上工。

"亲戚或余悲,他人亦已歌",我们还沉浸在失去大姑的沉痛中,万家团圆的中秋佳节,已通过人们的视觉和听觉各种渠道,浓浓烈烈地扑进千家万户。我约了小暖,中秋之夜去陪姑父过节。在去姑父家的路上途经花店时,我转了进去,让店里的小妹为我用透明的玻璃纸包了一束马蹄莲,准备着拿此花去祭奠大姑——那是大姑最喜欢的花。表妹则提了一盒包装精致的月饼要去给她可怜的父亲。

我们到的时候,姑父正在厨房里忙乎,客厅的餐桌上已摆开了好几样佳肴,姑父却还在不断地从厨房里再端出菜来。我疑惑地截住欣然从厨房搬出菜来的姑父,问:"保姆呢?"姑父一手端着一盘刚起锅的油绿喷香的菜,一手举着犹粘着菜叶的锅铲,挥挥锅铲,笑笑说:"我已跟她学会做菜,这几天让她回去探亲。她来了几个月,一次都没回去过。"姑父把菜放到桌上,像刚刚完成一个漂亮的外科手术那般,脸上展开一个饱满自豪的笑容,说:"你们快拿筷子来尝尝,绝对不比你们炒的差。"我在瞧着一桌的菜,炖、炒、汤搭配,色、香、味皆好的同时,也不忘从细微处探究姑父的生存状况,我觑着眼瞄向姑父,只见他前胸腰间围着的围裙虽溅落着新鲜的油渍,浅色衬衣的袖口和领边却是干爽干净不见一丝油腻,并且似乎比前阵子白胖了些。小暖趁着我跟姑父说话的当儿,到家里其他房间探巡了一圈,见家里也都还干净整洁。我和"视察"了一圈回到餐桌边的表妹相视微笑,心下甚觉安心。

　　祭完大姑,我们坐下和姑父吃饭,心头的伤痛,使我们谁也没有心情开口,席间只有碗箸之声。过了一会儿,姑父搁下筷子,起身给我们拿来玻璃酒樽,倒上红酒,我们便默然陪他小酌。吃完饭,我收拾桌子,小暖洗碗。姑父坐到一边的沙发上去烧水准备泡茶。等到我们忙完洗洗刷刷的活儿,姑父已泡好了茶,等着我们。我们刚相继在他身边落座,端起茶杯啜饮,姑父朝我们看了看,然后毅然宣布:"我考虑再婚!"姑父声调不高,平静的声音里沉淀着某种不容置疑的东西。我目瞪口呆地望着姑父,姑父眼中那我从小到大从未见过的淡定的光,让我惊讶得把手里滚烫的茶都泼洒到手指头上。小暖先是把一双惊愕的眼睛瞪得几乎像活着时候的大姑那么大,一句话也说不出来,然后定定地仰头凝视着大姑遗像前白色马蹄莲上晶莹的水珠子,接着,就有两串泪,像马蹄莲上的水珠一般,顺着她的腮帮,滚落下来。

　　我们仿若被姑父一把推进冰窟窿里。过了一会儿，我们黯然离去。

　　三个月后，姑父再婚。

　　姑父续娶的女人，竟是我们替他找来的保姆。这是最让我们无法接受的事。

　　从此，我不再登姑父的门；小暖也狠下心，不再回去看父亲！

　　突然在街上碰到姑父时，已是他再婚将近一年之后了。

　　那是个周日上午，我刚从巴黎春天购物出来，我提着新买的春衣，走在人群熙攘的大街上，心思沉浸在自己的小喜悦里。忽然，一个男人迎面走来。他笑容饱满，他面色红润，他染过的头发在阳光下乌黑乌黑地闪亮。再看他的身上，天气有些太热，他把皮夹克脱下来，随意洒脱地搭在手臂上，丝光棉的横条纹长袖春秋衫，在晴好的阳光下，以它舒适绵软不伤皮肤不起毛的良好质地，无声地述说着它所代表的比较高尚的生活品质。啊，是姑父！挺直着身板走路的姑父足有一米七十五，比他以前半佝偻地陪在大姑身边，足足高出半个头来，并且年轻十岁以上。我看呆了，一瞬间几乎忘掉所有的恼恨，差点从一个女性冷眼旁观男人的角度脱口而出："好一个五十极品男！"

　　不到一年，姑父居然变得如此年轻洒脱，要不是他惊喜地朝我叫着"小柔"，我怎么敢认他！他白了好些，胖了好些的脸上那些又深又长的皱纹，好像长出翼翅，轻巧地飞走不见了。

　　姑父的身边跟着那个小女人，两人款款走过来。焕发着容光的姑父，简直像一棵苍翠的老松，那个看着我时眼里藏着一些羞涩和矜持的长相酷似大姑的小女人，则柔顺得像攀沿着松树的一株绿色藤本植物。姑父并不计较这大半年来我对他的冷淡无礼，他拍着我的肩，热情地邀我到他们就在附近的家去歇脚喝茶。

我百感交集地跟着姑父他们，再度来到那个我曾经极为熟悉的家。

一进门，我赫然发现，姑父的家焕然一新！过去有些发黄发暗的墙，重新粉刷了，雪白雪白地告诉我，这里有了完全不同的生活。原来的三室一厅变成现在的一卧室一书房再一大厅。另一室与客厅打通，使原先采光不好大白天要开灯的客厅，因此变得南北通透、宽阔敞亮。全套欧式白色家具，百合花一般，纯洁似雪地盛开在光洁的地板上。与先前大姑中式风格迥异的西式浪漫，弥散到这个家的每一个边边角角，让人不禁联想起维多利亚、范思哲、香奈尔这一类名词。我这才猛然想起来，姑父不是留英归国的高科技人才吗？！眼前的情景唤醒了我早已淡忘了的记忆，这记忆又让我百思不得其解：为什么姑父骨子里的洋味这么多年深藏不露，为什么现在又骤然全部释放出来？

这屋子的另一重大改变，是通往阳台的厚重的土墙，有三分之二变成透明晶亮的落地大玻璃门。墙外对湖景一览无遗的宽大的阳台，以前永远挂满或干或湿的衣物，现在除顺墙安放着一台崭新的跑步机外，还点缀着姹紫嫣红和绿意盎然的几款小盆景，让人看了通体舒泰之外，还滋生出一些别样的情调来。

一样的房子，却是截然不同了。

姑父一到家便嚷嚷腿酸。他一边招呼我坐下，一边舒适地仰靠在欧式白色仿古真皮沙发上。那小女人一路笑吟吟地碎步小跑过来，送过来一双柔软的棉布拖鞋给姑父换上，净了手之后，手脚麻利地给我们泡过来两杯飘着清香的铁观音。小女人殷勤轻巧地在宽大明亮的客厅里忙来忙去，像一片在丽日晴空中被风吹过来又吹过去的云彩。姑父一边悠然地换拖鞋，一边喝了一口小女人泡过来的茶，舒心地朗笑道："好茶！"我几乎看呆了，这还是过去那个一回家，总是唯唯诺诺听着大姑责怪使唤的姑父吗？更让

不
识
真
颜

我惊讶的是,多少年来,我看惯的低眉顺首的姑父,竟是这样的好相貌:五官周正,面容清朗!难怪大姑当年能看上他,嫁给他!我又仔细看了看那小女人,虽比大姑年轻些,长相也有五分像大姑,但还是远不及大姑漂亮,更没有大姑端庄大方的领导风范。可她眉眼间,言辞举止上流露出来的那股温顺,却像绕着姑父这座青山流淌的一条碧清、缠绵的小河。这使得她不但看上去与姑父刚柔相济和谐相生,还以她的婉顺,把姑父性格中伟岸、方刚的一面淋漓尽致地催生出来。这些,使我不得不面对现实,一步一步走出对她占据大姑位置的鄙视和怨恨的泥沼。

又过了半年,姑父医院的几个领导职位要求竞争上岗。姑父报名参加竞争副院长。

竞争上岗前的演说和答辩允许旁听。我和小暖都特地请了假去助阵。我们到时,医院十楼的小会议室早已坐满人,我和小暖只好挤在最后一排。不一会儿,就轮到姑父上场了。

我和小暖可从来没见他上过这么大的台面!

只见一向言语不多的姑父,沉着稳健地走上去,气度翩然地站在讲台。姑父那天穿着西服,西服平整的衬肩让他看上去更像个富有担当的人,未扣上扣子而敞露着白底浅蓝竖条纹衬衫让他显得亲切亲和。他稍向大家致意后便开始演讲。姑父的演说引经据典、挥洒自如,之后的答辩更是思路清晰,思维敏捷。十五分钟的演讲和答辩,居然激起听众好几次自发的热烈的掌声,那热烈的掌声又反过来使得姑父的演说和应对高潮迭起。我和小暖心里怦怦跳着,眼中潮湿,激动不已。我们十分惊讶地发现,姑父身上竟蕴藏着这么多宝贵的稀有矿藏!

我忽然又想起,在我和表妹小暖的少女时代,我们和大姑在客厅痴迷地看八三年版《射雕英雄传》,当"依稀往梦似曾见,心内波澜现……"这一

059

曲让人荡气回肠的主题歌一响起,我们便把电视机开得山响。我们看得沉醉其中乐不可支时,可怜的姑父在书房里查阅资料,看书——他那时正带着一支医疗队伍在攻克一个难题,只好把书房的门关得严严实实。在没有空调,只有一台电风扇,难以把夏天的暑气扇出房间的夜晚,姑父一次次地出来,到我们面前的茶几上倒凉茶喝。姑父怕挡了我们的视线,过来过去,总是把腰弯到最低限度。我们还嘲笑他的腰,弓如煮熟的红虾。

　　想起这些,我们真是既难过又愧疚!

　　姑父就这样凭着自己多年来的医术医德,凭着精彩的演说和答辩,当上主管业务的副院长。从此后,他出入有小车接送,有司机帮他开车门提包。姑父很快地长到接近健硕的程度,小腹也有点鼓凸出来了,不过这样穿起西服来更有派,更显领导风度了。看着汩汩流逝的岁月一起走向衰老和日渐衰弱的自然规律倒着来的姑父,我和表妹对他的再婚的心结渐次解开,与我们叫阿姨的他的妻子也不再有大芥蒂。过去的终归要过去,姑父的幸福,也是我们的幸福!

　　这之后,很长时间我没有去看姑父。一是因为我和表妹小暖对姑父的生活不但完全放下了心,还充满信心;再是我和表妹都想考研忙着复习;还有,再怎么说,毕竟表妹没有了亲生母亲,我没有了血脉相通的亲大姑了,与那小女人,多少有些陌生。

　　这样又过了大半年,直到姑父作为访问学者要到英国去一年,我们才在他临去英国前抽空去看他。

　　那是个冬天周末的早晨,我们搭了半小时的公共汽车,逆着一街寒风,鼻头通红地来到姑父家。当我们走进姑父的客厅,呈现在我们面前的,竟是这样一幅家居图:大客厅里本来用来装饰的壁炉,竟真的启用起来。劈成小段小段的木材,正旺旺地燃烧着,把冬天的屋子烤得暖烘烘。浓缩在木材纹理中的太阳的香味，随着木材的燃烧，给一整个屋子送来干燥的芳香。屋子的玻璃窗关着，早晨凉薄的太阳光，穿过凛冽的空气和寒风，像张开翅膀飞翔的天使那般，金光熠熠地趴在晶亮的玻璃上，好奇而羡慕地张望着这幸福的一家人。姑父穿着和式家居服，舒适地靠在壁炉边的一只靠背椅子里，研读一本新到的医学杂志。姑父左手边是一张小圆桌，桌上铺着的桌布，桌布的边上垂着柳芽黄的流苏。流苏间或轻飘抖动，无声地带起一种雅致。我们叫她阿姨的小女人正往小圆桌上的一只玻璃高脚杯里，细心地倾倒着玫瑰红的汁液，那是姑父酷爱的进口红葡萄酒。姑父头也不从杂志上抬起来，只朝小女人无声地摆了下手势，小女人便轻轻地止住，拿起桌上的橡木塞子，轻巧地把葡萄酒瓶塞紧，悄没声息地放回玻璃酒柜里。

眼前的情景，我只在《蝴蝶梦》《简·爱》这些英国电影里看到过啊！姑父不愧是受过多年英式教育的人！我不禁也文雅起来，轻柔着声音叫道："姑父……""小柔小暖啊"，姑父温和地招呼了我们一声，放下书本，用中指和食指以及掌心，优美地托起高脚杯，轻轻荡漾着杯中红玛瑙般的液体，小呷了一口，说："听说你们正在准备考研，年轻人是该好好努力。我到英国后，你们要是觉得你们家里太吵，没地方复习迎考，可以来用我的书房。"姑父举止风雅，像那些英国电影里的绅士！我看呆过去的时候，突然听到姑父慈爱地对我们这么说，我望着德高望重的姑父，心中柔柔暖暖地点了点头。

姑父离开的那天，我和表妹与姑父的司机一起帮他提行李。我们依依不舍又满怀憧憬地与他一起走进高崎国际机场。

当我们透过候机大楼的玻璃幕墙，看到姑父乘坐的波音七四七，向着辽阔高远的天空凌空而去时，我的脑海里，突然跳出连自己都吃惊的疑问："大姑在的那么多年，这个男人——姑父，他，有过幸福吗？"这么想着，心中不知怎的一阵酸楚，泪水悄然簌簌落下，咕咚咕咚地砸在候机大厅光洁的地砖上。

　　我和表妹在姑父去英国的那年双双考上研究生。我读完了硕士后，到医院工作，表妹小暖则继续读博士，因为姑父在经济上给了她全力的支持。

　　表妹张小暖拿到博士学位的时候，寄了张她戴博士帽的照片给我。我去看我妈的时候，把这照片拿给我妈看。我妈瞅着表妹小暖的照片，有些文不对题地说："你姑父真好！"我愕然地瞅着我妈。我妈说："当年你奶奶不喜欢你大姑当时处的那个唱歌的男朋友，她嫌当演员的轻浮靠不住，逼你大姑和你姑父交往。你外婆说，医生是个好职业，而你姑父当时又对你大姑实在太着迷了，自见面后就穷追不舍——任何一个男人，只要见过你年轻时的大姑，都会着迷恋得像吃了迷魂药。那时，你大姑虽然面上无法忤逆你奶奶强悍的意图，面上敷衍着和你姑父交往，私底下却还是和那演员不断缠绵。直到那男演员和剧团里的一个舞蹈演员被舞蹈演员的丈夫堵在家中，你大姑才死心和他分手，并在一个月内迅速和你姑父成婚。咳，直到结婚，你大姑才发现，自己已有三个月身孕。"想起大姑去世后的这几年，姑父全心全力鼓励资助表妹读硕士读博，我的目光聚焦到我妈的脸上："姑父知道小暖不是他亲生女儿吗？""知道。"母亲一边精细地在缝一颗纽扣，一面平静淡然地说："所以，对你姑父迅速再婚，你奶奶和我们都没有什么好说的。"母亲对故去的往事的揭示愈是安然，我的内心愈是惊涛翻滚：这个实际上我自童年起，就和他相濡以沫的姑父，还有多少个面为我所不知道？母亲说姑父当时很迷恋大姑，那迷恋，是像我童年时候那样，瞅着大姑那双睫毛如丰美水草，明眸似幽凉的深水潭子里搁着两枚漆黑晶亮的黑宝石，目不转睛地看吗？

手镯，手镯

一

　　这是一个平凡的夜晚，和所有骤雨初歇的夜晚一样，空气清新得仿若游动着一丝兰花的幽香，残雨挂在绿草和树叶的尖上，不肯离去，满世界晶莹闪烁。真是散步的好时光啊！所以，我毅然独自出去散步，又在散步归来，意犹未尽地折进许久未光顾的"衣念"。

　　"衣念"是一间台装专卖店。直到我踏进"衣念"的门，对于由这个平凡的夜晚将在此后及几年之后演绎出的令人目瞪口呆的事，还是一点预兆也没有。也许是那些天里，我四处寻找一只包，找得几乎抓狂，把我一向敏锐的第六感觉的触角，都磨钝了。我的那只包里有一个钱包、两本书，相比起也放在包里的手镯，这些就无关紧要了。我的那手镯，装在一只小绒布口袋里，通过抽出一根带子来收紧开口。这只手镯，是奶奶在我出嫁的那天给我的。我还记得那天大清早起来，天落着细雨，已进佛堂的奶奶让母亲把我找去。我跟着母亲，远远地见佛堂的门框上，新鲜的对联油黑亮红，喜气洋洋。对联的深处，一对红烛峙于香案两边，照出一堂幽暗、朦胧和氤氲的喜气。奶奶早已在佛前焚了香，供上茶，并端坐于香案之侧。烟火缭绕中，奶奶觑着眼，瞅了我许久，才用她骨节突出，筋络盘绕的手，抖抖地打开香案上的一个锦盒子，摸出一样溜光冰凉的东西来，搁在我的掌心里。我低头一瞥，讶然看到，是一只玉镯子！这只玉镯，在佛堂暗弱的光中，澄净莹碧，光彩斐然。我一向只知道奶奶的樟木箱子里藏有锦匣，却从未见过奶奶的这只玉镯。奶奶又上下端详了我一番，才说："那几年，我做梦，老梦见你爷爷拿了这个锦盒子给我，要我把这只镯子给你当嫁妆。所以，你的两个姐姐出嫁，我都没有拿出来。"奶奶歇了歇，又说道："不是我偏心，实是你爷爷的万般嘱托。"

奶奶经常对我和姐姐们说梦呀什么的，我总是就那么听着。再加上我的夫家比娘家富裕一些，送来的首饰也有几件，因此，对于这只镯子虽也喜欢，却一直没有太在意。但是，一旦丢失，它的珍贵，对它的喜爱，便忽地强烈起来，并突兀地横梗在喉头。那时恰逢奶奶病重，不久于人世的样子，因此，它的来历，就更成了心头的痛。我焦急地四处寻找，找遍了我能找的所有地方。可是，悲催的是，那只包，就像人间蒸发了一般，了无踪影。

一眼望去，"衣念"里顾客似乎比平日多出许多，空气里驿动着紧张繁忙又兴奋的因子。进去仔细一瞅，原来满店的衣物都在打折，最低至二折。我看到我认识的那个叫郑巧巧的女孩，沦陷在挑选和试穿衣服的人群里。

我走进去的时候，郑巧巧根本无暇抬头瞥我一眼，却在几分钟后，在应接不暇中，用她的目光准确地在门边捕捉到我。她急急地朝我喊："哎，你等等，等等啊。"我听过她的同伴叫她郑巧巧，而她并不知晓我的姓名。她用急切的目光和简单快速的话语告诉我，她正在急着寻找我后，又急忙转回头去，手脚忙乱地应对客人。我有些意外，不知她找我何事？只得站在一边，利用这空档在那些打折的衣物中搜寻。

过了一会儿，郑巧巧瞅着个空儿，从人群中钻出来，匆匆跑进里间，又忙忙出来，递给我一只包，说："你的吗？"我简直不敢相信，这只包，竟在我踏破铁鞋时鬼使神差地回来了！我喜出望外地接过包，急忙伸手往袋子里一摸，装镯子的小绒布袋子，依然由一根收口的带子扎紧，那再熟悉不过的柔滑的感觉，立即由手心电流般地传递到我心中。失而复得，而且是如此贵重的东西，我声音颤抖地连声道谢。郑巧巧只是笑了一笑，又匆匆回到顾客当中。我瞧见她笑起来时，嘴角边深深地陷下去的两旋小梨窝，星子般地闪亮起来时，一颗可爱的小虎牙便显露出来。那活泼的梨窝，那亮泽的小虎牙，使她那张平淡苍白的脸，哗地绽放出几分俏丽、几许俏皮。我这才惊讶地发现，有些人的美丽，非要被那一"动"带出来不可，就像"风乍起，吹皱一池春水"那般生动。

这个倩笑，永久地烙在我感激的心中。

出了店门，我急忙从绒布口袋里掏出手镯来细瞧，手镯完好无损。再点了一下包里的东西：钱包里的钱，一分不少，书也没丢一本。我的心里，再次涨起对这个诚实细心的女孩满满的感激，想着，得找机会好好答谢她。

二

一周后的一个晚上，我正靠在面对着门的收银台边，宁静怡然地望着进进出出买书读书的人。这时,芬芬芳芳地走进了三个结伴的女孩,而中间的那个,竟然是郑巧巧。晚间的这个黄金时段,郑巧巧差不多都在"衣念"里忙着看店,怎么有工夫出来呢?我忙走过去招呼郑巧巧,引着女孩们到一边的沙发上坐,边拿上好的茶叶烧水泡茶,边问郑巧巧:"这时候,你怎能出来啊?""老板把'衣念'转手了,我失业了。"郑巧巧摊开手,微耸着瘦削的肩做无奈状,又半玩笑般地说,"你要人吗?"郑巧巧说得弱弱的,柔柔的,加上镯子的事,让我瞬间便疼惜起她来。

彼时,正是我在书店做收银员的外甥女,马上要嫁到外地,找不到合适的人来顶替的时候,于是,我当即就让郑巧巧第二天来上班顶替我的外甥女。手镯能够完璧归来,我相信郑巧巧。

郑巧巧就这样开始在我的书店里上班。

我慢慢发现郑巧巧是个很平凡却又不平凡的女孩。郑巧巧长相平常,穿时鲜廉价的网购来的衣服,素面朝天,每天坐在收银台,有人买书的时候,给买书的人收钱找钱,细心地做账。没人来买单的时候,她不像别的女孩,不是没完没了地网购、QQ,或发短信发得忘乎所以。她看书入迷时,沉静如一潭深水;哗哗翻动书页时,又清新活泼如随风舞动的杨柳。着实让人喜欢。

郑巧巧唯一的缺点是,不大会爱惜书本。她看的书都是从店里书架上现取下来的新书,逢多几个人一起来买单,她便慌慌站起,忙忙把书页一折,匆匆撂在椅上,顾客一走,一时忘记,一屁股就坐下去,把新崭崭的书都坐皱了。我看着心疼,提醒她几次,她红了脸,一把从屁股底下抽出书来,用手来来回回使劲展平。看她苍白细瘦的手指头,抖抖地使劲,我又有些于心不忍,面色缓和下来。因此,她对我的责怪不长记性,过后还是照样,像缺少家庭调教、不通世故的那类女孩。

不过，总的说来，郑巧巧做收银员，我还是比较满意的。她心细，坐得住。这样过了大半年，我忽然惊觉，这女孩正在急遽变化。首先是她的衣着，色彩变得明艳而大胆，接着薄了，露了。这样的衣着，把她因过于瘦削而平板而无味的年轻的身体，涂抹出了几许艳丽，勾勒出了几分性感，且频频走光。

郑巧巧此时也仿佛变得爱说爱笑了，苍白瘦削的脸，丰腴了好些并且透出一些润润的红晕。一日书店里顾客少，我跟店里的另一个女孩真说起郑巧巧的变化，真呼扇着夸张的假睫毛，笑嘻嘻道："爱情的力量嘛！"

原来，郑巧巧恋爱了！

我想想也是，能在短时间内如此大地改变一个女孩的，除了"恋爱"，还能是什么？也因此，我有意无意地留心起郑巧巧的男友。

这时，我发现，我晚间去店里时，常会看到郑巧巧对着手机讲个没完，有人来买单，要喊她两三遍，她才听见，才对着手机匆忙再说两句，才挂断，才绯红着脸心神慌乱地回到收银台来。再后来，有时晚上晚点去书店，会见到一个高个子男孩和她一起坐在收银台后面。两个人头凑在一块，叽叽喳喳，笑笑闹闹。虽然听不清他们在说些什么高兴事，但却看得到郑巧巧那两个在脸上频频闪动的小而深的梨窝，把他们私密的欢乐，不住地往外尽情播放。

遇到来买单的人多些，那男孩便侧身离开郑巧巧的收银台，自个儿到书架那边找书看。他惯常的动作，是把一侧臂膀往书架重重倚靠过去，一支腿撑着，一条腿虚晃着，急躁地翻完一本，又换一本。我每次听到崭新的书页，在他粗硬的不耐烦的手指间，脆脆地发出"煞煞，煞煞"的响声，总是担心书页会被撕破，却又不便说什么。能说什么呢，又没见他真撕破书。和气生财吧，遇到这种情况，我只能这样劝慰自己。

我当然是不放心外人坐到收银台里面去，因此，我说了郑巧巧几次，郑巧巧才不再带他进里面去坐。但偶尔还是会见到那男孩，跟郑巧巧在收银台后坐到一处，那是我跟郑巧巧说了不来书店，却又有事突然进去的时候。那男孩抬头一瞥见我的身影，便弓着身子从收银台一溜出去。那快速躲闪的身姿里，有心虚，也有不屑。

恋爱后的郑巧巧，已不是原来的郑巧巧了。我不放心让她在收银台，想把她换去当一般的店员，却又一时找不出换的理由，并且也一时找不到可靠的人来替她。因此，只好拖着，盯着，烦着。

郑巧巧唯一不变的是，还是一如既往地踩着钟点来，踏着钟点走，不像其他女孩，不时要迟到一回，早退一下。这也是我迟迟未找人来换掉她的原因。每每看到在我腕上闪亮的镯子，我的心，也便又和缓下来，原谅她的所有不足。

一直没正面看过那男孩，直到有一天去女孩们的宿舍。我租下给书店几个女孩当宿舍的一套两居室的旧的小公寓，浴室水管坏了，我带房东要去看。我们上楼时，迎面遇上郑巧巧和那男孩锁了门要下来。那男孩衣服尚未扣齐，睡眼惺忪，显然在此过的夜。

我不由细瞄了那男孩一眼，那男孩倒也算得上高大帅气，但那过黑过浓过粗的眉毛，仿佛锁着一股狠劲，满是青春痘紫红瘢痕的脸上，不大的眼睛凵斜着看人的样子，让人很不舒服。男孩用一只自我感觉良好的手，不当回事地松垮地揽着郑巧巧的腰。单薄的郑巧巧藤本植物缠绕大树一般地偎在他身旁，仰望着他的脸，就像承受阳光拂照的一片叶子，一脸让人不能不担心的痴迷和沉醉，眼神里藏着的却又是令人费解和惊异的任性和倔强。

我站在楼上阳台，遥望着辽阔的天空下，秋天微凉的风吹拂着这对恋人薄薄的衣裳，心情杂乱地想，那样的男人，骨子里大都有些狠，可一旦展开攻势来，却对郑巧巧这样既柔弱又有个性的女孩有致命的诱惑力和征服力。像郑巧巧这样的女孩，需要一个温和、厚道、成熟的男孩来疼她，爱她。

因此，每次看到绕在我手腕上的镯子闪着润泽的绿光，我都会觉得我不能不管个闲事，给郑巧巧说说我的看法。

可是，在我还来不及想出办法来拉郑巧巧一把的时候，出了一件事。

三

那天清晨五点，郑巧巧的父亲在我家防盗门上死命地敲，急促地把我从死沉的睡梦中敲醒来时，我才睡了三个多钟头。我到北京进书，飞机晚点，飞回到厦门已是凌晨一点多，回到家来，收拾一下，上床睡觉已是两点多了。郑巧巧的父亲黝黑的脸上一双小眼睛怒瞪着，急火攻心地让我看他手机上的短信："爸，我走了，去打工。别找我，找也白找！"郑巧巧的父亲说他四点多起来上厕所才看到这条短信，手机打过去，郑巧巧早已关机。郑巧巧的父亲又说，大前天晚上她回来，因为他反对郑巧巧和那男孩来往，她妈在旁听了，也劝了她几声，母女俩就吵了起来。郑巧巧的父亲急烘烘的粗嗓门，跟我吵架一般。

我听到这里，忽然想起来，昨晚有客户来还书款，有一万多块，郑巧巧打电话告诉我这事时，我正排队登机，我只好叫她先把钱锁在书店收银台的抽屉里。我在飞机起飞关闭手机之前还收到郑巧巧的短信："已把钱锁在中抽屉。"我心咯噔了一下，忙拉了郑巧巧的父亲，往书店赶去。

打开书店的铁门后，我急急奔向收银台，一路把凳子撞得东倒西歪。我扑到收银台的桌子时，看到平常装零星款项的中抽屉的锁匙孔里插着锁匙。明知不好，却还是徒劳地转开，拉出，两手在抽屉里乱抓，只瞎抓到几枚硬币和零散的几张小面额纸币，还有就是临时记账的纸张和本子，哪里还找得到那一万块！我怒目盯着站在面前,原本要来向我讨人问罪的郑巧巧的父亲。郑巧巧的父亲在我的逼视下,后退了几步,软了腿,跌坐在身后的一只椅子上,黝黑的脸,浓霜打过的茄子一般,全蔫了。他瘫了一般地坐在椅子上,有气无力地哀求我:"不要报警,一万块我凑来还你。"我到底还是看不过去,从茶几上开水瓶里倒了些隔夜的温开水给他喝。渐明的天光中,镯子在我拿杯子的手上晃动,闪出一道幽绿的光。我的气在这道光中泻了出来,心软了下来,觉得他也可怜。我等郑巧巧的父亲艰难地喝完水后,才和他一起猜测郑巧巧可能去的地方。彼此往好里说,相互宽慰,在焦急的克制中,滋生出一点温情。

郑巧巧的父亲走后,我也无法再睡了。我疲倦地坐在书店里独自泡茶,直到与郑巧巧同住的女孩真她们来上班。真听了我的述说后,把我拉到一边,悄声告诉我:"郑巧巧那天回去,她爸逼她和她男朋友分手,她不肯。她在厕所呕吐的时候被她妈——实际上是她继母发现了,她继母骂她不要脸,两个人就大吵起来。这回估计是两人私奔,她早就说过,要跟她男朋友远走高飞,因为她男朋友的家人也不喜欢她,嫌她太瘦,配不上她男朋友。算起来,郑巧巧已怀孕三个月了。"

听了真的话,我惊诧无语,心中甚为郑巧巧担忧:那样一只松松垮垮的手,能托付她的一生吗？值得她不顾一切,孤注一掷吗？

四

郑巧巧离开,一别三年。这三年里,我几次梦见郑巧巧被一只野狼追逐的场景。梦中醒来,心怦怦跳得厉害地想:愿那男孩不要太辜负她,要不,舍弃一切的郑巧巧,可怎么活？可是,再想到那只松松垮垮不当回事地揽着她的手;再想到那男孩巴斜着人的样子和他眉眼里锁着的狼光,那样的噩梦，还是时会来搅扰我安然的睡眠。

这三年，我依然开书店。我一直钟爱着这间书店。书店的名字也一直叫"好书"，这是个大俗到大雅的好名。如果有一天，郑巧巧回来，她也能很容易地就找回这里。我不知道我怎么会有这样的念头，一个偷钱得手远走千里的人，怎么还会再回来？可是，只要我戴上镯子，当镯子温润地摩挲着我的肌肤的时候，就会听到一个很轻的声音前来告诉我：你能再见郑巧巧！

郑巧巧走后不久，女儿大学毕业，首次公考失败，自然地就坐在郑巧巧的位置上。女儿坐在收银台内，无人买单时，便一心读书，两耳不闻书店事。女儿的样子，让我想起那个没有男朋友时安静看书的郑巧巧。

女儿不屑于当店老板，她喜欢在机关里工作，崇拜希拉里和刘延东。一连考了三年的公务员。

一日，我像往常那样站在收银台边，一面看女儿孜孜不倦地翻看公考书籍，一面用清澈得不是我这样年纪的人的目光，闲看进出买书读书的人。"宠辱不惊，闲看庭前花开花落；去留无意，漫随天外云卷云舒"，想起读高中的时候，时常听到从我最尊敬的语文老师嘴里吟诵出来的这两句，真是不胜感慨。这样通晓彼岸一般的安然，只有在自己能掌控的地盘，方能滋生出来啊！范进一般坚持公考的女儿啊，这样的感觉，我可怎么跟你诉说得清？正在这时，我的手机屏幕上出现素玉的名字，我忙接起来。素玉说："过来，在店里，好久不见你了！"素玉说的"店"，是她开的"粉红色的回忆"咖啡店。我喜欢那名字，但不适合书店名，就推荐给了她。

我在服务员的导引下，径直来到素玉的"火车座"。我定睛一看，见素玉的面前，端然坐着另外一个女人，她质地做工都极好的衣裳，以及从衣裳下顶出来的富态，无声地散发出的贵气，磁场一般地吸引了我的目光。"快过来，认识一下"，素玉一瞅见我，马上笑说："我堂姐素环。"素玉干瘪黑瘦，素环雪白丰腴，因此素玉的话，我将信未信。素玉瞄了下我的脸色，又说："其实，你原来的那个郑巧巧，最初呆的'衣恋'，就是素环开的店。你早该认识她才对。"每个"火车座"都有相对独立的空间，素玉还是一反她惯常的大锣嗓，低低地说，避人似的。叫素环的女人，也只是慢品咖啡，不多话，脸上氤着一点浅浅的笑意。

素玉为我叫来一杯"玫瑰夫人"，她知道那是我的偏好。接着，我们都喜欢的松子饼也喷香地上来了。素环瞥了眼松子饼，搁下杯子，说："我先去洗个手。"我瞅着她走向洗手间的富丽背影，忽然想起过去的一个疑惑，我问素玉："当时的'衣恋'生意那么好，怎么突然关掉？""那个郑巧巧，你说哪一点漂亮，有人却偏偏粘上她！"素玉从鼻腔里吭出一气不屑。"你不会是说素环她老公？"我万分惊诧地问。"所以，素环才当机立断关掉它！"素玉带着对素环的暗服和对郑巧巧的鄙夷，口气决然地说。

我端起咖啡时，素环从洗手间回来了，她忽然惊呼一声："好美的手镯！"随即凑近前来细瞧我的手镯。对着一身华贵光华的素环，我谦谦一笑："我奶奶那辈人的旧东西。"只见素环脸上浮起蜜蜜的笑影，然后伸出莲藕一般光洁润泽的手臂，探出食指和中指，拂拭了一下我的镯子。幽幽灯光下，我的镯子荡漾着明净莹碧的光。我这才略略惊觉，我的老古董镯子，有着些不太凡常的美丽。"你戴看看。"我在她柔成月下清泉的目光中，褪下手镯，交在她莹润的掌心里。素环细致地把镯子慢慢套到她的腕上。"太漂亮了！"素玉突兀地惊叫。素玉见我戴这只镯子少说也有上百次了，从未见她这样眼睛发亮地惊叹，所以，我明白，并不是我的手镯本身美到哪个地步。我瞄了素环手腕一眼，那镯子，竟宛如从碧清的水中挺立起来的一支绿生生的荷叶，有了蓬勃的生命一般。而那藕一般的手腕，因了手镯而泛起一层动人的明润光泽。两者和谐相生，美得让人惊心动魄。

眼瞅着镯子在素环腕上如此美妙非凡，我不由又想起郑巧巧，想起穿网购来的廉价衣裙的郑巧巧，这镯子按三年前的市面价，也差不多是当时在"衣恋"打工的她十年的工资吧？在她十几二十年的人生里，大约也从未摸过如此贵重的东西，而她，居然毫不犹豫地还给了当时只是三分熟识的我！

我完完全全地原谅了郑巧巧，对她的气恼完全化开，融成一泓怀想和惋惜。不知她现在哪里？还好吗？

五

女儿在第三年公考时，居然在七百多人竞争两个职位中名列笔试第六。这个临界的喜讯，让我喜得心惊肉跳。此时，我怎能袖手旁观，怎能不倾尽全部帮女儿在面试时搏得上位？

直到这么大的一件事出来，直到想助女儿一臂之力，又摸不着门道，我才明白，我这个有房有车的店老板看上去活得滋润风光，实际无权无势有多么卑微。女儿的志向，不是没有她的道理。

"找素环啊，她老公就是那个单位的一把手，他招人，总有他能掌控的东西。""找素环？谁是素环？""晕，我堂姐，那个戴你镯子的啊！"正当我一筹莫展的时候，素玉来找我喝茶，我和素玉便有了这样的对话。"其实，素环的老公，你说不定也见过。'衣恋'还开着的时候，他还是二把手，没有现在这么忙，晚上散步时，也偶尔会进去转转。"素玉见我不胜惊讶，又进一步证实一般地说。

我在第二天凌晨就得赶飞成都洽谈业务的前一夜，匆忙急切地顶着越来越大的风去了素环家。在去素环家之前，我从手上褪下镯子，用湿纸巾仔仔细细地擦了又擦，然后才把镯子装在一个锦盒子里，一如我奶奶收藏那样。抚摸着锦盒精致的纹路，我在心中默默地祷告，此番送去，愿女儿能藉此收获锦绣前程。

在去素环家的路上，我又想起郑巧巧，一股细细的暖流，从提着礼盒的手心，顺着血管渗入心中。

素玉带着，不到十五分钟，我们便很顺利地坐在素环家的客厅里。原来素环家的小区，与我家，竟仅隔一条马路。素环的老公正坐在客厅沙发上看报。他和素环的白胖美有很大的反差，是个黑瘦男。从侧面细端详他，五官倒是周周正正，只是薄薄的眼皮下，目光看似散淡，实则是一种极为冷漠的轻慢。我在那样的目光中卑怯下来，笑容渐渐僵在脸上。可想到女儿，那演习过无数遍的求人的话，还是勉为其难地流泻出来。那轻慢的目光，在我说话的过程，蜻蜓点水般散淡地瞟过来三两眼，却是锐利得让我有些无地自容。幸好几分钟后，素环从卧室里出来了，她走到茶几边来给我们泡茶。我暗自瞅了一眼素环泡着茶的白皙丰腴的手腕，心中又升起了一点信心：但愿她能收下镯子，然后用戴着镯子的丰美的手，催促一把手的丈夫，顺水推女儿一把。

我趋身把小茶杯子放到茶几上时，瞥见了男主人下巴上的一丝长长的毛发，顺着细细的毛发往回，可以追踪到一颗半隐在法令纹间的小黑痣。这张还算周正的脸，因了这丝毛发，这颗小黑痣，就算不上周正了。感恩的笑容在茶香中又盛开了几朵之后，素环要上街，我们便与她一道出来。素玉和素环两人走一路，去免税商场淘换季打折衣服。我逆风独行回家，明天要早起赶飞机，得回去收拾行装。

镯子虽送了，我也不敢太抱希望，女儿终归只是第六名，镯子也非价值连城。只要镯子没被退回，等成都回来，就再走一趟，送张储蓄卡。脸虽难看，看得见，就是希望。

六

　　第二天一早,我带着一颗定不下来的心,赶赴机场准备飞成都。到了机场,才被告知,由于台风逼近,风势渐大,航班取消。

　　到达成都是三天后的中午了。午饭后,朋友带我去宽窄巷子逛逛。直到这时,我还是以为,这场台风取消的只是三天前的航班,我女儿的人生,依然沿着原来的航道在渺茫中行进。

　　阳光下,我们缓缓走过一间淑雅的茶室,茶室一格一格大而低的窗外,有水流绕着,亮亮地流过。我正欣赏着这古韵流水,突然,近在咫尺的窗内,一只套在一段红润手腕上的镯子,扑进我的眼帘。我大吃一惊,那不是那只二十几年来,被我的肌肤滋养得水亮澄明的玉镯? 它此刻应该是在素环的手上啊! 那只戴着它的不胖不瘦不黑不白的手,正擎了个白色茶杯,有些做态又也不乏雅致。虽没有莲藕般的手臂与之相得益彰,让它有了生命一般焕出异彩,却也因为紧致光滑的肌肤,而使彼此珠圆玉润起来。我惊讶地把目光投向这只镯子的主人,窗内镯子的主人恰好转过脸,往我这边睐来。那是一张似乎很熟悉,却又想不起来的脸,在两个小酒窝即将闪亮登场之际,那张脸突然现出一片惊慌,像突然受惊拍翅飞起的鸟,匆忙躲向别处。

　　我狐疑地往前走去,忍不住又回头,想探明究竟。那张脸,居然也又偏转了来,我们四目相对,目光电光石火地撞在一起! 同时撞到我的目光的还有那镯子正巧耀上来的一抹幽绿,那幽绿中还跳荡着一点诡异的白光。那白光,让我想起在我童年,爷爷故意藏了我的东西逗我时眼中跳荡着的狡黠之光。那张脸上曾经疏而淡的眉,纹成黛色的柳叶,无味的细眼,被蓝色眼影映衬得又大,又活,又媚。那只有她的眼里才会有的错愕慌乱,让我的脑海准确地跳出了一个名字:郑巧巧!

和她的脸同时侧过来的还有另一张脸,那张脸瘦削,肤色微黑,五官周正,薄薄的眼皮下,目光散淡轻慢,顺着下巴上一丝黑色的毛发追踪回去,可以找到一颗半隐在下巴和法令纹间的黑痣。天啊,世上怎么会有这样的事!那轻慢散淡而又锋利的目光,一触及我的眼光,瞬间错愕,慌乱起来,却又即刻平抑下来,镇定地调开了去。

我无比惊愕的同时,也像服下一颗定心丸一般,连日来忐忑的心,在这一刻莫名地安定下来。

七

一个月后的一个清早,我的手正在镜前有一搭没一搭地梳理我日渐稀疏逐渐转白的头发,我的目光则在拨弄着搁在梳妆台上的,成都回来后决定不送去的银行卡,边思忖着,这三年,在郑巧巧身上上演过怎样的故事?这时,女儿闯进来,向我宣布了一个天大的喜讯,公示出来了,她面试后总分第二名。女儿的脸上盛开着胜利者狂喜的笑容,额头上颤动着成功者激动的汗珠,眼眸里放射出大获全胜后灼人的光芒。

对于这个喜信,我并没有太过意外!我只是平静而不动声色地收起梳妆台上的银行卡——我几年来的积蓄。我当然明白凭女儿的综合素质,要超过她前面的几位入围者概率能有多高;我也当然明白,在重权在握的官员心中,那镯子的分量能有几多。那我们双方都将永远心照不宣的东西,才是撬动地球的支点。

我想着,仿佛又看到手镯上那道幽绿的光中的那点诡异的白光,我忍不住在心中,轻唤了一声:爷爷!

飘逝

一

　　我妈在客厅里迷韩剧，可还是见缝插针地跟在餐桌上忙碌地按着计算器的爸爸说："我要兑现我的诺言，趁暑假最后这几天，让若斯去香港玩迪士尼。"我妈顿了一顿，又接续道："你知道的，中考前我就许诺，如果考上一中，就带她去香港一趟迪士尼，我得说话算话。"

　　我妈妈是个喋喋不休的女人，这并不妨碍她成为大学里的英美文学教授。

　　我爸爸是一家跨国公司的高级会计师，在家里是个闷嘴葫芦。

　　我把我爸"赶"出书房，独自霸占书房

偷菜，种菜。我妈的话唤醒了半年来一直盘踞我心头的愿望。可是现在，在离正式开学还有十天的这小段时间里，我最想去的，是江秋的家。

我和江秋说好，三年后我们一起去香港上大学。那时，还怕没得玩！

在我和江秋一起参加一中高一新生军训的两周里，个子一般高的我们俩，排队正好排在一起。军训中间休息的时候，我们一起去接水喝，上卫生间一起分用一包面巾纸，我们来去都是一条路两个人。在一处时，我老在兴致高昂地说："我的农场（QQ 农场）……"江秋老在乐此不疲地说："我们家后面的那条溪……"

我因此莫名地向往起江秋家的那条溪。

我在书房里大声冲我妈说："我不去香港迪士尼，我要去江秋家看一条溪！""溪有什么好看的？你的港澳通行证都办好了。""溪是一条很大的鱼，会张开大口吃人的！"我像在讲童话一般地蒙我妈。信口胡诌的话一出口，我的心"突"了一下，我慌忙用巴掌堵住自己的嘴。

江秋从厦门岛外一个古老的小城，以她学校的第一名，考到厦门岛内的重点高中来。虽然那个古老的小城是岛外的一个行政区，但我只是曾经乘车从西桥上经过，从未在那小城哪怕驻足过半天，更没有在那一溪碧水中凉爽地戏过水。

我乘车到小城的公交车站后，把江秋给我的短信调出来再次确认，依着短信上的地址，去找她的家。

我弯弯绕绕地穿过人车挨挨挤挤的松柏林街，站在临街的一家卖杂货的门面之前，我对江秋生长的家庭没有任何心理准备。

走到门前来探看的是个老头，他头发已半白，下巴上拉杂地冒着的也是白白的胡茬，就像落满灰尘的枯草尖一般。他用巩膜混浊的昏花老眼瞟了瞟我，咧开嘴，露着参差不齐的牙，笑嘻嘻地问："你……你，你要找谁？"

我小吓了一跳,这老伯,智商真可疑!我的目光用偏过他的身体,越过满屋杂活,朝里逡巡了一圈,又不相信地回头,再看了下门牌号,不错,是 38 号,是江秋给我的地址。

"啊,若斯,快进来!"在我愣怔之间,江秋清亮的脸庞,出水芙蓉般地从阴暗的过道深处浮现出来,"爸,找我的!我同学!"江秋三两步来到门口,一把拉住我的手,带着我沿着窄小的过道走进幽暗的深处。江秋一边回头像待个小孩般地嘱咐她爸:"你别过来,看着店,啊?""呵呵,好,呵呵呵……"江秋的父亲悻悻地煞住脚,慢慢踅到柜台后面去。

等我惊心甫定的眼睛适应了江秋家的昏暗,江秋已把我带到里间并拉亮电灯。昏黄的灯光,罩着一个苍老的妇女。这老妇见我们进去,怪怪的眼光从幽深的眼窝打量了我们一眼,起身默然倒了两碗凉茶,搁在我们面前,便木然地出去了。她就是江秋的母亲。我和江秋相对端起碗,一气灌下,江秋朝我甜蜜一笑,舒畅地"啊"了一声!我略微迟疑了一下,也一气喝光。我一搁下碗,江秋就说:"我和我大姐二姐正在溪里洗被子呢,我带你到西溪去!"

溪!我差点忘了我此行的目的——看看西溪!

江秋的家,是这里所谓的"竹竿厝",又长又窄又暗的一长条。我跟着她磕磕绊绊地穿行,像走在一节幽深、曲折、潮湿、阴暗的盲肠上。我一边走,一边想,江秋拿什么钱到香港去读书呢?如果不是亲眼看到她的家,谁想得出,俊美、爽朗、活泼、学习成绩名列前茅的江秋,会生长在这样的家里,有这样的父母。这样的家和这样的父母,又是怎么养育出江秋这样的女孩?!不可置信啊!是不是人也如植物一般,需要扎根在黝黑的泥土中,才肯开出美艳香馨的花,结出硕大甜蜜的果?而这昏暗的家和愚钝的父母,莫非便是那肥沃的黑土?可是,江秋,她哪来的钱到香港去读书呢?她说得那么肯定,就好像她是富贵人家的掌上明珠。

　　我就这样一惊一乍磕磕绊绊地跟着江秋,闯进她家堆满杂物的后院。江秋打开后院的门,我放眼一望,"哗",我们已站在溪边了! 明朗的阳光下,天宽溪阔,碧水清清!

　　我惊喜得一把抓起江秋的手,雀跃着跳下岸边石阶,朝着沙滩奔去。

　　我还未及细看,就听到一个清脆的声音在欢叫:"过来,快过来!""我二姐!"江秋的眼光瞟向那姑娘,欢欣地说。我循着江秋的视线看过去,不远处,有个土豆皮肤色、窈窕丰盈、眉目俊俏的姑娘。她在阳光下活泼泼地走来。和她一同过来的还有另一个女人,她年纪更长些,身材更高挑些。她朝着我们走近时抿嘴笑了一笑,漾开在白皙肤色上的笑容,让人想起茉莉花开。"我大姐!"江秋站在我旁边笑盈盈地说。

　　她们俩抬着一条拧干的被套,走上沙滩来了。"来,"江秋的大姐笑着对我们说,"一人拉住被子的一个角。"我们听从着她的安排,每人扯着被套的一角,把洗得干干净净的潮湿的被套,轻轻地覆在阳光下白亮的细沙上。江秋的二姐瞄了一眼我疑虑惊愕的神色,走过来,扳着我的肩,神秘一笑说:"下午太阳下山前,你再来瞧瞧!"

　　晒完被子后,江秋带我参观这座她出生长大的小城。我们边徜徉在古老小城民风淳朴的大街小巷,边憧憬着三年后去香港上大学,江秋黑葡萄的眼睛里熠熠闪动着激动不已的光。我们在外面胡乱吃了中饭,才返回到江秋家来。我跟随江秋上楼去午睡,一上到二楼,才发现,江秋家的楼上比楼下敞亮许多,并且,房子虽旧,却是三个姐妹各有自己的卧室。楼下则是杂着一个杂货店,她们父母的房间、饭厅、厨房、杂物间。我随着江秋走进她的房间,江秋反手一把扣上房门,蹬掉凉鞋,拉着我仰倒在她柔软的小小的床上,她黑闪闪的眼光先是定定地在天花板上探寻,阔阔的好看的嘴,突然兀自朝着苍黄的天花板粲然一咧,说:"我们家的房子就要拆迁了,届时可以分到两套一百二十平的公寓。我二姐说了,我们住一套,卖掉一套,钱除作装修用,剩下的全供我去香港读大学。"我这才恍然明白,江秋跟我说她要和我一道去香港上大学时,是哪来的底气。

我们的午睡醒来得晚了点,还是我预设了手机叫醒的——我 QQ 农场的作物接连要到摘取的成熟期了。我一骨碌爬起来,要江秋给开电脑。江秋一输入密码,我立即急火火地点开"洛斯的庄园"——那是我 QQ 农场的名号,急不可待地收菜、偷菜、种菜。江秋看我在网上忙活,先是吃吃地笑,等我一忙完,一把就拉了我的手呵呵呵笑得弯了腰:"你那叫什么'菜'?我带你去看我家的菜园子!""你家的菜园子?"我想起江秋家临街的前门和堆满杂物的后院,吃惊地问,"难道你能徒手开荒?""空中真不能有楼阁?"江秋黑葡萄般的大眼睛里,翕动着一对狡黠欢乐的翅膀。

"我们的楼阁,它不在空中,它在溪里!"一打开后院的门,江秋便指着远处溪中心一片茂盛的绿洲,说。

我们脱了鞋,提在手上,哗哗涉过清清溪水,嘻嘻哈哈来到溪中央的绿洲。

过去,我曾几次乘车从远处的西桥上经过,模糊见过这片绿洲,一直以为,那是一片野草丛生的蛮荒之地。没想到,江秋和他们的邻居,在这里开荒种菜,愣是在城中开辟出一片独特的乡村风光。而且,这片绿洲,实际比我以前从西桥上看下来的,要大得多。

江秋的大姐江春在菜地里吧嗒吧嗒地摘采空心菜,准备晚饭时炒给大家配稀饭。江秋的二姐江夏,穿了双亮闪闪的绿凉鞋,浅绿的连衣裙,站在碧绿的菜地边,她侧着头,把刚在溪里洗净的湿漉漉的头发,拢在一起,挤着水,边朝着青青菜园笑着,笑着的嘴角挑出一枚深深的酒窝,宛如一颗明亮的星子,这使她更甜美俏丽了。"哇,好漂亮的新鞋!什么时候买的?"江秋一眼瞄见她二姐的新鞋,便撒开我的手,过去围绕着她二姐羡慕不已地看。江春闻声,停下摘菜的手,直起身子,扫了两个妹妹一眼,抿嘴一笑,又低头继续摘菜,并不和妹妹们嬉闹。江秋不依不饶地又说:"借我下周穿去学校,就一周?"江夏不语,只拿手捂着嘴,咕咕地笑着走过来亲密地揽过我的臂膀,把我拥到绿洲亲水的沙地上。

江夏在沙地上揭开一个凸起在沙地上的盖子,盖子一揭起,魔术般地出现一口大水缸,我探头往里一瞧,清凛凛的水面上,清晰地倒映着我大大的头!"啊,所罗门的宝藏!"我喜得大叫起来。这水缸有九分埋在沙里,只露出水缸的大口。江夏从水缸里捞起一只瓢,舀出半瓢水,笑眯眯地递给我:"喝!甜的!"正是炎热的夏天,我没有过多犹豫就喝下一口,只停顿了一下,哇,立马涌上来满口甘甜的余韵!我疑惑地蹲下去,细细查看那水缸,原来那水缸的边上有一丝细得几乎看不见的缝,碧清的溪水便是从那裂缝滤进去,这样储下来,便有了一缸澄净的水。

嬉笑玩闹一阵,便到了太阳偏西的时候,江秋和她大姐二姐带着我涉水回岸,准备收起被套。我和江秋一人两只角,轻轻地把被子从沙地上揭起来,我们在金茫茫的夕阳中,把被子迎着从溪里吹上来的凉风,扬了扬,被套立马干干净净,除了阳光的香味,不粘一颗沙粒,不带一丝尘埃。"神奇吧?!"不知何时,江秋的二姐江夏站到我身边,她笑靥如花地瞅着我说。"难道这是阿拉伯魔毯?"这变魔术一般的晒法,太让我吃惊了。"不,是徐志摩的诗,挥一挥衣袖,不带走一片云彩!"江夏先卖关子一般,嘴角扬出深深一窝倩笑,然后合着徐志摩的诗,在溪风中舞动身姿。这个爱说爱笑的姑娘,身上淡绿的连衣裙飞扬起来,恍如站在云端将欲乘风离去的仙子。

　　江秋的大姐在沙滩临水的边沿捡石子,她听见我们的话,直起身子,朝我们这边瞭了瞭,漾起一抹笑意,又低头,继续精心挑她的石头去了。

晚上,江春提了一竹篮子在西溪里洗得水灵灵的空心菜,颤颤地回来。江春的身影在厨房里外匆匆闪了几下后,便端出一大盘油碧汪绿热烟腾腾的菜蔬,放到饭桌的中央。

那是我品尝过的最清脆鲜甜的空心菜,苍白安静的江春,厨艺竟如此利落高超。

二

因为喜欢那条溪,喜欢那条溪的斑斓生动,我便经常在周五晚上随了江秋回她小城里的家。每次到江秋的家,每次看到江秋家三个水灵灵的姐妹,我总是很慨叹地想:这一定是出自哪一溪碧水的滋养!

夏天的夜晚,跟着江秋和她的两个姐姐,在忙完了一天的活计后,到溪边,在清凛凛的溪水中,濯洗一天的尘埃,是件特别有情调的事。每每站在潺潺的溪流中,我都会情不自禁地想,这样的水,才是活的有灵性的水啊。我家十八楼上水龙头里流出来的水,那是早已失去新鲜生命的死水。

江夏即便在溪水中,也不愿脱下那双美丽的绿凉鞋。洗完手脚后,她就坐在高踞在溪水中的干净的大石头上,让穿着绿色凉鞋的脚,逆着溪流,哗哗冲刷。那双绿鞋,在清澈的溪水里碧绿晶莹,简直就像翡翠!江秋瞅着瞅着,就又要去缠着江夏,要借她的凉鞋带去学校穿一周。

江秋的大姐江春,有一头长及腰间的秀发。月光明亮的夜晚,她在溪里洗完头发之后,都要再俯下头去,让头发顺着溪流再漂上一会儿。明净的月光下,澄澈的溪水中,江春的秀发乌黑得像一匹漂在水中的亮泽的黑绸子,而从远处流向溪里的,必是这样悠扬深情的歌"城里的月光把梦照亮……"一切华美得不知天上人间。我和江秋争相趁着月光,站到江春的発梢处,让清亮的溪水,带着浮动的柔细的发梢,把我们的小腿撩拨得痒丝丝的。有一次,江春在我们并站在她的发梢处戏水的时候,忽然顺了水流递过来一句捅破窗户纸的话:"秋,那鞋,是迈克买的,你好意思借?"迈克就是江夏的男友,江春叫他的中文译音迈克,我们跟着江夏叫他的英文名Mike。

江夏在西溪下游接近入海口的一个村庄小学教书。那是个远离小城的偏远村庄。可是离家再远,江夏每天下午上完课都会立即跳上那辆半旧的女式摩托,飞驰回小城,一刻也不愿多待在那里。每天晚上九点一过,小村庄便死一般沉寂,谁受得了?后来有一家台资企业买了那个村庄的土地,办起一家颇具规模的大工厂。这家台资厂一来,便把这个夜晚死寂的村庄,变得喧嚣闹腾起来。它改变这个村庄的同时,也改变了江夏的生活轨迹。

这家台资厂的企业文化之一,是不定期地举办舞会。厂方为搞好与当地的关系,欢迎乡村文化青年前来参加。因此,一有舞会,江夏和几个住在小城的教师,就不再一下课就开动摩托,风驰电掣地回小城去。夜幕尚未降临,她们便已吃饭梳洗打扮停当,欣欣然地来到台资企业的舞厅,带着一点羞怯,却又迫不及待地盼着舞会的开始。在小学里兼教音乐的江夏,很快就成为舞会的一个亮点。江夏她大方地邀请一直在一旁忙着拍照的Mike当自己的舞伴。每一场舞会江夏都像一株纷披着绿叶的藤本植物,努力攀沿着Mike这一棵大树,奋力向上伸探向阳光照得到的地方。江夏快刀斩乱麻地斩断小学校里另一个凭着家在本村,凭着家里住着一栋五层新楼房的优越条件,对她展开着热烈追求的男教师的渴望,也不再每天骑了那辆女式摩托,急急奔回小城。随着两个人关系的迅速升温,她没有过多考虑——反正和Mike已经好成那样了,就住进了Mike厂里分给课长住的单身公寓——一个两居室带厨房和小阳台的小套间,周末才回小城的家来。每个周末她都驮回大包 Mike 和自己需要濯洗的被褥和衣物。周日的早晨,江夏的身影,早早地就出现在西溪边浣洗晾晒的队伍里。她那欢快的身姿,与每天清晨盘桓飞过西溪上空的一群洁白的鸽子,一起成了溪边一道特别欢愉的风景。

江秋听了她大姐的话,做了个失望的鬼脸。我挽过她的手,拉她走向溪的远处。我忽然想起一个一直疑惑在我心中的问题。趁着近旁无人,我悄问江秋:"你大姐,结婚了吗?""结了……"江秋说。"那她怎么老住你家?"我更疑惑了。"别问这个。"江秋明朗的脸色瞬间晦暗,匆匆打断我的话头。我自是不便再问,心中却留下一个疑团,这个疑团像葡萄藤上的一枚小小的绿葡萄,在我心中酸酸涩涩地不断长大。

江夏不愿意出借新凉鞋,却喜欢与我们分享 Mike 从台湾给她带来的新鲜零食。我和江秋脚浸在凉浸浸的溪水里,喜滋滋地分享着江夏的卡布其诺卡片饼干和雪丽糍瑞士糖,听江夏永远乐此不疲地讲她的 Mike。

江夏的听众和食客总是我和江秋,我们叽叽呱呱,说笑嬉闹,溪水被我们的笑声激起一浪又一浪的水花。这个时候,江春总独自在溪里摸石头,捡到她中意的,便放进一只小竹篮子里。有时我把剥开了包装纸的巧克力和饼干之类的零食,递给江春,她总是抿嘴一笑,轻轻摇头,说:"我不吃甜食。你吃。"

这些时候,两边岸上的人家电视机里,大多在把这样缱绻的歌送给溪里的清清流水:"我和你缠缠绵绵翩翩飞,飞跃这红尘永相随,追逐你一生,爱你无情悔,不辜负我的柔情你的美……"岸上百货大楼则在这样缠绵的歌声中,把 LED 灯色彩斑斓的光,倒映在远处流动的水面上,变幻着瑰丽动荡的色彩;近处,月光下,溪水中,江夏脚上的那双凉鞋,看起来更加幽绿剔透了。爱的逸事里的江夏和 Mike，则让少女的我和江秋怦然心动。

三

　　江春是个少话无语的人，因此除了在溪中挑拣鹅卵石外，除了一脸安静地在临街的门面里上货看店外，总不见她苍白的脸上泛起一纹心思的波澜。

　　不忙的时候，江春自个儿无声无息地待在楼上，不喜欢妹妹们叨扰的样子。有一日清晨，我看到她的卧室开着门，我心血来潮地走进她的卧室，好奇地想看看她在做什么？我逐渐走近，看到她披洒着垂及腰际的芬芳长发，坐在临街大大的木窗下。窗外青青天光浅淡朦胧地勾勒出她宽宽大大的月白衫子里纤秀的背影，让我想起苏轼的词"小轩窗，正梳妆"。然而，不是！她拿了毛笔正在往鹅卵石上细致地描画——就是她从溪里捡回来的那些鹅卵石！再看桌上，那简直是个颜料的王国和色彩的梦幻世界。大大小小的鹅卵石，有一多半已上色画上了画。这些画，使所有的顽石，有了生命一般地活起来。寡言罕语的江春，竟是个身怀绝技的民间艺术家！她苍白的肤色下，竟隐藏着这样一个瑰丽的世界！我不禁偷偷地仔细地端详了江春一眼，我猛然发现，她那张苍白沉静的脸，一眼瞧过去，似乎比她的两个妹妹平凡好些，但只要盯着看上半分钟，她五官细微之处的夺人秀色，便会扑面而来。

　　有一天，我和江秋一起在她房间上网，忽听见江春的房间里响起江夏明快的笑声，笑声刚落又听她满含关切地对江春说："姐，我让 Mike 把这些彩石带到台湾，兴许会有人慧眼识珠。"

　　这之后的一天，Mike 应江夏的邀请，来江家赏江春的彩石。江春首次对我们打开了锁着十几块彩石的玻璃柜。那在玻璃柜里疏密有致地摆在

086

一起的十几块彩石，竟是一出"林黛玉进贾府"！玻璃柜一打开，Mike便"啊"地惊叫起来。我瞥见他透明镜片后的眼睛瞪得又大又圆。留学过美国加州大学的他，以西方人的方式大声而夸张地赞叹："伟大的艺术家！"我捕捉到江夏用白眼珠斜斜地一轮Mike的眼风，那是特别骄傲又仿佛嗔怪Mike大惊小怪的眼神。"你是说，从溪里捡回来的顽石，在你的手中，就变成这些倾国倾城的美女！？"我再回头瞅了眼Mike，他对江夏的白眼不管不顾，只是擎起其中一块画着"黛玉"的石头，凑到眼前细看，激动得有些语无伦次。眼瞅着Mike对江春的彩石异乎寻常地着迷，我的心中既替江春感到格外高兴，也有一点担忧悄然搁在心的深处——只是我想不出为什么要担忧。

江秋帮着江春在楼上房间里收拾茶盘茶杯，江夏拉着我的手下楼送Mike："你要帮助我姐，Mike！"江夏站在一弯新月下殷殷叮嘱Mike。

眼望着Mike的汽车离去，江夏在空阔少人的街上，瞅着我说，"我姐，可怜，结婚才一年，那男人又有了人，只得离婚回来。"这就是江秋不愿触及的东西。我心惊又心酸。

Mike后来说，那天晚上回去，他彻夜不能安眠，睡梦中，全是那些精美绚丽的彩石。

Mike再来时带来了一台架在肩胛上的大摄像机，他或蹲或站或站高到椅子上，从不同角度不同侧面，把彩石中的精品精心地拍摄下来。回去后，他挑选出拍得最出彩的照片，开始在微博上连载一部叫《石头记》的微连环画。石头是江春的石头，所配的文字，却是Mike自己的原创。那些文字，把蕴藏在彩石深处的灵魂，都呼唤了出来，使彩石更加钟灵毓秀了。

在《石头记》连载了十几天之后，Mike的微博粉丝骤增千人。连载了一个月后，Mike带来了一位拥有一部大络腮胡，双肩背着大帆布包的瑞士

087

人。Mike 说是他在加州留学时的同窗。这个瑞士人当即在我和江秋瞪得大大的眼睛中，用一沓美金交换了江春的十几个彩石作品。只有"林黛玉进贾府"这一出，江春任他出多大价钱，都婉言谢绝。

四

"昨天下大雨，上游水库开闸放水，溪里的水都涨到岸上来，差点淹进我家后院。"江秋在周四的晚间突然临时回去了一趟，周五早晨来时这样告诉我。那时虽已经雨过天晴，我依然大惊，抓着江秋的手臂急问："那么你们家种在溪里的菜呢？菜呢？那些菜呢？""你今天下午放学跟我回去看吧，我也不知道，顾不得了。"江秋虽真心邀我，但她看起来明显没有我那么焦急。

自从爱上江秋家的菜园子，我热衷了一年多的 QQ 种菜变得索然无味。只要想到晚风从溪面上清凉地刮过来，轻盈的扁豆花在扁豆架上激情地舞动紫色的裙裾，木讷的丝瓜在丝瓜架下荡着悠然的秋千，金黄的南瓜任凭毛茸茸的绿色南瓜叶如何狂蹈乱舞，愣是练就一副稳稳当当的本事，藏在藤叶间峭然不动……只要想想这些，亲爱的网络农场就化作一阵青烟消失隐退。

放学后，我跟着江秋回到她家。书包一搁，我的心咯噔咯噔地跳着，一口气跑到溪边：高涨的水退下去了，远远看去，那些菜绿生生的，仿佛都还好。我与江秋十指相扣，急急涉过深深溪水，来到溪中心的绿洲。上去一看，那些菜，竟真的好好的，只是碧绿的叶子上淤留着黄泥的痕迹。我不禁大大地舒了一口气。

我这才知道，我现在，有一半的魂，是丢在这溪里了。

可是，也许很快江秋家的房子就要拆掉了，那时，就不能再来了！

可是,如果江秋家的房子不拆掉,江秋就没有钱与我一道去香港上大学!

紧接着,又有件事,像大水一样淹了江秋的家,江秋的家却不像溪中的菜,很快地绿生生地恢复元气。这件事的前奏是,在江夏被学校派出去进修三个月的那段时间,每个周末 Mike 都来江家。他整宿整宿地待在江春的房中,看她画彩石,与她讨论上色、配词,以最好的角度拍摄刚完工的彩石作品。我有凌晨起床上卫生间的习惯,在那段时间,我时常会看到一个身影,在鸽灰的天色中,悄然走出江春的房间。后来我更吃惊地看清,那是 Mike 的身影。

江夏临回来的那个周六晚上,江秋来我家,夜里她躲在被窝中哭,她哽咽着告诉我,Mike 和那个瑞士人在瑞士开了间叫"江春彩石坊"的中国彩石工艺品店。很快要与 Mike 去瑞士的是大姐江春,而不是进修即将回来的二姐江夏。多日的忐忑成真,我无语,我只能一颗又一颗地拭去江秋面颊上的泪珠。

从此,每个周五下午,江秋不再说:"跟我回去。"她说:"我周日晚上去你家。"现在我的家,成了她暂时躲避烦恼的去处。

五

寒假的时候,我终于又去江秋家小住了几天,是快过年的那几天。

我临回来的那天,江秋的大姐和 Mike 飞去了瑞士。晚上,我和江秋默无声息地并排躺在床上,却怎么也睡不着。黑暗中我们亮着的四只眼睛,犹如四盏小灯笼。终于,江秋石破天惊地说出她的担忧:"我二姐还没回来。""打她手机吧!"我抑制住心中强烈的不安,说。"可是,我刚才怎么打都是已关机的提示。""也许是没电,而她又想在好友家住一夜吧?"我想不出来要怎么宽慰江秋。"应该是吧。"夜已深，我们吃不准要不要打电话到江夏的同学好友处寻找。

我们就这样几乎一夜无眠。第二天早上五点未到，江秋就摸黑悄悄起床，收拾了全家人换下的衣服，提在一只大竹篮里，拎到溪边去洗。我在她出门后，也悄悄地跟随她到溪里。此时的溪边，只有远处少数几个早起的妇女，在幽暗的天色下低头哗哗濯洗衣裳，还有就是从更远处的西桥上传来的人车杂杂沓沓的声响。当江秋把一篮子的脏衣服浸在溪水中，又不安地抬头茫然四顾。突然，江秋失声惊叫。我循着她的叫声往前看去，原来离她几尺远的溪水边，搁着一双绿凉鞋！在淡薄的天光中，它们发着绿森森的幽光，美丽得让人惊骇。一股莫名的惊惧，攫住了我和江秋的心，我们六神无主地慌乱起来。

那天的下午，人们才在西溪的入海口处，找到美丽的江夏一点也不美丽的身体。那双已经泡白了的脚，赤裸着。

这年的暑假到来时，我们已考完高考，开始填报志愿。因为这一年来，江秋家拆迁的事反而偃旗息鼓，江秋当然也就没有钱去香港上大学。江秋的大姐去了瑞士，二姐去了天国，父母智障，高考成绩很不错的她，只能留在本地上大学，边照顾父母。九月底开学，她成了我妈的弟子。

年少的我们，终究不堪这一惨痛之重，少女的情谊也散了架。江秋与我的来往日渐稀少，直至音信全无。四年后她到美国读研的事，还是后来从我妈杂杂碎碎的叨念中得知的。

我在香港读完四年大学，又读了一年研究生。我与同学朋友去过多次迪士尼，这些同学里当然没有江秋。研究生毕业后，我在香港的一所中学谋到一份教职。正当维多利亚港璀璨的灯火，替代清澈流淌的西溪，越来越多地出现在我的梦中时，我当了老师后的第一个暑假来了。我打算回厦

090

门的家中待一阵。我在回厦门的前一夜,去铜锣湾大包小包地扫了一气。当我忙忙赶向已在催促的士又急急回望一眼落在后面的同伴,一家叫作"江春彩石坊"的精品店,像一道彩色闪电,从我眼前石破天惊地划过!我和同伴 Jenny 在车上坐定后,我魂魄出窍地贴着车窗拼命往后张望,但我除了看到那个攫去我魂魄的商店招牌外,只再看到店门边一幅仿若当年我第一次见到江春画石的"'小轩窗,正梳妆'的背影图"——居然巧夺天工地以灯光勾勒出宽大摇曳的月白衫子以及月白衫子里铅笔画般淡淡的纤秀的背影。铅笔画般淡淡的纤秀的背影,仿佛含着一丝悲愁,这让我猛然想起那条小溪。我等不及地想,回到厦门,我得先去看看西溪。

回到厦门,我的第一件事,便是去看五六年未见的西溪。

据说四年前有次下暴雨上游开闸泄洪,溪岸两边房子的底层,都捉得到鱼。因此,三年前,政府筹了资金,全区工作人员捐献一个月工资,拆掉临溪的旧房,修建筑起两道高高的堤岸。堤岸很宽,成了宽阔的马路。人们因此不必再承受西溪喜怒无常的张力。现在走在那水泥马路上,倒是可以尽览西溪风光,但昔日溪中绿洲,也随着西溪的整治,被整治了,风光不再。马路的一边临溪,另一边的后面,矗立着高楼,远远望去,有些现代城市的模样。天晴的时候,这些高楼会把它们的影子,清晰地倒映在平缓清澈的溪水中。不知这时的西溪,是否记得曾经有一个穿绿凉鞋,俊俏爱笑的叫江夏的姑娘?

家风不像风

骆家山教授刚吃下半碗饭,伸手去夹盘子里的清蒸多宝鱼,见鱼已被几双筷子,起起落落侵蚀一光,只剩一副骨头架子和零零落落拉拉杂杂一些残余的骨刺、皮肉,像刚刚交战过的战场。骆家山教授用眼角余光,瞟了一眼夫人俞小榆的位子,那位子依旧空着,再看看装鱼的盘子上,只剩了一副骨架的死鱼,正翻着白眼珠子,瞪着他,骆家山便也从厚厚的眼镜片后面,恨恨地回瞪了死鱼一个白眼。

"奶奶,你怎么搞的,都快吃饱了,还不上汤?"孙子骆杰不满地朝还在厨房里忙乎的奶奶大声嚷嚷。"来啦,来啦!"奶奶俞高工好脾气地应着,急急移开厨房重重的玻璃门,小心翼翼地端出凉瓜汤,额头上斑白的发际线下,一遍细密的汗珠,闪闪烁烁,有几颗已挂在眼皮上,坠坠地,就要落进眼睛里去。骆家山教授依次瞄了瞄围坐在桌边安然吃饭的人——儿子骆成、孙子骆杰、儿媳妇蒋勤,最后把恨恨的目光落在蒋勤拿筷子的手上。骆家山教授严峻的目光,被蒋勤画着梅花的指甲反射上来的光,"哐当"撞击一下之后,才收回到自己的眼窝子里。

见过骆家儿媳妇的人,特别是见过骆家儿子再见骆家儿媳妇的人,都会忍不住夸赞骆家儿媳长得漂亮。可不是,孙子都这么大了,儿媳妇还是跟当年一个样,身材匀称,两颊绯红,黑发如云,双手细腻,并且随着岁月的流逝,逐日富丽起来。可是夫人俞小榆高工,自从从高级工程师的位子上退休,当上家庭"总理"——总理一家人的吃喝拉撒,外加全家的"免费食品供应商"后,形容日渐枯槁,双手迅速粗糙。有一天,骆家山教授和夫人在卧室躺在被窝里,一起看一个电视剧,在缠绵的剧情催发下,骆家山教授心头一热,情不自禁把夫人小巧的手握在自己的掌心里,像当年谈恋爱时那样紧握着,摩挲着。俞小榆把纤纤细手交在骆家山干燥温厚的手掌心里,很享受地把头歪枕着骆家山的肩头,嗅着自家男人的体香。好久没有这样温存亲热了!俞小榆心里想着时,骆家山忽地觉出夫人细巧的手毛刺刺地扎人,他忙把它拉到床头灯下,细瞧:夫人捧了一辈子书本的纤手,什么时候长出这许多的毛刺?!

夫人俞小榆比骆家山早退休,退休之后,把心都掏给了儿子,把自己彻彻底底地交给儿子一家。骆家儿子骆成不但长相远不及女儿骆英,念书也不及他的胞妹一个零头。唯一的优点,就是娶了个漂亮的媳妇回来,给骆家生了个长相喜人的孙子——当然骆家山不知道,儿媳妇蒋勤嫁进他们家,并不是相中儿子,而是看中儿子骆成有一个在大学教书的教授父亲,一个当高级工程师的母亲。自从娶了漂亮老婆后，一向还算孝顺的儿子，脾性彻底改变，全然听从媳妇调配。夫人又顺从儿子，儿媳妇因此成了家里的大少奶奶，孙子成了家里金贵的孙少爷。

可恶的啃老族！骆家山默然抚着夫人的手，心疼不已，黑暗中眼里聚着噼啪燃烧的恼怒的火星子。

想当年，骆家山爱上夫人，就是因为这双细致柔美的手。

骆家山至今记忆犹新，那个仲夏之夜，窗外晚风习习，玉兰白衣仙子一般地在碧绿的阔叶间洁白盛开，花香沁人心脾。正坐在图书室查找资料的骆家山还是大学三年级的学生，他因了一阵扑面袭来的浓郁花香，微抬了抬头观望窗外，当骆家山意外瞥见搁在对面书本上的那双手，是那样洁白精巧！中等偏小些的手掌，白皙润泽的手指，修得齐齐整整的淡粉红色指甲，微微翘起的手指尖，高高低低地流泄着一股钟灵毓秀。这样的一双手，在白玉兰花香中，托着雪白的书本，看一眼，就足以让人确信"书中自有黄金屋"啊！骆家山忍不住把头再抬更高些，好让眼睛去寻找这双玉手的主人。原来这双手的主人，是个文雅俊秀的姑娘，她的绿色碎花连衣裙，把这双手，衬托得像两朵在碧叶间盛开的玉兰花！

这双手，从此留在骆家山的脑中，日夜让他血液沸腾，直至这双手的主人，成了自己的枕边人。

骆家山想着这些的时候，俞小榆端来凉瓜汤。她小心地把汤放在饭桌中央，拿毛巾揩了揩额头鬓边的汗，才坐下来，端起饭碗，刚划拉两口，又停下筷子，转头瞅着丈夫骆家山教授，殷殷叮咛："明天记得到家政公司找个钟点工来做家务活，我已买了明天上午 10:30 的机票。"女儿一路顺畅地读到博士，拿到博士学位在北京工作后，才开始恋爱，恋爱几年后才结婚，如今已是高龄孕妇，预产期快到了，做母亲的不放心，决定亲自上京照料女儿生产和坐月子。

夫人交代她往北京去后的家事时,骆家山教授两只耳朵出出进进地听,目光游移,若有所思。忽然,他的眼光定在儿子和儿媳妇之间,眼前一亮,计上心头:等夫人前脚一走,就来一场家庭"变革"。正在这时,儿媳妇蒋勤拿了白瓷汤匙,舀了一口凉瓜汤,吹了吹,喝了,又慢悠悠地放下汤匙,娇嗔地央告:"妈,你可要快些回来,你孙子离不开你。钟点工哪比得上妈你呢?""就是!奶奶你要快回来,才能帮我管住爷爷,爷爷昨天又往我房间搬进去一个书柜,我房间被爷爷的书柜占得都快转不了身了。而且我做作业的时候,爷爷老去开书柜拿书影响我,我学习退步了,怎么办?!"孙子骆杰拿筷子隔着饭桌,点着爷爷的鼻尖,脑门青筋鼓胀地控诉爷爷侵占他领地的"罪行",一颗亮晶晶的油花子,从骆杰的筷子上飞出去,砸落在爷爷的鼻头上。

骆家现在住的是三房两厅两卫,带卫生间的宽敞主卧,儿子儿媳妇住;骆家山夫妇和孙子各一间次卧。骆家山教授退休后著书立说,更忙了,虽然房子越换越大,装修得也越发上档次,却一直没有专用的书房,只好把"书房"一分为二,四个大书柜两个寄放在孙子骆杰的卧室,两个安置在自己卧室里。

"老骆啊,你以后可得注意了,影响我们骆杰的学习,可不行!"俞小榆高工为抚慰孙子,佯装生气地批评骆家山教授。骆家山教授已先吃饱,坐一边,抽着烟,不动声色地听着。且最后一次听着!等明天,宠儿子溺爱孙子的夫人一走,家庭"变革"就开始。自己这个一家之主的窝囊气,受到明天为止!夫人也不能再当"家庭总理"了,忙了大半辈子,够了!

骆家山教授送夫人过了安检,又在机场大厅转了一下,思忖一番,然后,才开车,径直到位于大学路早先住过的两室一厅旧居。这房子是骆杰未出生时骆家山一家住的,现在租给一个大学生,刚到期,这学生也正好毕业。本来和夫人讲好再接续租出去,但骆家山现在改变主意,他现在就要去跟这学生说明,让他快些搬完。

"哈,骆教授,您来得正好。我正要把锁匙给您送去。"骆家山教授一头汗地爬上去时,那学生一手拎了一堆东西,一手揽着女友的腰,正走出门来。他跟骆家山教授说话,并不把手从他女友的腰上拿开。骆家山教授一面掏出纸巾擦着亮晶晶的额头,一边接过锁匙,同时淡扫了这学生的女友一眼,只见这姑娘长相平平,身材却火辣辣,并且衣服省略的地方太多,骆家山教授只瞄了一下,就觉得自己羞愧的眼睛,无处躲藏。这女孩显然不是上次见到的那位,骆家山暗自无赖地笑了一下,这学生外表淳朴,像来自农村的——骆家山当时正是看中这点才租房给他,更换女友的频率,一点也不输给来自开放城市的学生。

锁匙"当"地落入口袋时,骆家山教授正好目送学生和他的女友消失在楼梯的拐弯处,这时,一个大胆的想法,"嗖"地蹿上骆家山教授心头。

骆家山教授到家时已快十二点了,这天是周六,儿子儿媳妇都不上班。骆家山教授打开家门,一股"强冷气流"扑面而来,骆家山教授止不住打了个哆嗦。原来是宽敞的客厅里,空调温度开得太低。儿子骆成,挺着个愈发凸起的肚子,懒散地半躺在宽大的沙发上看电视,脸上跟随着电视内容变幻着单纯的表情,对于现在已到午饭时间,一副天不知道的样子。儿媳妇蒋勤犹穿着长袖睡衣——大约晚上空调开着拼命的冷不敢穿短袖,披撒着一头"长波浪",两手交抱在胸前,也舒舒坦坦地靠在沙发上看电视。蒋勤一条腿架在另一条腿上,一只拖鞋吊在悬着的那只脚尖上晃悠,露在拖鞋外的几个脚趾头,染红的趾甲,在沙发与茶几间的幽暗处忽闪忽闪。白白亮亮的脸上,焕着倒了油瓶也不扶的精明和慵懒的光。骆家山教授"嗒"地反手关上门,黑着脸,径直走向厨房。厨房里,除煮干饭的电饭锅里冒着一丝没有多少热度的烟,不见预备做午饭的鱼肉菜疏。往常的这个时候,夫人早已在厨房烟火蒸腾中忙碌多时。骆家山教授瞧瞧冷冷的锅,看看凉凉的灶,气不打一处来。

　　"爸爸、妈妈",是骆杰回来了,骆杰周六去美术老师那里学画画,满头是汗的骆杰一路抛开书包,脱去外衣,直奔到爸爸妈妈跟前,高声嚷嚷:"老师让我们下周去的时候,一千块学费一起交上。""骆杰去找爷爷,爷爷最疼你了",蒋勤细着声说,眼光蜻蜓一般始终歇落在电视屏幕上,嘴巴却朝厨房的方向努着。从厨房里出来的骆家山装作没听见,没看见,沉着脸,径直走到餐桌边,坐下。"嗯,嗯。"骆家山教授像以前开始要给学生训话那样,先清了清喉咙,然后把儿子儿媳妇叫了过来,说:"骆成,从明天起,你们搬到旧房子去住,这里只住我和你妈。我们要搞研究,我们要有自己的空间和时间,不便被打扰。我们已把你养大,帮你成家,不要求你赡养父母,但你必须自立,你们的生活必须自理!"骆家山教授说着,把刚拿回来的一小串锁匙,用中指压着,顺着桌面,当当地推到儿子跟前。骆家山教授站起来时,看到愣愣地站在爸爸妈妈身后的骆杰,突然想起来,补充道:"你,也从明天起,跟爸爸妈妈住过去!"蒋勤呆呆地听着,脸色煞白,好半天才反应过来。接着,蒋勤扬起眉,瞪着眼,好看的五官一齐出火,大声质问公公:"世界上还有你这样自私的父亲,自私的爷爷!?"骆家山教授一字一板地说:"要不,我和你妈搬出去,每个月五千块的按揭你们付。"蒋勤白了白脸,噎住了。她和骆成在私企打工,每个月两人合起来才五千块。"明天一天,把你们的东西搬完!"骆家山教授斜了一眼面红耳赤的蒋勤,毫不留情地最后通牒,然后断然甩身离去。

骆家山教授撇下傻了眼的儿子、儿媳妇、孙子，径直开了车，到酒店去吃自助餐。

蓝海湾大酒店的自助餐厅里，柔和的灯光，打在桌上洁白的餐具上，背景音乐徜徉在一屋的美食之间。置身其中，许久，骆家山教授才缓缓释放掉心头的气恼，逐渐归于平静。

骆家山教授拿来一杯咖啡，用雪白的碟子端来一块蛋糕，坐下，吃着，喝着，想，自己从小长在山村，刻苦读书，考上大学，一直到当了大学教授到退休，一路未停止奋斗的脚步，不要父母操一点心，并且从拿到第一份工资起，就每个月给父母寄钱，还帮助哥哥姐姐。和俞小榆结婚后，有了自己的家，便把山里的父母接来一起居住，直到最后给父母一一送了终。女儿骆英比自己更出色，大学、硕士、博士一路读上去，不要父母操一点心。可是怎么就养出这么个儿子，从小读书差强人意，长大一点墨水也没有，不能给父母挣脸也就算了，结婚生子的人了，还要躺在父母身上，让父母供养他全家，小两口还不知足，不知收敛，得寸进尺！

子不教，父之过啊！如果再不教导，连孙子将来都要走儿子的老路！

骆家山教授正在这么想着时，忽然看到一个穿餐厅制服的女孩朝他走来，那似曾相识的五官，让骆家山愣在那里，一时竟生出不知置身何处的恍惚？在骆家山发愣之间，只见一个笑靥甜美地从那女孩的嘴角和眉梢微微绽开，她问："这杯子可以收了吗？"骆家山教授这才猛醒过来，这姑娘是自助餐厅的女服务生，她要收用过的杯子。骆家山教授这才醒悟过来，这女服务生的眉目，像蒋勤，还有那开启在丝一般光滑亮洁的脸上，纯真得几乎透明的笑容，多么像蒋勤刚嫁到骆家时，时常对教授夫妇露出来的清纯乖巧的笑啊！

098　　蒋勤这样的笑容，是什么时候消失的？！骆家山教授懊丧地想。

家
风
不
像
风

第二天是星期天,骆家山教授一大清早就敲响儿子的房门,儿子儿媳妇不得不起来。蒋勤哭得红肿的眼睛,偷偷从侧面瞄了一眼早已起床,坐在客厅泡工夫茶的公公,见骆家山教授脸色铁青,态度决然,没有任何通融余地的样子,只好折回卧室,和丈夫商量叫搬家公司往外搬走他们的东西。

蒋勤在最后开始往外搬东西时,突然爆发,呼天抢地地哭叫起来,摔摔打打,引来同一个梯位的几户人家都跑出来围观。蒋勤索性一不做,二不休,向围观的邻居哭诉起自己的"遭遇"。对门在民政局上班的李科长,恰好是骆家山教授多年前的学生,平时与骆家有些往来,对他们家的情况比较了解,他平素就看不惯蒋勤大少奶奶般挟持丈夫儿子,把恩师骆家山教授和俞小榆师母当老奴使唤,见恩师坐在客厅,气得脸色发青,不待蒋勤说完,便不留情面地劈口说道:"我们可是自己贷款买房子,还要寄钱回老家接济父母。你这样,幸福到天上去了!"

骆杰睁着惊恐的眼睛,瞄瞄一旁怒目而视的爷爷,又瞅瞅哭得七荤八素的妈妈,躲在门边大气不敢出。

蒋勤听了,脸上一红一白地找不出反驳的话。骆成自知理亏,低头拉回紫胀脸皮的蒋勤,催她快快搬东西。

骆成拉着骆杰走出爷爷奶奶的家时,骆杰的手冰凉冰凉的——骆杰以为自己再不能回来看奶奶了。

蒋勤自从搬出公婆家门,便像个被罚下天庭的仙子。住着陈旧逼仄的两室一厅,原来用来零花都总是"月光"的工资,现在要安排一家人的吃饭穿衣上学,捉襟见肘。更雪上加霜的是,两个月后,蒋勤的公司裁员,她被裁了。

骆家山教授虽住着豪华宽敞的大房子,但因对钟点工缺乏信心,一直没有叫个人来帮忙,饥一顿饱一顿。房间呢,也难免陷入混乱状态。

099

　　骆家山教授在北京的博士女儿，听了哥哥私下在电话里的诉苦，想妈妈远离爸爸，在这里给自己帮忙，想爸爸孤单一人过那样的日子，急忙背着妈妈给爸爸打电话，出了个主意——雇蒋勤做钟点工。博士女儿骆英说："爸爸，这样妈妈在我这里，我才能放心。多给嫂嫂些工钱，就算帮助哥哥吧。"到底是博士女儿，高智商！骆家山教授迅速采纳女儿的意见，但切切叮嘱："别让你妈知道！"

　　夫人万般的好，却在儿子的问题上，死硬到底，怎么都不开窍，并且一谈到这个问题，一向温顺的夫人，就会和自己吵闹翻脸。每每这时，骆家山就会很无赖，很泄气地想：女人，女人，无论念过多少书，终究是头发长，见识短！

　　过了几天，骆家山便叫儿子过来商量："要是蒋勤同意的话，让她过来帮助料理家务活，我每个月给她开三千元工资。你回去跟她商量一下，反正她闲着也是闲着。再说，就我一个人吃饭，也累不着她。"

　　骆成从父亲那里回到自己家时，正好一个工友来看蒋勤，她和蒋勤是同一批被裁员。这工友是蒋勤的好姐妹，不算外人，因此，骆成当着她的面，嗫嗫嚅嚅地把父亲的意思告诉蒋勤，末了，切切地劝蒋勤，说："爸爸说了，工资是每月三千，比你上班还多五百块。"蒋勤的工友，轻轻拍了拍蒋勤的后背，羡慕地、推心置腹地对蒋勤说："蒋勤，你命真好！我现在再找了个事做，每天出去要站八九个小时柜台，一个月不到两千块，回来还要伺候年迈的公婆。伺候公婆不要紧，这是晚辈们分内的事，只要公公婆婆太太平平，不要闹病闹痛，我就阿弥陀佛了。"每月三千，这个数目还是有些诱人，不过蒋勤迟疑了一下后，还是沉下脸来，死硬着嘴说："我才不去伺候那没良心的老家伙！""蒋勤，他是我爸，你也别太过分！"一向没有主心骨的骆成，忽然强硬起来。"他像你的爸吗，嗯，他像吗？！"蒋勤咬着牙，忽地站起

来,指着骆成的鼻子骂。"好了好了,蒋勤",蒋勤的工友忙拉蒋勤坐下来,
"骆成也没别的意思,都是为了这个家。"蒋勤挨着工友坐下来,恨恨地对工
友诉说种种委屈。

骆成见劝不住,便索性出去,直奔岳母家。他太清楚蒋勤的脾气。

第二天,蒋勤的母亲来了。"勤哪,就算不给你一分钱,你公公洗衣做
饭的事,也是你们的事!"蒋勤的母亲一进来,就拉开责骂自己女儿的架势。
其实她的这些话,是说给女婿骆成听的。果然,骆成一听,就心下得意,"嘿
嘿"一笑,便出去了,留下蒋勤的母亲继续教导女儿。蒋勤的母亲见女婿出
去,方才低了声,责骂女儿:"别闹得太不像话,将来让老两口把剩下的,都
给了女儿!"蒋勤的心猛地收紧,脸色暗沉下来,又忽地,开窍了。到底是
妈,想得远。蒋勤服气地点了点头。

骆杰睁着乌溜溜的大眼睛,直愣愣地盯着妈妈和外婆。

蒋勤回来了!

蒋勤每天十点到公公骆家山教授家,来时在路过菜市场时顺路给公公
买来一天所需的菜蔬鱼肉。蒋勤买来的菜蔬鱼肉总是又便宜,成色又好。
蒋勤一进门,便先洗净手,用一个洗得干干净净的白瓷杯子,给公公先泡一
杯清香袅袅的铁观音,恭恭敬敬地捧到公公书房。紧接着,把自己拉直过
的散漫披洒在背上的头发,扎成一把柔柔顺顺的长马尾,又扎上花围裙,才
把买来的鱼肉洗净,搁进冰箱,把菜蔬泡盐水里去农药虫子,然后开始给公
公洗衣服。洗衣服的小水池和洗衣机都在阳台上,阳台与骆家山教授的书
房相通。蒋勤怕洗衣服的声响吵了骆家山勤奋的笔耕,总是细心地把书房
通往阳台的玻璃门先关上。

蒋勤爱这份轻松又高薪的工作,所以总做得轻声细语、周到细致,很有
俞小榆在家做事时的斯文殷勤之风——到底是教授家多年熏陶出来的人, 101

不是一般粗手粗脚毛毛糙糙的钟点工可比。

这时的蒋勤,真让骆家山教授刮目相看!

每天十点半左右,骆家山教授在书房里做研究,每每抬头,从玻璃窗往外看去,蒋勤总在洒满阳光的阳台上浆洗衣物,那高高扎起的一束低垂至腰际的马尾,随着手上洗衣服的动作,富有韵律地抖动,这使得这个美好的女性,看上去既勤快贤惠又青春朝气。濯衣之哗哗水声,经过玻璃窗和玻璃门的过滤,传到自己耳里,已成了悦耳的"泉水叮咚"。每当这时,骆家山教授便会在心中由衷地感叹:别看儿子样子蔫蔫,读书不行,娶媳妇却和自己一样,有眼光!

有一次,骆家山教授又这么正欣赏着"泉水叮咚"之音,忽然看到蒋勤手上竟拿着一条蓝色的裤头——自己昨晚换下的裤头,正往裆部抹肥皂,重点搓洗。骆家山的脸,腾地红到耳根,浑身像爬着许许多多小黑蚂蚁。骆家山教授十分悔愧地想:昨晚忙些什么,换下的裤头,怎么就忘了先自己洗掉?

骆家山教授极度不安地坐在书桌前,眼睛罩着书本上的字,却是再无法看进去。过了一会儿,他忍不住抬头悄看阳台,但见蒋勤已洗好自己的内裤。蒋勤先啪啪地把裤头甩平整,然后撑开裤头上的松紧带,架在晾衣架上,再挂到升降衣架上。动作里毫无迟疑滞涩,自然流畅得就像在洗晒骆杰的小裤头一般。骆家山教授这才放下极其惭愧的心,想:蒋勤是真心把我当自家老人待啊!得给蒋勤一些补偿!

每天下午做完晚饭五点不到,骆家山教授总是叫蒋勤快回去。骆家山教授知道蒋勤回去还要为儿子、孙子做饭。可蒋勤总是要把公公家里的一切料理得妥妥当当再走,临走前,还总是要到书房里,恭谨地问骆家山,明天为他买些什么菜来。最后,还把厨房里的垃圾,一并干干净净地带走。

—

家
风
不
像
风

—

骆家山看到蒋勤把垃圾袋从垃圾桶中拎出来，常会用那双细巧的手，顺手把掉在垃圾桶边上的纸屑、瓜果皮——细致地捡拾起来，一并放进垃圾袋。有时候，一点瓜皮粘在地上，难以捡拾，蒋勤会用手指甲轻轻地去抠。每每看到这些，骆家山都会感动得几乎要脱口而出："蒋勤真是个好儿媳妇！"

这个家，在蒋勤的操持下，终于又回到俞小榆在家时那样宽敞怡人，一尘不染，室雅茶香——这才像名牌大学教授的家！

骆家山从第二个月起，就给蒋勤涨工资，一口气就涨了五百元。

涨工资的第二天，蒋勤再来时，便有了一大捧带新鲜水珠的黄艳艳的百合花，亮闪闪地盛开在骆家山教授的大客厅里。骆家山教授一出，一进，都要深深地嗅一嗅这花的新鲜气息，嗅一嗅从花心里散发出来的家庭温情的馨香。每嗅一下，骆家山教授就仿佛年轻一岁。

又过了两个月，俞小榆回来了。骆家山教授亲自开车去机场接她。

俞小榆把大件行李放在汽车后箱，然后提着随身的小件行李钻进车里，坐在副驾座上。骆家山教授看了看久别重逢的夫人，见夫人穿着浅紫色翻领收腰的半长大衣，翻领上一枚银色胸针，辉映着她比先前更加光润的肤色，骆家山教授忍不住在俞小榆的一侧脸颊上，来了一个热烈的吻，然后再殷勤地帮她系上安全带，再然后，才发动汽车，载夫人回家。俞小榆隔着车上的玻璃窗欣赏着流水般的街景，感叹道："离开才半年多，城市变化这么大，BRT 都通车了！"骆家山教授一听此话，忽然想起大事尚未汇报，忙恭维道："是啊，夫人进京半年越发年轻漂亮，变化也很大嘛！"骆家山教授又佯装不懂地请教夫人："俞高工啊，莎士比亚好像写过一个戏剧叫《训悍记》，那是怎么样一个故事？"俞小榆一听，便明白了丈夫的用意，她的脸上轻浮起一抹笑容，像蔚蓝的天空飘过一絮洁白的云彩。业余研究英美文学的俞小榆看着丈夫一脸虚心求教的表情，忍着笑，细细跟骆家山一一道来： 103

　　《训悍记》是一部滑稽喜剧,剧中描写泼妇凯特因为性格暴躁、脾气倔强,找不到任何一个敢娶她的男人,在心不甘情不愿的情况下,她嫁给了高大结实的大胡子男人皮图丘。皮图丘一心要把悍妇凯特训练成百依百顺的好妻子,所以他采取了'以暴制暴'的方式,最后终于驯服了凯特的一身傲骨。”“啊——”骆家山教授把“啊”字拖得抑扬顿挫,一副恍然大悟的样子:“原来是这样,我们家,你不在时也上演了一出《训悍记》,只是我们家《训悍记》的女主角当然不是您,我亲爱的夫人,而是儿子、儿媳妇和孙子。”骆家山教授接着一五一十地把“家庭变革”的经过,以及这段时间来蒋勤的巨大变化,讲给夫人俞小榆听,缓缓地劝导她,希望已经走上正轨的生活一如既往持续下去。俞小榆听罢,沉思良久,点了点头,算是同意夫君骆家山教授的做法。但想到孙子骆杰,又不由得红了眼眶,于心不忍地说:“骆教授啊,两个大人,是该让他们吃点苦头,可是别太委屈了骆杰,他还小啊。”

　　没想到,这件大事,夫人这一关,过得如此顺畅。骆家山教授简直有点不敢相信地暗自松了一大口气。

　　骆家山教授不知道,其实,他的“家庭变革”,早已由女儿骆英,细细地告诉过母亲并且力劝过。

　　俞小榆进得门来,正好看到系着围裙的蒋勤在收拾房间。蒋勤见到久别的婆婆归来,忙撂下抹布,笑容灿烂地接过婆婆手中的行李。蒋勤把行李放到公公婆婆的房间后,忙给坐在沙发上歇息的婆婆,端来一杯热茶。“坐下歇歇吧,蒋勤”,俞小榆一把拉过蒋勤,坐在自己身边,又拿出几张百元钞票,交在蒋勤手中,说:“明天是星期天,多买些菜,把骆杰带来给爷爷奶奶瞧瞧。”

　　“骆杰,奶奶回来了,叫你明天去呢!”蒋勤从公婆家一回来,就高兴地向骆杰宣布这一消息。“奶奶真的回来了吗?!”骆杰乌黑的眼睛忽地闪亮了一下,又暗淡下来:"可是……"对于那场家庭"变革",骆杰至今心有余悸。"明天爸爸也去",蒋勤揉揉骆杰小小的肩,宽慰道。

骆杰先蹦蹦跳跳地先走到奶奶爷爷家门口,伸手正要按门铃,又缩了回来。他回头叫跟在后头的蒋勤:"妈妈,你来!"就在这时,门"哗"地开了,奶奶来了。奶奶见骆杰躲在妈妈背后,两只小手攀在妈妈的肩膀上,半个脑袋在妈妈脖颈后伸了一下,乌溜溜的大眼睛往客厅偷偷一溜,又藏到妈妈身后去。俞小榆眼见这般,心疼不已,忙出去,一把拉过骆杰来,搂在怀里,"挟持"进去。俞小榆看到半年不见,高了也瘦了的骆杰,眼圈不禁红了起来,有些哽咽地有些不忍地不住地叫:"骆杰啊……"边叫着,边不住地摩挲着骆杰的头和小脸。"骆杰啊……"爷爷的声音从书房传来。"快去,爷爷叫呢。"奶奶慈爱地推骆杰过去,骆杰只是站在原地,怯怯地应着,却不挪动。俞小榆只好搂着骆杰,一块儿去书房见爷爷。

骆家山夫妇现在搬到原先儿子儿媳妇住的主卧。主卧里有卫生间,上了年纪的人,晚间起来方便些。原来自己住的屋子通阳台,略小些,但空气好,采光好,收拾了做书房。骆杰站在爷爷书房门口,小小声地恭恭敬敬地叫了声:"爷爷。""骆杰啊",正低头查找资料的爷爷,这时抬起头,威严而慈爱地看了站在门边的骆杰一眼,说:"你喜欢你过去的房间吗?""喜欢!"骆杰低头盯着自己的脚尖,小心翼翼地回答。"我给你把房间留着呢,以后你可以每天晚上回来住,顺便让爷爷奶奶每天看看你的作业。你妈妈呢,因为奶奶有研究工作要做,就继续在爷爷奶奶这里做家政服务。好吗?""好!"骆杰眼里哗地冒出一层水花。爷爷这里的沙发是气派的真皮大沙发,客厅的柜式空调,大威力,冬天放暖气,夏天有凉风。可比现在和爸妈住的又旧又狭窄的房子漂亮舒适多了。而且,爷爷奶奶知识比爸爸妈妈渊博多了,什么都知道。"不过你只能在这里住到大学毕业。大学毕业后,你就是大人了,要凭自己的本事,去获取美好的生活。"爷爷又慈爱而认真地说。骆杰很严肃地点了点头,一派少年老成的样子。爷爷满意地漾起一抹柔软的微笑。

当骆杰再次走进自己的房间,当骆杰再次看到洁净柔软的小床云朵一般浮现在阔大的屋子里,落地玻璃窗长长的一排华丽的窗帘犹如舞台上的幕布,丑小鸭造型的台灯,崭新光亮的书桌都在那里等待着自己……想想自己在爸爸妈妈那里用的油漆多处剥落的旧书桌,想想自己那个本来就窄小却又被妈妈堆满杂物的空气浑浊的小房间,骆杰感到太幸福了!但这幸福,回来得这么突然,这么意外,这又让骆杰如履薄冰,生怕这幸福会是昙花一现,海市蜃楼。再环顾一尘不染、窗明几净的宽大的房间里,爷爷靠墙立着的两个大书柜,骆杰有些羞愧,有点不敢抬头看它们,却又为那两个书柜感到无比的骄傲!那是爷爷的,教授爷爷的!

骆杰每天放学回到这间屋子,就像走进一个美妙的童话。

骆杰每天早晨六点半被自己预设的闹钟从童话里唤醒,童话中的王子立马变身勤快少年,他叠被,铺床,收拾书包,整理房间……迅速做完这些后,在泡工夫茶,看早间新闻的爷爷奶奶潮湿关爱的目光中,吃早餐,出家门,搭公交,上学去。

这孩子,小小年纪怎么就这样懂事!

有一天,正好是星期天,骆杰不用上学,可他依旧按时早早起床。爷爷奶奶正在客厅泡工夫茶,奶奶拉过骆杰坐到身边,慈爱而心疼地说:"骆杰啊,还是这么早起!我们真是个好孩子,前天老师来家访,还说学习进步很大。""爷爷奶奶,我一定好好读书",骆杰目光亮闪闪地注视着一旁的爷爷,又说:"长大后好代替妈妈照顾好爷爷奶奶!"爷爷骆家山教授舒心地笑了,一头白苍苍的头发在一脸舒心的笑容之上,秋天的芦花那般抒情地摇曳。

俞小榆奶奶则笑得像一朵芳香的秋菊,她愉快地刮着骆杰的小鼻头逗他:"长大后,为什么想代替妈妈照顾好爷爷奶奶啊,骆杰?""这样爷爷以后才不会把房子和存款留给骆英姑姑!"骆杰伏在俞小榆高工的耳朵边快速地说。骆杰的声音虽然很细小,爷爷骆家山教授还是听清了,明白无误地听清了,他吃惊得眼睛在老花镜后面瞪得老大,样子有点滑稽,像一头老牛!

（将刊登于《泉州文学》2015 年 1 月）

我的福丫

四十七岁的秀秀,和她十五岁的福丫站在一起,就像一枚小巧的鸡蛋和一砣硕大的鹅蛋并放在一起。

秀秀二十岁的时候,嫁给同村的英俊后生陈海生。二十一岁生下大女儿陈福梅,隔了十一年,又生下二女儿陈福兰。可惜,怀二女儿三个月的时候,丈夫陈海生不幸病故。在悲痛欲绝中,秀秀苦撑了七个月,剖腹产下福兰。福兰小时候,特别招人喜欢,简直就像后来北京奥运会的吉祥物福娃,人人见了,都要停下来,逗逗她。随着一岁一岁长大,人们才看出她的畸形肥胖。简直没有人能相信,肤色雪白、身姿柔美、手巧心灵的秀秀,竟会生下这肉墩墩的东西来。就是大女儿,虽不及母亲秀秀俊美,然也是个清雅的女孩。

秀秀遍寻方药名医,多年医治下来,福兰依然食大如牛,呼呼发胖,憨憨糊糊,却把家捣腾个精光。后来秀秀再把悲愁的目光,扫过她的身子,读到高中毕业的秀秀,终于明白了,恐怕是当年伤心过度导致基因突变所致,因而,也就认命了。只是总是愁着,自己将来先走时,福兰这孽障,可怎么办?

福兰十岁时,有一天,秀秀从溪里洗了一篮子衣裳回来,刚到门口,就瞧见一群小不点,跟在福兰身旁背后,对着小山包一般的福兰,闹闹嚷嚷,麻雀般地乱叫"胖丫胖丫……",像戏耍追逐一个疯子一般。

秀秀这才知道,自己错了,不该从小信口胡叫她"胖丫"。秀秀忽然又一眼瞥见,有两个小不点,正肆意地朝福兰头上撒沙子,朝她身上扔小石头。秀秀的脸,立时垮了下来。秀秀迅速进屋,顿下竹篮,抄起一根棍棒,正想追出去,震吓那群孩子。可是,想想,又颓然放下,泪漫上来。她能时时刻刻把福兰带在身边吗,她能护着福兰一辈子吗?

秀秀擦了擦潮湿的眼角,折进厨房,扒开柜门,抓起一把中午炒的豆子,又出门来了。

她把在门口追逐嬉闹的孩子都招呼了过来,在每一只小手掌心里,点下几颗豆子,最后,才把剩的小半把给福兰。秀秀和气地对大家说:"叫她福丫吧,孩子们。"孩子们嚼着香香的豆子,促狭鄙夷的目光羞怯了,柔软了。从此,口口相传,大家不叫福兰"胖丫",叫"福丫"——有福的丫头!

四十出头的秀秀,依然有着一头浓密如丝的黑发,和一般农家妇女没有的,怎么也晒不黑的白洁的皮肤,因此,不断有人登门求亲。秀秀被媒人带去看那一家,当她看到那家安静的天井,洗得润红润红的红砖地板,秀秀没来由地，就喜欢上那个家——她梦想之中的家。秀秀几乎立即就应承下来。这是多年来，没有过的事。

男人是粗壮实诚的男人，他看福丫的眼光是热乎的，不见嫌厌之光。于是，秀秀在订婚的那一夜，便把自己给了男人。事后，秀秀躺在男人那张有些油腻味的大床上，细细地抚摸着自己依然光滑饱满的身体，庆幸地想，幸好还有这身好皮囊，给自己和福丫换来了个不错的家。

男人果然对秀秀很好，对福兰也亲热，一如他自己的儿女。秀秀嫁到男人家来，一晃，几个月过去了，年过去了，阳春三月来了，树青了，水亮了，桃花开了一树一树红云，也开在秀秀的双颊上。

年轻的时候，秀秀也嫁了个好丈夫，但是，都是在青春的年龄，男女的事情莽撞而无知，秀秀只觉得更多的是在尽妻子的义务和为生儿育女。后来没了丈夫，单纯从女人的欲望上，十几年熬下来，也不太难过。再次嫁人，半是过怕了穷日子，半是实在喜欢那安静、宽敞、透亮的屋舍。哪里知道，除此之外，还有这枚禁果，如此甜蜜醉人。

有男人，真好啊！秀秀在红砖洗得红润发亮的家里打理家务；在安静光亮的天井里做针线，做着做着，就想起两人在一起的事情，白皙的脸上，蓦地飞起彤云。才半年，秀秀就变得容光焕发，有些皱缩的皮肤，又舒展开来，光润起来。

秀秀哄骗逼压着福丫，要她认真而恭敬地喊他"爸"，亲亲热热地喊那男孩"哥"。

秀秀私底下希望，这样喊着喊着，能从日日的一呼一应中，生出一份相濡以沫的亲情来，万一哪一天自己先走了，福丫还能够有一碗饭吃，有一间房住，多两个亲人。大女儿福梅，大学毕业，嫁在厦门。虽是亲姐妹，然城市里租来的房子狭小，怎容得下庞大的福丫。况且福梅只是在私营企业打工,一个月赚三千块钱不到。在厦门,除去租房,已所剩无几。

男人要着人去小店铺买包烟,买个打火机,秀秀乐意去为他做这些,可她统统改派了福丫。她希望福丫,用她憨傻的勤快,在继父心头加分。哥哥的衣服脏了,她差福丫去抱来洗。秀秀暗地里想,这样,做哥哥的,成了家里的顶梁柱后,会记得这个妹妹的好。

在这个男人第一次向福丫舒展开一个默然的笑容的时候,秀秀就眼眶热热地想,她要好好地爱这个男人。可是,有一天,她看到他的手,似乎只是在疼爱地抚摸福丫胖乎乎的脸蛋,可那裸露的粗壮的胳膊,却是蹭在十几岁的福丫那半露在无领 T 恤领口的雪白硕大的乳房上。大胖雪人一般的福丫,只是无知无觉,憨憨痴痴地站在天井里傻笑。秀秀羞臊得满脸通红,忙连夜把缝纫机踩得飞快,熬红了一双眼睛,硬是给福丫赶出了一条孕妇一般肥大的裤子,工装裤的式样。第二天,福丫就穿上了那条裤子,有一片往上长的布,严严实实地遮住了她肥大得要挤爆衣裳的胸乳。穿上工装裤的福丫,看上去又大方又孩童,真有几分讨人喜欢。更重要的是,她肥滚滚的身体,从此再不露出不该露的地方来。

可是,秀秀还是骇异地看到,他粗壮的胳膊,还是会有意无意地停靠或滑过福丫肥硕的胸乳。有一天,秀秀正在厨房洗碗,偶然抬头,目光散向窗户之外,恰好看到男人干脆用五个张开的粗硬的手指头,隔衣在抓捏福丫肥颤颤的乳房,脸上浮起一层淫秽惬意的笑。福丫似乎疼痛似乎痒痒一般地在那里哼哼唧唧,憨憨糊糊,毫无羞涩。秀秀大惊失色,雪白如兰的脸,瞬间成了猪肝色。秀秀立即羞愤交加地大叫:"福丫,快来洗碗!"

秀秀明白了,福丫那承继了自己的白皙和自身畸形的肥胖,使得那凝脂一般的硕大的乳房成了男人的罂粟,具有致命的诱惑力。秀秀除了继续给福丫穿工装裤,还反复地用最浅显的方式教福丫,不可以让任何男人随

111

便碰触自己的身体。对于往后的日子,秀秀真正地惊心而发愁了。因为带福丫再嫁,早已冒犯了前夫家的婆婆。

原来的两间旧屋,已不能再容身。

这时,大女儿临产了,打电话来,要母亲秀秀去伺候月子。真是天无绝人之路,真是柳暗花明啊!

秀秀带了福丫,一路辗转,来到厦门。秀秀想自己还能做,给福梅做饭带孩子,就此带着福丫留在福梅家里,也是一条生路。秀秀格外严苛地教导福丫,要她做家里所有的粗活重活。哪天自己先走了,好歹亲姐还可以倚靠。

过了些日子,秀秀发现,女婿吃饭的时候,总端了饭碗,凑到电视机前,只满满地夹一筷子菜,就很少再上桌来。秀秀后来发现,那和福丫有关。只要福丫坐在桌边吃饭,女婿那俊朗的面孔就会走样,就会笼罩在一层极力掩饰却又掩饰不住的难堪和厌恶的云雾中。再看福丫,肥胖笨重的身子,占去餐桌的半壁江山。那胡吃海喝的贪馋相,就更不用说了。姐姐是亲姐姐,打小也看惯了,况且一母所生,当然无话。姐夫到底是外姓,从小不在一起长大。也怪不得他。只能怪自己,太想当然了,以为带了福丫来,勤快地给姐姐帮忙,给姐夫好印象,母女俩就能留下来,将来自己老了,不在了,福丫还可靠亲姐,亲亲的姐夫。

秀秀开始每顿不着痕迹地,另外安排福丫在狭小的厨房里,就着另外盛出来的汤菜,站着快快扒拉下几碗饭,不让女婿生厌,影响小夫妻的感情。自己则更加起早贪黑地操持家务,精心地照料女儿、小外孙。不让女儿有一点察觉。

可是,有一天,秀秀夜里起床上卫生间,听到了女儿女婿关在门里的激烈争吵。夹杂在女儿女婿压低的沉闷模糊的气愤恨怨的声音中,秀秀几次格外清晰地听到女儿女婿叫着"福丫"的名字。秀秀全然明白了。幸好外孙子也满月了,秀秀怀抱着小外孙陶醉地摇晃着,一边从容和悦地告诉女儿女婿,说她想家了,得带福丫回家一趟,看看老人。

在听到女儿女婿吵架的隔天,秀秀悄然回了趟婆婆家,红着眼眶跟婆婆说明情况,央婆婆暂且再收留福丫。"就当他爸留下来的一头牲畜养吧,妈,好歹是海生的一点骨血!"秀秀含了满眶的热泪说:"我去城里打工,安顿下来,就接她去,不拖累您老的。""回来吧,我也知道你不容易",婆婆说。

好在秀秀嫁给那男人,只是简单地把街坊邻居请了两桌,并没有登记结婚。秀秀带了福丫,直接就从厦门回到婆婆那里。回去后不久,一天夜里,病得几乎不能动弹的婆婆,用那干枯得只剩坚硬骨节和蚯蚓般粗筋的手,哆哆嗦嗦地拿了个盒子,交在秀秀手里。"带了福丫到城里去,租间店面,自个儿谋生去吧",婆婆说:"就这穷山恶水,就咱家的这两间破房,将来你老了,福丫只有饿死。"秀秀疑惑地打开盒子,盒里闪出一片金光,耀眼夺目。秀秀惊讶得目瞪口呆,原来,盒子里,躺着十几只金闪闪的戒指。秀秀一把掩上盒子,伏在盒盖上,嘤嘤哭泣。她明白了村里关于婆婆旧时是卖身女人的传说;她哭自己不该像村里人那样,鄙视她的身世;哭自己不该在她老来无依的时候,带了福丫再嫁离家。

秀秀安葬了婆婆,带了福丫到城里开店,卖水饺。包水饺是秀秀打小从母亲那学来的绝活,包得快捷,花样繁多,漂亮别致。馅呢,调配得既大众,又可口。

秀秀每天带福丫去菜市场买肉,和福丫一起辨认肉的成色,教导她不买死猪的肉,无论那肉多么便宜。切肉时,看到不好的肉瘤子、血管,都要她把这些切掉。秀秀要福丫把韭菜洗得水灵灵光鲜鲜,看到韭菜细长的叶子上,一点儿发黄的尾尖,就边招去,边告诫福丫:"把这招掉,要不,吃到肚

113

子里,长虫子哩。"秀秀教福丫包饺子,训导她把指甲缝淘洗得干干净净,然后凹着肥厚白皙的大手掌,托住面皮,塞进一勺的馅,含住,一点一点地揉合两片面皮,招出花样来。秀秀要福丫惜福修积,不做缺德事。

秀秀教得吃力时,会满头是汗地颓然坐在椅子上,想,就当她是一头猪一只狗教吧,好在时间是自己的,耐心是自己的。秀秀想通了后,就又继续调教福丫,见到腿脚不灵便的奶奶们来买饺子,要福丫帮忙把饺子拎回家;煮好了饺子,看到有小孩儿们跟着大人来买生鲜饺子,要福丫先分给小孩儿们尝尝鲜。她要福丫童叟无欺,善待每一个人。

吃过福丫饺子的孩子,有了好吃的,不会忘记提醒大人,分些给打门前经过的福丫姐姐;老人们遇上福丫,会抚着她一蓬棉花糖一般白胖的手,怜爱地摹挲,慈悲地说句:"实心的孩子天照应!"秀秀坐在店里,眼光潮潮地望出去,心中幽幽地想,就是有一天,自己眼一黑,蹬腿走了。有这些人在,福丫不至糟践啊。

秀秀的饺子好、人缘好,秀秀很快把饺子店做大了。

秀秀在城里买了房子,过上富足的日子。有一天,那男人带儿子寻来了。男人不说话,瞪着眼睛,到处张望。那儿子,低头无语,默然独坐。秀秀把窝成一小卷的一沓钱,悄然放在他粗糙的手掌心里,就这样打发走了他。好在那男人也没有再次胡搅蛮缠上门来,不然,秀秀又有什么法子?因此,再有人来给秀秀做媒,秀秀就笑笑说,等福丫有了可心的人!秀秀自己是嫁怕了,也明知道,福丫的幸福婚姻,更是天方夜谭。

奥运会在北京举办的那年,秀秀正申请商标,她看到那憨态可掬的福娃,真像小时候的福丫。秀秀便拿出福丫小时的照片,印在装水饺的塑料袋上,把她家水饺,命名为"福丫"牌水饺。只愿"福丫牌水饺"能更深入人心,将来自己去了,福丫能多撑几年。

秀秀成了优秀民营企业家。秀秀不断招特教学校毕业的残疾人,来当工人。报纸采访秀秀时,秀秀只觉得这样做,是一件顺理成章的事,实在想不出更重大的原因,所以,只反复反复地说一句:"将心比心!将心比心!"这一年县人大换届,秀秀成了县人大代表!

从这天起,秀秀一边当人大代表,一边牵着福丫,心头挂着:我的福丫!

（原载《泉州文学》2013 年 8 月）

白茉莉，红凤凰

这个季节，在厦门，又是凤凰花潮水一般浩瀚地涌上枝头，凤凰树冠盖灿若云霞的时候。每年的这个时候，我都有机会出差厦门。我因为工作关系，一年要到厦门出差几趟，格外喜欢恰遇厦门凤凰花开的这一趟。

早上，即将出门奔赴机场之前，我提着拉杆箱走出书房的时候，眼角的余光，扫过书桌，发现光滑的桌面上有一点污迹。我从方形纸盒里，抽取一张白纸，去擦那污迹。我在除去那个污迹的时候，指背的皮肤，被一个锐角划拉了一下疼痛令我睇去一眼，原来是一本书，赵尚正的《凤凰花开的时候》。我的思维和疼痛都在那本书上停顿了一秒,之后,我立即用拇指和食指的指尖,掐住书的一个角,像揪起一只死老鼠那般,把它拎到厨房的垃圾桶。然后,我从洗碗槽边上的洗洁精瓶上压出一丁点洗洁精,点在食指尖上,认认真真搓了拇指和食指尖,又打开厨房洗碗槽上面的水龙头,淋净我的两个手指头。我走出家门,一只手拉着拉杆箱,一只手把垃圾袋从垃圾桶里提出来,扔进楼道的大公共垃圾桶。我甚至不愿意把这垃圾,留到晚上丈夫回来,才去扔掉它,虽然家里的垃圾袋都由老公每天早上上班顺手提出去。手上的垃圾袋投进楼道大垃圾桶时,塑料袋与大塑料桶桶壁之间摩擦,发出的唰啦之声,轰开了一个画面。赵尚正弯腰摘采茉莉时,撅起如产后妇女丰厥的臀部。太脏了!

在过去,无数次出差厦门,无论接待方安排了多么高档的酒店,我怎么都会至少腾出一个夜晚,住到我表妹白晓棠的家里。

白晓棠的家,坐落在一个非常幽静的小区里,这个小区的楼房不高,每栋只有五六层,一栋一栋沿着山势盖上去,借了山势,却有着睥睨城市的大气势。这个幽静的小区,其实处于市中心,但从城市主干大街,顺着弯弯绕绕却颇为宽阔平坦的水泥路,随着愈来愈高的山势开车上去,开到白晓棠家所在的地势最高的那栋楼房,要好一会儿,因而,感觉上,仿佛远远地把城市的烦扰和喧嚣抛在脑后,到了一个远离市区的清静自然之所在。这个小区,由于这样的地理位置,公交车不通上来,进出都是私家车,因而,就少见步行的人,出出进进,见到的都是车,且高档车居多,因而也就愈发显出其身份了。而事实上,这里,不显山不露水地优越地居住着的,大多是各种级别的官员、白领和公司的管理层。

白晓棠的家,是一套楼中楼,房屋格局极好,装修布置得富有格调。推门进去,走过门廊,就是挑高的大客厅。笼罩在从高高的天花板上垂下来

117

的大水晶灯灯光下的是乳白色欧式家具,光圈之外,还有在阔大的客厅各处,恰到好处地点缀着的欧式仿古台灯、吊灯、落地灯,这些,构成了一个仿真度极高的西式家庭。白晓棠家楼中楼的上面,本是公共天台,白晓棠的丈夫赵尚正大方地把它占为己有,又违章加盖了别致的小木屋。小木屋的前前后后,植满盆栽的鲜花。通向天台的楼梯口,两个不大不小的广口缸,蓄了水,养着粉黄的睡莲。一盆茂盛馥郁的栀子花,则用了石凳垫高,搁在木屋的后窗下。其余的大大小小几十盆茉莉花,高低错落,布满整个天台。

每次来白晓棠家,我都要求住在天台上的这间小木屋。每天早上,必是茉莉花沁人心脾的花香,跟着清晨的凉风,一起来把我从睡梦中唤醒。每次从清晨的睡梦中醒来,我都愿意一动不动地躺在床上,关闭身上所有器官,包括脑中思维,只留鼻息,尽情地饱满地呼吸那海潮一般,一浪一浪汹涌卷来的清香,任身体被这个季节清晨凉爽的风,一个劲儿地吹拂。这样的时候,我觉得,自己差不多是在天堂了。或者说,天堂再好,也好不过如此了。

我是如此喜欢天台上这个别致的,让人犹如躺在云端的小房子,以至,每年总有几个夜晚和清晨,我请求我的表妹白晓棠,让这个小木屋以及这个小木屋周围的世界完全归属于我。每次我醒来之后,隔不多久,窗外,这个依然较为静寂的世界,便开始有一些细碎清亮的声响,那是早起的表妹夫赵尚正,拿了喷壶,在一趟一趟地给茉莉花浇水。水浇下去,所有的花儿,就这么在赵尚正的水壶下,在熹微的天光里,彻底地,水灵灵地醒来,尽情地喷吐储藏在花心里的浓郁的芳香。我也在这时,跟着完全地清醒过来。

赵尚正给花浇完水后,便会拿了花剪,姿态娴熟地一剪一剪地给盆花修去枯枝和残叶。最后,在洗手池里净了手,才细心地采下那些刚刚过了盛开顶峰的茉莉花，一朵一朵地细致地摆放到青花白瓷碟子里。

　　一个健硕的男人，大清早起来，在略微肃杀的秋风中，饶有兴致地摘取清芬白洁的茉莉。这样的画面，任何一个做妻子的看在眼中，都会心中安定，对未来未知的生活不存在任何忧虑。白晓棠家偌大的天台，几乎只种一种花，洁白的花香浓郁的茉莉花。家里最钟爱这花的还不是白晓棠，而是赵尚正。阅历丰富的，手握单位重权的，业余还能写出不俗散文随笔的赵尚正，打理起茉莉花盆栽来，关爱呵护的举止斯文儒雅，却并无一丝女人气。在我旁观的冷眼里，这时的他，真正是一个闪烁着光芒的钻石男。

　　赵尚正唯一的缺点，或者说特点，是有一个丰腴的臀部，饱满圆实得像产后的妇女！每次我从背后看他弯腰低头浇花，臀部撅起，我就会忍不住要轻笑起来。那轻微的笑声，把我自己从缥缈的天上，那拉回到真实但依然不失美好的凡尘中。赵尚正侍弄好那一盆盆花之后，便把那碟刚采下的带着剔透水珠的茉莉花，端到楼下！妻子白晓棠和女儿小茉一起床，便有一碟清香四溢的茉莉花，盛开在餐厅透明的玻璃餐桌上，等待着她们。所有的这一切，唯能用清香剔透来形容。这之前，赵尚正会先从碟子里挑出两朵茉莉花，以清水洗净，沥干，放在玉石雕成荷叶形状的茶盘上的玉色小瓷碟里。然后，先去冲个凉水澡。沐浴完毕，换上干净衬衫，顶着一头潮湿干净的头发，出来，便开始泡工夫茶。把两朵新鲜茉莉花埋在铁观音茶叶中，用滚滚的开水冲泡下去，稍闷，揭盖，花香茶香一股脑儿蒸腾而起，弥漫开来。这是正宗赵尚正牌工夫茶最核心的一道工序！赵尚正神清气爽地冲出一杯茶来，慢慢品着，边气定神闲地看早间新闻。这时，客厅里，茶几上，已缤纷地落满了茶香和茉莉花香。

　　赵尚正泡好茉莉花茶后，会邀请我来与他一道品茶。我们差不多一起品完一泡茶后，白晓棠和小茉，也起床了，姗姗下楼来了。白晓棠和小茉接着慢条斯理地坐在餐桌边用早餐。她们的面前各有一个青花白地的瓷碟子，上有一个玲珑的白水煮蛋，一片焦香的烤面包。各自的碟子边上，是一杯装在透明玻璃杯里的热牛奶。这些，是起早的赵尚正早已为她们精心地准备好了的。白晓棠和小茉隔着一碟清香的茉莉相对吃早餐。白晓棠已穿得齐齐整整，她用完早餐后要开车送小茉上学。白晓棠穿着式样新颖的淡绿色短袖连衣裙。有着许多褶子的裙叶上，开着一朵一朵颜色更淡的绿色小花。

白晓棠的绿连衣裙腰身收得很好，而她平端着肩的坐姿又很幽雅，因此，她的胸就有了一个饱满而自然的起落，她的气质上因此就妩媚里含了一些端庄。白晓棠的绿色连衣裙竖着很别致的小立领，因此她光洁的脸，就像开在碧绿枝叶上的一朵茉莉花。白晓棠圆润修长的脖颈上，有一串珍珠，隐在绿衣绿领间，光润的珠子与白皙肌肤两相交映，相得益彰，越发显出肤色的雪白润泽，也显出她美好生活的清新滋润。小茉呢，那伸出来的手臂，简直凝脂一般，把手上的一圈银手镯子，映衬得如同新月一般。

母女两人，远远望去，就像一个枝头的两朵茉莉花，只是一朵鼎盛开放，一苞打着朵儿。而那两朵花似的人儿，食着人间烟火，却又浑身散发着不食人间烟火的仙气。

简短的早餐后，小茉拾掇书包准备上学，晓棠简单收拾餐桌。晓棠走来走去，就像开在家里的一朵会移动的茉莉花。晓棠明明做着收拾餐桌这样庸常的俗事，却仍然透着一股不食人间烟火的仙气。赵尚正品着清香的茉莉花茶，看着电视里的早间新闻的眼睛，不时从电视上，跳跃到妻女身上，和她们说笑一回，调侃两声，又快快回到电视屏幕上。赵尚正每看他的妻女一眼，眼里都会耀出闪亮又柔和的光芒。我明白，她们俩，在他的眼中，也如在我的眼中，是两朵他极其钟爱的洁白馨香的茉莉花儿。

在赵尚正这样的呵护下，我的表妹白晓棠和他们的女儿小茉，过的根本就是锦衣玉食的生活。这些，是我特别喜欢住到白晓棠家里的原因之一，我和白晓棠打小在外婆的锅里吃一样的饭食，一人钻在外婆的一个胳肢窝里，一张床上睡到十几岁，有着很近的血缘和几乎相同的童年和少年。我们的外婆是大家闺秀，皮肤雪白五官精致，她把这些都给了我们的母亲，我们又从我们的母亲那里全盘承接下来。和晓棠有着差不多经历和容貌的我，结婚之后，却过着品质截然不同的生活。

在我家里，就说早晨吧，每天都是我天不亮就赶忙起床，打仗一般地打理好早餐和一切，才去把丈夫张忻叫醒，而且总是要山响地喊叫多次，他才不得不起床。然后匆匆洗漱，忙忙吃饭，在我一声紧似一声的催促下，急急出门，顺路把我载到单位，还好像他对家对我贡献巨大，我欠了他天大的一个人情。

如果是在周末，清晨，早早起床的赵尚正，一如既往地侍弄完茉莉，泡完一壶茉莉花茶之后，便要进书房，开始一个上午的文学创作之旅。赵尚正的电脑桌面对的窗台上，也摆了一盆茉莉花，青枝绿叶之间缀着三两朵花。茉莉花的清香，随着清风，一下又一下地前来亲抚赵尚正干净的头脸和衣领上没有一丝油垢也看不到一星污点的白衬衫。

作为一个重要部门的一把手，晚上应酬是家常便饭，可是，赵尚正大多晚上九点前回家，因此，如果没有公务的周末的清晨，能够潜心静气地坐在电脑前，从周一至周五工作日的官员，变身为周末的作家。他的自律，他的良好的作息习惯，和他在周末清晨安然坐于电脑桌前写作的儒雅的样子，也是我喜欢住到表妹白晓棠家的原因之一。也许是由于这样的写作习惯，走在外面的赵尚正，除了有所有官员身上的练达气质外，还多了一丝文人的斯文清高自负。后者是每个官员妻子嘴里的缺点和心中的优点。赵尚正出版随笔集《凤凰花开的时候》时，我是他这本书的责任编辑。我在编辑这本书的时候，正好来厦门出差一段时间。我因此多次和他很近距离地接触。他的浅色衬衫，从来都是整洁挺括，质量很好的皮鞋不惹一星尘埃。染过的茂密的头发，永远干净到每根发丝的缝隙，没有任何一丝异味。总之，赵尚正的干净清洁是深入到每一个毛孔的干净清洁，是类似于西方人从骨子里散发出文明芬芳来的那种洁净。这让我无数次想到我丈夫的油腻的枕头套，那枕头套和我的枕头套一向同时拆换洗涤，却永远比我快速地变得污浊油腻。赵尚正也喝酒，却从不带着酒气来和我谈论书稿。他无论何时都是口气清新，身上散发着好闻的淡淡的男士香水味。我就这样与赵尚正谈论文稿。我偶尔会分心，那都是恨铁不成钢地想起丈夫张忻种种劣迹的时候。

不时谈论文稿的那段时间，随随便便大大咧咧惯了的我，不免自惭形秽。因此，每次要与赵尚正谈论文稿之前，都要把自己拾掇一番，以茶水漱口，对着明亮的镜子清洁口腔和牙缝，唯恐自己露出不洁和散发出异味。如果他不是我的表妹夫，如果我们相识于使君无妇，罗敷无夫，他肯定是我最心仪的男士了。

赵尚正的这本随笔集文笔颇为洗练，思想颇为深邃，在官员中，他无疑是较好的作家，虽然在作家中，他并不是顶好的，因此，我与他谈论文稿短锋相接思想碰撞，也许并没有使我的文学水准升华到某种高度。但是，做赵尚正文集的责任编辑三个月，我这个所谓的美女加才女不免有些英雄气短，我的个人面貌和卫生习惯被悄然拔高了一筹，被推向了新的境界。赵尚正的这本书用了个笔名，利墨这个笔名，外人看来也许很古怪，摸不着头脑而我，当然能迅速快捷地直达他的内心—赵尚正这样的几个日常生活画

面，深深烙在我的脑海中，总在我看到深夜一身酒气归来的丈夫张忻时，浮

现出来,点燃我对丈夫张忻愤然的火焰,让我对周末上午睡到九点多才起床,起了床就赖在沙发上泡茶看电视,一边把一只大大的脚板,随随便便搁到茶几上去的形象深感厌恶。

你瞧赵尚正,我也会像所有的碎嘴女人那样,对张忻,怒其不争,喋喋不休,明知这样絮絮叨叨会令人生烦。会让自己成为一个令人生厌的恶妇,却也不怕他烦,不怕他厌。有赵尚正这个活生生的范,我更无法容忍丈夫的这许多劣根性。这些时候,张忻总是沉默以对。只有一次,我断断歇歇反反复复数落了二十几分钟后,他烦不胜烦,突兀地跳起来,咆哮道:"你懂个屁!"张忻气哼哼地收回高跷在茶几上的一只大脚时,顺脚扫落茶几上的一只茶杯。茶杯子嗦哪一声,在地上摔成八瓣。我看着地上的破茶杯子,恶劣! 太恶劣! 心中的这几个字,从龇牙咧嘴的破瓷片子中,尖利地崩跳出来。瞪着不可救药的张忻,怒视着地上的碎瓷片子,我气急败坏怒不可遏地想:恶劣! 我的矛头直统统地对准张忻,没有一丝一毫因为张忻的话,而往其他地方多想。张忻的狗嘴里,还能吐出象牙? 由于这样悬殊的生活品质,我表妹白晓棠,三十八岁了,还如花似玉。而我,仅仅大她两岁,早已是个不折不扣的黄脸婆。

而那个偶然的深夜,令我进一步洞悉了白晓棠的婚姻生活的实质。当我深夜从文友的聚会上来;当我小心翼翼地脱下鞋子,光着脚丫,踮起足尖,走过楼梯,上天台的小房间去;当我走过白晓棠和赵尚正的卧室,我听到了白晓棠母猫一般激情难抑的一声叫唤。我愣了一下,脚下一绊,差点从楼梯上滚落下来时,又听到了模糊混沌的一团急促的气息,是赵尚正。黑暗中,我面红耳赤地明白了,白晓棠的婚姻之果并不只单是表面光鲜,它货真价实是一颗饱满多汁甜糜的果实。黑暗中的我,羞燥地悟出,这就是白晓棠年岁愈长,却全身脂肪愈发分布匀称,身材愈发凹凸有致,皮肤愈发

123

光滑温润迷人的另一重要缘由。

白晓棠原先在一个重点中学教书。后来她嫌教书太累人,做班主任的话就更是累上加累了。白晓棠在赵尚正升任单位一把手后,软磨硬泡逼赵尚正找人托关系,去了学校的图书馆。学校的老师个个成天忙忙碌碌,能有几个人去借书?那个位子,清闲到了无聊。可白晓棠在这个位子上做了不到三年,又嫌这工作虽清闲却太无聊又不自由,因而,在她投资的店面每个月能给她带来上万元收益的时候,又软磨硬泡,终于逼得赵尚正勉强同意,然后毅然辞职。白晓棠从工作单位回到家庭,并不成为全职主妇。家里照旧有保姆,家务活根本无须她来打理。她是真正的自由。

我知道,其实,白晓棠敢于辞掉工作,那个每个月能给她带来上万元收入的店面,并不是最主要的原因,也不是她唯一的底气。她的底气来自赵尚正,一个手中握着重权,又爱她宠她如命的丈夫。如果说那个店面是一棵可以让她爬高上去的树,那么赵尚正则是树下坚实的大地。

不过,对于白晓棠的辞职,我虽然对她可以成为自由人羡慕得要死,不用像我男人一般地在职场上拼杀,却从未过多地支持她的做法,因为,未来,是不可预知的。不可预知的东西,就有莫测的一面。可是,上一回在厦门才听她说起,下一趟到厦门,她已成了自由人(白晓棠的原话)。白晓棠没和我商量,甚至没告知她的父母,就辞职了。白晓棠说辞职的时候说得轻描淡写,雁过无痕,所以,我当时以为她仅是说说而已。

我到厦门出差,晚上接待单位要是不安排节目,我就要约白晓棠。白晓棠基本随叫随到。白晓棠就像流动在这个城市的一条澄澈的小溪流,随时能欢快地流淌到我的身边。白晓棠的生活简直就像这个尘世上一个绝无仅有的童话。有时候,我在酒店里坐下正要吃饭,或在商场里试穿着一件衣裳,忽然想到要晓棠来同吃,要晓棠给我的新衣做参谋。我碰运气地打她手机，没想到，五分钟十分钟后，近四十岁的白晓棠就像青春正好的女孩那般，眼里闪着亮光，面颊浮着一絮红晕，翩然而至。这又让我惊讶地想，白晓棠她莫非是停在这个城市上空的一片云彩，说来，就可以轻悠悠地飘落下来。

这就是自由了的白晓棠。我们俩相约逛街！喝茶、吃饭。我们最爱在凤凰花的季节，坐在凤凰花树下闲聊。白晓棠是多么令我羡慕啊！我所有的不快乐都来自于工作中的人和事。而白晓棠所有的快乐，都来自于不用上班的随心自在。

我们都喜欢广式茶点。我们最常约会的地方是潮富城，我们最喜欢在那里喝茶吃饭聊天。这样纯娱乐性质的喝茶吃饭聊天，于我这样忙碌打拼的人，是一种奢侈，而我每次看着坐在我对面的晓棠粉白润泽的手指端着半高长圆白洁的茶杯优雅悠闲地喝着普洱，我就想，这样的喝茶吃饭聊天的闲情逸致是她生活的基本内容。白晓棠和我全然不同。白晓棠把赵尚正送给她的婚戒戴在中指上，那枚绿宝石在我们俩相对喝茶时，星星一般地发着绿莹莹的光，闪过来，又闪过去。我的眼光被那万白丛中一点绿深深吸引过去。我盯着那中指上的戒指思忖，晓棠把婚戒戴在中指上，晓棠潜意识里，莫非根本把自己当成未婚女子。可不，有赵尚正，那个家的大小事情，又有哪件需要她操心？晓棠那双粉白润泽的手，根本就是一双不曾被洗碗水浸泡的手。我不禁又想起晚间他们俩倚在沙发上看电视时，晓棠的小手猫在赵尚正大手心里被爱抚的情景；又想起傍晚出去散步，晓棠的小手娇俏地插在赵尚正手指缝间，生生地绽放着五朵兰花的情景。这样的白晓棠，她不像未婚姑娘像什么？

我的脸浸润在普洱的香气氤氲中浮想联翩时，白晓棠从包里摸出手机。突然，我看到白晓棠手上的绿宝石戒指激烈地在抖动。我惊诧地抬头看白晓棠,她莹洁的脸色成了漂白粉那样的白,让人惊惧地想起灵堂里的白纸花。我大吃一惊地问:"晓棠你怎么啦?"白晓棠眼光呆滞发直,好一会儿,才用艰涩的声音说:"有点事,你买单,我先走。"晓棠有气无力地说完后,又愣住了,然后才突然抓起包,冲了出去。这是我最后一次和白晓棠喝茶发生的事。

我匆匆买完单,看了下表,离飞回上海的航班,还有一个半小时。从这里到高崎机场至少也要半小时,我忙拦了一辆的士,一面赶机场,一面抖着手指拨晓棠的手机,手机信号畅通却没人接。我又忙打赵尚正的,却是已关机。直到下午飞到上海,张忻来接,才知道,赵尚正出事了。赵尚正是在一个系统表彰会上被带走的,我和晓棠在潮富城喝茶聊天的时候打电话给晓棠的,是赵尚正的司机小许。

厦门的凤凰花此时又开得盛大空前了,我闭着眼都能想象出那一树的红火和灿烂。岁岁年年花相似,不知道现在晓棠怎么样了?我没有勇气去面对她,没有勇气去面对一个世纪童话的破灭。公主的伪幸福生活,怎么会如此不堪一击?

赵尚正的出事,是被多人联名实名举报所致。

赵尚正出事之后的第十天,传到我这来的案情是他收受贿赂五十万。我在最初听到我母亲转述这一切的时候,惊得不知所以,我急问:"晓棠现在怎么样?"

可怜的晓棠,关在屋里,一直不出来,母亲忧心忡忡地说。多日后,传到我这里来的,是赵尚正与三十几个女下属有染,其中多名女性是因为调动、升职等被逼就范。赵尚正是被几个受辱的女性下属和她们的丈夫联名,以实名举报。据说这些举报他的女性,多是皮肤白皙类似白晓棠。这个消息,就如一把刀子剖开我的皮肤,我先是惊得完全失去知觉,之后才是锥心刺骨的痛。晓棠呢？我焦急地问："晓棠一直关在屋里，不肯出来。"张忻哑着声说。我朝机舱外，看着飞机快速平稳地飞向厦门。我想着，此行来厦，我要怎么去面对白晓棠？

我坐在光洁敞亮的机舱里，我用 X 光般的目光，毒狠地扫过那些衣着体面，像是成功人士的男人。我企图用我射线一般的眼光，穿透这些人干净高尚的外表，直抵灵魂，揪寻出隐藏着的赵尚正。

在机场大厅提出行李，向出口走去时，我突然看到白晓棠，她站在出口处像过去的无数次那样等着我，平平静静，脸上浮着一抹淡淡的笑，乍一见，觉得仿佛没有大的变化，却又感觉完全不是过去的白晓棠了，那映在脸上的微笑，那么寒凉，让人想起冷月下的泪光。

（原载《厦门文学》2013 年 5 期）

股王的一天

股王舒适地横卧床上。对面墙上造型古雅的挂钟,指针对准的两个数字,组合起来,刚好是八点半。股王的眼睛,在这时,像太阳腾地跃出海面那样,水到渠成地在微微浮肿的眼皮底下,"嚯"地焕出光采。股王每天早晨醒来,都正好是八点半,前后误差,不会超过五分钟。如果说股王有什么过人之处,这也算是吧。

股王醒来后,先是趿着拖鞋,匆匆折进卫生间,痛痛快快地排泄掉积在膀胱里大半夜的废弃液体。尔后,又回到床上,舒适地躺着,一边伸手摸起床头柜上的遥控器,"啪"地打开正对着床的电视。就这样,股王启动了自己充满资讯的一天。人却还要在那张豪华宽大的床上,继续赖上一会儿,之后,才起床洗漱沐浴。洗漱沐浴的当儿,股王会一边支着耳朵,有一搭没一搭地听电视机独自在卧室里大着嗓门,播报新闻。逢到对他来说格外重要或特别新鲜的资讯时,他会嘴里插根牙刷,满嘴牙膏泡泡地跑出来,盯着电视听。有时,听得太入神,大朵的牙膏泡泡,云一般地飘忽下来,"啪"地摔落到地上了,他也毫无知觉。这就是股王之所以成为股王的原因之一。

事实上,股王成为股王,并不只是他运气好,一挥锄,就掘到大瓮的金子。股王靠的是智慧,过人的智慧。而过人的智慧来自努力,特别关注财经信息,就是智慧的来源之一,他努力的一种。股王选股前要做大量的功课,所做准备比一般的人充分多了,他要阅读与上市公司相关的大量资料,细到公司董事长总经理的身体状况、私人品行、个人嗜好。股王的主卧室,包括一个通风透亮的大卧室,配套的卫生间,化妆室,衣帽间,还附带着一个小书房。这个主卧室,差不多相当于一个两房一厅的小公寓。这个主卧室里,由于女主人空缺,因此,其他的空间都显得奢华而空洞,只有这小书房里,堆叠拥挤着一房间的书报资料,都是股王选股前阅读和还来不及阅读的,与一些上市公司相关的资料。

股王盥洗沐浴后,披上日式家居服,踱着闲散的步子,来到客厅。股王这些年来越发丰壮了,穿上和式家居服,从后背看过去,有些像形体壮大的日本武士。股王走临通往大阳台的大玻璃门前,"唰"地拉开玻璃门前的窗帘,大幅的海景,便呼啸而来。股王紧接着又一把把玻璃门推开,饱满明媚的阳光,立即奔涌进来。在厦门这个城市,要像这样,在一个现代化的美丽方便的生活小区,坐拥无敌海景和亮丽阳光,是要有强大的物质力量来作为支撑的。当然,凭股王的实力,那是件很小的事情。股王望着辽阔苍茫的大海,看海面上无数争相闪耀的碎金子碎银子般明丽的阳光,想,孤身一人,置身这样一座豪宅,虽然舒适自在,可是,缺少人气,在某些寂静时刻,寂寞袭来,心中难免凄惶。股王不由得又想起小陶,小陶当时研究英美文学,可到底是女人,加之年轻,生性活泼,回得家来,叽叽呱呱。股王有时嫌她聒噪,但遇上她偶然外出几天,便又会格外想念。可是,股王打开窗户,微风徐来,家里便会飞扬起小陶青春的淡淡气息;打开衣帽间,那里收藏着的,是小陶缤纷的倩影;夜晚独自躺在被窝,包裹着自己的是小陶身上暖暖的余香。这些,总会让股王内心逐渐安宁,心境愉悦起来。有小陶的家,连空气都暗香浮动,热闹喜人。这才是一个正常男人的家居生活啊!小陶那些钱,没错,都花的是自己的钱,可是,高兴了小陶,不也愉悦了自己,快乐了自己?人活着,不快乐,钱又有什么用?股王这么想着,眼光仿佛又触碰到小陶临走时,眼里脸上那幽怨冰凉的决绝。股王的心头,涌起一阵深深的怀念和难过。

股王向来低调,就是在几个股票疯长的年份,资金几倍几倍地翻,都是极端平静地隐居在他的豪宅里。除了又遇上痛风,实在是痛极了,才会跟朋友来个黑色玩笑,说,腿被钱压坏了。之外,从不夸耀自己炒股赚钱。除了圈中的人,外人及媒体,并不知晓股王的财富状况。股王资助的孩子,有几十个,都是私下里资助;一次一次捐出去的钱,也都是匿名捐赠。股王唯一一次见报,是被广东的媒体从股票交易的内部记录中查到后,以"牛散"(意思是最牛的散户)为题,发的一则报道。这是股王和朋友们喝酒时,偶然讲出来的,要不,因为看不到广东的报纸,厦门的人并不知道。

股王在窗前观赏了一阵海景阳光后,挪转身躯,移步过来,将身体舒泰地仰靠在沙发上,尔后,才俯下身来,提过水壶,在一旁的饮水机上,续水,烧水。股王趁烧水的空档,打开大门,从大门边墙上书报箱里,拿出日报。这份报纸是每天一早,由这个高级"公寓楼"的"管家"送上来的。水开后,股王给自己冲了一杯咖啡,顿时,咖啡的浓香冲破报纸新鲜的墨香,悠悠腾腾地直冲股王的鼻孔。股王浸润在这样的芬芳中,阅读报上新闻。股王的眼睛在报上漂移时,一手抓过电烤箱里刚烤出来的焦香的面包,饱满地塞进嘴里。

别看股王的早上,从晨起沐浴更衣;到咖啡面包,相当的西化,股王其实是地地道道的农村娃子出身。在股王还是个叫着与唐朝大诗人陆游同名的放牛娃的时候(股王小时候爱梦游,他爸又姓陆),他和姐姐眼睁睁地看着得肝癌的父亲,由于没钱交住院费,从医院抬回来不久后,趴在床沿,大口大口地呕血,直到浑身沾满鲜血,瞪着牛一般的大眼,过气。叫陆游的股王和姐姐瑟缩在墙角,看瘦小的母亲哀恸麻木地伺候父亲,泪水被这恐怖的一幕,极度惊吓,冻在眼窝,结成冰凌。父亲死后,姐姐辍学,股王便使出一股牛劲念书,把自己和姐姐的份,一起念上。在学校,陆游每次听到同学在吵吵闹闹中,满不在乎地把"吐血"这词,抛来掷去,彼此对骂,便全身战栗。他觉得再没有比"吐血"更恶毒的咒骂人的话了。陆游每次听到这话,便转身跑开,埋头疯狂读书。这是他当时唯一能做的事。这些,使陆游从那年起,学习成绩一下蹿到班级的前头,高中毕业后,成为那个时代村里唯一考上大学的人。那个年代,读书,是走出山乡,出去赚钱的唯一路子。父亲之所以会死得那么惨,不就是没钱医治吗?所以,陆游下决心读书要读得最好,挣钱要挣得最多!

股王就这样消闲而忙碌地度过早晨的这一个小时,忙完这些,差不多就来到早晨的九点半了。九点半,股王准时"啪"地打开电脑。股王每天的上午九点半到下午三点,处于精力充沛状态。他的午休时间,跟着股市延后到下午三点以后。周末和节假日一律休息,一切作息,以股市为准绳。

股王一打开电脑,"丫头"便不知从哪里,闪电般地闯出来,那滑顺柔美

131

的身段,居然像一枚出膛的子弹一般,"嗖"地飞起,几乎无声地,稳稳当当地落坐在股王宽大豪华的电脑桌上。这是丫头几年来与股王配合默契的习惯动作。"丫头"两条前腿撑起身子,眼睛注视着股王,一会儿,才抬起右前爪子,偏了头,伸出一截嫩红的小舌头,舔舔它,然后娇柔地"喵眯"一声。这一声"喵咪",把股王的视线,引离电脑里的K线图。看到深棕色的大班桌上,一丝丫头身上掉下来的白毛,格外醒目。无奈地笑笑摇摇头,从纸盒里抽取一张白纸,小心地隔纸掐起丫头的那丝白毛,然后才瞥了一眼"丫头"。触到丫头那专注地瞅着他的,纯净到没有任何杂质的神情,股王猛然又深感遗憾地想,自己的多任女友里,为什么就找不到"丫头"那样纯净的眼睛?唯一的这样的眼睛,那是翠芳的,她在上个世纪八十年代,就成为他人之妻了。所以,虽然股王有过几任女友,其中两位还同居过一年以上,但他没有带任何一任女友来过他的这个家。

股王的另一处房子,在一个带泳池和网球场的住宅小区里。那套房子四室两厅,每间房都是一色的红木家具,那无疑是个相当华丽的家了。不过,远没有现在这套住房的阔大和豪奢。这套房子,几乎是股王的世外桃源。和小陶你情我愿地同居了一年后,两人已经进入谈婚论嫁的实质阶段,股王差不多要带小陶到自己那个隐匿着的家前的某一天,股王买了一只几万块的LV包送给小陶。当小陶从包装袋子里抽出包,当她看到LV的金属标志时,两眼骤然放大,进射出灼人的光。小陶只呆住半分钟,就清醒过来,激动地扑向股王,把自己花瓣一般的双唇,紧紧吸附在股王肥厚的双唇上;把自己凹凸有致的柔软的身体,面一般筋道地揉进股王的怀里,渴望合二为一。比起小陶娇小的身子,股王的身体就有些庞大了,却被小陶猛地撞得脚下一个趔趄。股王的心,也被这一撞,撞起一股莫名的恐慌。

股王大睁着双眼,看双唇上长了吸盘一般的小陶,看着怀里通红的木炭一般的小陶。被灼疼的股王,忽然惊觉,这不是小陶,或者说这才是小陶,本来面目的小陶!如果小陶看到自己的那个还未对她公开的家;如果小陶看到自己户头上的"天文数字",她会不会立即疯狂?会不会在自己痛风发作,无法动弹时,穷凶极恶?

股王蓦地想起老乡陆大尉。十年前,陆大尉让母亲搬到妹妹家住,瞒着母亲,变卖祖屋,然后挟着一袋祖宗血和汗凝固成的金子,孤注一掷来到厦门,雄心勃勃地和朋友合开一家文具店。文具店刚刚开始赚钱,做文具店财务的同居女友和文具店的合伙人,在他回老家探望老母的一周里,变卖家当,刮走所有钱财,只把所欠的水电房租等一裤子屎尿,朝他兜头淋浇下去。股王和另外两个老乡赶去看陆大尉的时候,已是他割腕自杀,被房东发现,送到医院的第二天。那时,大尉虽已醒转来,却是连眼皮也不肯张开来,看一眼自己从小厮混到大的同学。所以,股王看到的只是大尉那两道浓黑得吓人的眉毛,看到比医院纯白床单更惨白的脸。

股王又忽地想起中学时看过的阿克里斯蒂的侦探小说改编的电影《尼罗河上的惨案》,想起电影里的恐怖情节。股王的脊梁骨,唰唰唰地冒出一片冷汗。股王暗自迅速地做出一个断然的决定,用钱,了结与小陶的关系!股王从此日渐冷淡小陶,对小陶的物质要求格外当心,以至,小陶最后选择由股王资助,去美国读书。

股王只看了一个多小时的 K 线图,就关闭电脑。2011 年以来,股市不断遭遇"滑铁卢"。股王的心情一天比一天沉重,准确说,是内疚。在股市下滑的初期,股王就敏锐地预感到了,减持了股份。自己的资金虽也缩水了五分之一,但十几年来炒股增值的钱,仍然是个外人无法想象的天文数字,况且,股王炒股十几年来,经历过多次大起大落,早已洞若观火,稳如泰山。所以,股王对自己目前的损失,并不是太在乎。股王内疚的是,众亲朋好友寄在这里,让自己代为操作的二十几个户头,无一不遭受重大亏损。并且,多年来自己看准的股,只要不脱手,放着,即使跌到底,有一天,还是会再涨到高峰。但是,今年有些反常,不知股市跌到何处是个尽头?!众亲朋们自然都是强捂着胸口的痛,做出一副不在乎的爽快劲,宽慰他:大势所趋,怪不得他。可是,股王还是心中不是滋味。出身贫寒的股王,知道众亲朋攒下那点钱的不易。更加难办的是,大家还都坚决不让他来补上亏空,说是,大家都是事先说好,赚了感谢股王,亏了决不能怪罪股王。

其他亲朋的股,股王陆续帮他们做了较为稳妥的处理。最让股王难办的是,表弟的钱在 2008 年由自己代为操作翻了两番,表弟因此信心大振,2009 年底卖了旧房子追加资金,没想到,2011 年 4 月起,就一直走下坡路,表弟又死活不肯割肉,打电话来的时候,总是一副壮士凛然的口气,很冲地说:"别卖,把牢底坐穿!"结果,目前惨不忍睹,资金缩水了一半。往下走,还不知怎样?血本无归,葬身股海也是可能的!

股王看着表弟所持的几只股,不断跳水,愁雾不断从他丰腴润泽的脸上冒出来,笼罩住他的整个脸庞。丫头目不转睛地凝视着股王的脸色,终于,丫头先撑不住了,她哀切地"喵呜"叫了一声。股王闻声,抬头看丫头似是懵懂无知,又似乎参透股王心中忧伤的脸,感到自己在这个世界上,并不太孤单——至少还有丫头,与自己那么贴心贴肺,脸上的愁雾遂散开了一些。股王忽然有了主意,他啪地关掉股票窗口,在心中迅速合计了一下,然后断然给每个寄他操作的户头,按他们亏损的金额一一划了钱过去。最后,又往翠芬的户头上打了一大笔钱,才关上电脑。股王如释重负抓起桌上的一杯茶,咕嘟咕嘟地狂灌下去,想,钱,有时候,确是个好东西啊!没有什么比它更能快刀斩乱麻地解决许多棘手的难题;更能干脆利落地卸掉心头上的良心债;更能够给翠芬带来生命的延长,说不定,还能够使翠芬起死回生。想到翠芬,股王格外难过,又格外心安,毕竟,他还能用钱,在她最需要的时候,帮助她。

股王做完这一切,舒了一口气,抬起坐麻木了的屁股。丫头跟着抬起那双圆溜溜的纯净的眼睛,瞄了一眼股王的脸色,"喵"地欢叫一声,跳下老板桌。股王打算不再看股票了,他要去笕笭湖钓鱼,自从自己和亲友们的股票逐步处理了之后,股王已基本不再早九晚三地钉在电脑前了,他已经有几个月一天在电脑前不超过两个小时了。

股王把钓鱼竿存到车后厢,"啪"地关上后厢,正打算从车库里驶出他的"路虎",忽然从后视镜里看到丫头。丫头不知什么时候跟下来了,一脸巴望的神色,在后视镜里张着嘴,焦急地叫着。股王只得从车上翻身下来,从车后厢里抽出一块干燥柔软的厚垫子,平展在车里的地上,然后弯着一只胳膊,宠爱地从丫头柔软的腰间,一把揽起它,放到车里垫子上。股王每次带丫头出门,都必要携上软垫,让丫头歇在上面。就像带婴儿出门的妈妈,要带上一堆尿片一般。股王每次从汽车后箱扯出那块软垫,心中也会漫起一片家常的温情。丫头一从股王手上落下,便跳上车,蹲坐在软垫上,圆溜溜的眼睛,瞅着股王,爱娇地又"喵"了一声。股王每次看英语版《乱世佳人》,看到邦妮朝着白瑞德叫"爹地"时,耳朵里重叠着响起的是丫头那爱娇的"喵"声,和这般神情。在更深人静,愈发清醒的时刻,股王会想,丫头与自己,是不是有血脉相通的关系?

如果小陶没走,这样爱娇地叫着的,就是小陶与自己的孩子了!股王黯然地想。

股王泊好车,手执钓竿,怀携丫头,披一身秋天上午浓艳却不灼人的好阳光,顺着笕笭湖边石头小径,迤逦而来。他走到拐弯又往湖面突出处,停下来,手一松,丫头柔软的身子,一挺,蹿出去,跃上树下的石凳,袅娜地蹲立在石凳上。股王撒出线，摆弄好钓鱼竿，回头瞥了丫头一眼，丫头那不谙世事的纯净神态，竟活像某些时候的小陶！五六年前，小陶在厦大读研究生的时候，周末时常陪自己来这里钓鱼。小陶总是只看，不钓，她怕晒黑。她就那么坐在树下的这只石凳上，睁着一双世故而又天真的眼睛，甜蜜地噙住钓鱼的股王。倦了，累了，就或从包里寻出一粒梅子，含一颗在嘴里，或卡巴卡巴清脆地嗑一把瓜子。那时的小陶，她，正是这样一副神情！

不知小陶现在怎么样？在小陶不再回复自己的任何信息之后，股王更加想念她了。

秋日的筼筜湖面，在秋阳下，被微风匀出无数的细致纹理，看上去，含蓄而温柔。湖岸边上，三角梅开得无比鲜艳灿烂。亲水边沿，零星散落着上了年纪的钓鱼的闲人。股王走过一个蹲在地上的老头背后，那干瘦的老头，正用一双骨节粗大的手，在鼓捣拨弄着，试图从鱼钩上顺利地取下一条小鱼。他听到渐趋渐近的脚步声，吊起一双三角鼠眼，向股王横去一瞥，射去狐疑，猥琐的脸上，浮起不甚友善的神色，这让作为超级富豪的股王忽地浑身不自在起来，心虚起来。是啊，在工作日的上午，一个体魄强健，面色红润，印堂在阳光下闪亮发光的壮年，带着一只猫，无所事事地混迹于年老体衰的闲散人中，怎不让人觉得怪异和形迹可疑呢？是没钱，迫使自己带着初恋的挫伤离开翠芬，来到厦门；是有钱，使小陶欣然地走向自己，又黯然离开自己；是太有钱，使自己早早地进入退休状态，孤独地带着丫头，混迹于一帮闲杂无聊的老头中。钱，它到底是个什么东西？

股王一直垂钓到中午，却只钓到几尾小鱼。他把小鱼装在塑料袋里，扎紧，打算带回去，给丫头晚上美美吃一餐。股王收了鱼竿，带了丫头，走向汽车。股王今天想换换口味，吃大排档里的家常菜。如家海鲜大排档，是股王想换口味时几乎不二的选择。其实，一开始，是小陶喜欢那里，她说,那的海鲜,鲜活、地道,不像大酒店,只会摆花花架子。小陶总是边说,边忽闪着那又圆溜又活泛的眼睛。单是那眼睛的神采,就足以让人神往如家的海鲜。

股王的路虎一在院子小露半个脸庞,如家的女经理,便立马迎出来,同时堆下一脸讨好却也不让人讨厌的笑容,跟着速度慢下来的车小跑,准备着带股王的猫。股王喜欢到这里来吃饭的另一个原因,是女经理懂得和他的猫亲。在他吃饭的时候,女经理会带丫头去后面的院子里,吃可口的海鲜饭。果然,股王的车门一开,她一拍巴掌招呼,丫头就立马奔过去,乖巧地贴在她脚边,迈着快速的小碎步,到后院去。

股王望着丫头贴着女经理裙边走去的玲珑可人的模样,又想起娇俏可人的小陶。也许小陶,她只是像所有年轻漂亮的女孩那样,有些虚荣,崇尚物质享受,并不是本质问题,更没有恶念。只是自己太多疑,太冷酷。

此时已过了午餐正点,大厅内就餐的人已稀淡下来。店里的小妹,把股王引到一个临窗的三人座小桌。股王坐下,点了白米饭、海鲜汤、青菜和酱油水杂鱼后,忽然瞥见身上粘着一根丫头的白毛,忙摘下来,拈住,拿到卫生间,用水冲刷掉,又仔仔细细地洗了两遍手。才走回水,就瞟见他点的菜上来了,闻着一股脑儿飘浮上来的饭菜香,股王忽地感觉饿了,他用一只宽厚的手掌,端起一小碗白米饭,另一只厚实的手,捏着两支细长的筷子。比起他的丰壮,手中的碗筷,都像是过家家的小玩具。股王伸手正欲撮起一片鱼肉,忽然瞥见旁边的一个小桌,团着一家三口,他们正围着一海碗海鲜汤,热火朝天地吃饭。股王望望自己身边,两张空荡荡的椅子,像两只大张着的空洞的眼睛,漠然地望着自己。股王心中突地冒起一股寒气,食欲全无。股王忍不住又瞅了瞅那个三口之家。那个家,像进城的农人,不过,女人虽一身带些土气的衬衫八分裤,在这个日渐萧索的秋天里,却有着一

137

股子开春大地上油菜花的新鲜气息。这亮闪闪的鲜润的气息,让股王猛然又想起翠芬! 股王正自想呆过去,忽被一声呵斥惊醒:"用筷子!"原来是那小女孩撒下筷子,探着两个小指头儿,要去拈鱼肉吃。她的爸爸,骤然虎起一张宽宽的脸膛,教训她。粗大的巴掌,高高举起,却虚划了一下,轻飘地落在那只稚嫩的手上。她的母亲,忍不住要漾开笑脸,又忙煞住,佯装生气地放下饭碗,一把撩开女孩的小手,夹起大大一块鱼肉,又精细地摘去一根细刺,才搁到她的碗里。股王眼光扫过那女人斜侧的身体,扫过女人那在衬衫下蓬勃鼓起的乳房,股王突起一阵冲动,撩住之后,又无限神往地想,那必定是一对生下孩子来,便会汨汨地泌出丰盈乳汁的乳房。如果不是当时家里太穷,翠芬的母亲执意不肯,大学毕业分配在家乡农技站的股王,娶了中师毕业后在乡下小学当老师的翠芬,自己可能会安心于小县城安稳的日子,不会到厦门来闯天下。那么,像那样一家三口绕桌吃饭的天伦之乐,也会是自己家里司空见惯的事。自己可能不是传奇的股王,但也不会是一个只能带着一只猫同来吃饭的股王;而如果顺着那样一条路过下来,翠芬是不是就不会得乳腺癌? 是不是?! 股王想到这里,又想起翠芬的丈夫——翠芬当年所在学区校长的儿子,在电话里,对每月汇去一大笔钱让翠芬治病的自己说话,沙哑中带着涕零的卑下的声气,替翠芬感到十分难过。

股王吃完饭,带着饱食了的丫头,驱车去康乐水世界。股王早就是康乐水世界的 VIP 会员了,但他过去的兴趣点在股海,只有整天泡在股海里,身心才能畅快,因此甚少有兴致过来。这大半年股票处于熊市,股王渐渐减持收手,因此来的时候多了,近三个月几乎每天下午都过来畅游一通,还聘请了私人教练,现在已能游得有模有样了。

　　股王一到,便有迎宾小姐接出来,带走丫头。股王聘请的私人教练也来了。教练小林已穿好泳裤,坐在一边的沙滩椅上,一条匀称优美的长腿,搁在另一条一样优美的腿上,手里拿着个矿泉水瓶子,不时地喝上一口,等股王。小林一瞥见股王进来,忙放下矿泉水瓶子,用两条优美的腿,一路小跑过来,肌肉发达的胸脯,一路闪耀着健康的光泽。股王看着浑身洋溢着男子汉美感的身材,想起那句俗话"钱能买到医疗,不能买到健康",想,这话说得,真让有钱的人绝望!

股王接着在教练的陪伴和指点下,姿势接近规范地悠游了一个多小时。股王乌黑的后脑勺,刚浮出水面,纷披着一身水柱,淋漓地爬上岸,就听到一粗嗓子吆喝:"哎呀,股王,是你,身材啥时练得这么好?!"原来是已经在戴尔上班好些年并已做到部门经理的老乡陆大尉。"大尉,你也来,这么巧!"股王眼露喜光,前后左右瞅着自己只着一条泳裤的裸体,不敢相信地一个劲地问:"是吗? 这是真的吗?""怎么没有,大肚腩都消下去一大层啦!""走,跟我去称看看。"股王说着,抬腿慢跑进小医疗室,那里有一个体重计。

大尉自杀未遂后的开头几年,每次见到大尉,股王的眼前,都会忽隆冒出大尉那时在医院里两道浓黑得吓人的眉毛以及比医院纯白床单更惨白的脸的大大的特写。凄惨的一幕,挥之不去。股王每次都会因此全身微微发抖,手脚变得冰凉,甚至都有些害怕见大尉了。而今,一切从头开始的大尉,虽然不谈感情,但找到不错的工作,重新又生龙活虎起来——起码面上看过去是这样,这令股王感到莫大欣慰。股王高兴地奔跑着,边跑边想着晚上要解禁,要跟大尉来个一醉方休。人生苦短啊!

股王在厚实绵软的脚垫上,踩了踩,才小心地踏上去。只剩一百六十五斤! 只剩一百六十五斤! 甩掉了十五斤! 股王简直不敢相信这个困扰了自己多年并已带来多种并发症的肥胖,就这么减下来了! 练习游泳的这

139

段日子以来,股王也觉得裤头松了,但没想到竟然能瘦下十五斤!多年的肥胖烦恼,居然这么轻易地就减下来了。股王忽然又想起来,痛风也有半年没有发作了。如果这是以股票下跌为代价,那也值啊!股王最怕痛风发作,大发作时,连轻碰一下,都会有"不如死了好"的感觉。股王没有买别墅,而买了现在这一套隐在高档小区豪华公寓楼里的奢华的豪宅,原因固然是不想招摇,还有很重要的原因是,痛风一发作,根本无法在别墅里爬上爬下。

股王从体重计上移下依然沉重的身躯,看到教练小林站在老乡身旁,很有成就感地笑着,眼睛眯成一条带鱼尾巴的线,一口白牙,颗颗放着光芒。股王一高兴,"啪"地拍在他肩,说:"晚上我请你,六点,环岛路佳丽。你们都来。"股王后一句话,是眼望着老乡陆大尉说的,似乎顺口一句,却是真心邀约。

陆大尉抿笑点头。"好啊,陆总,那谢谢你了。""把宿舍的同学一起叫上!"股王今天格外高兴,简直太高兴了,比股票大涨还高兴。"好嘞!"小林教练还是学生,体育学院的学生,做私人教练是赚点生活费。

股王带着丫头,驾上路虎回家,已是下午三点半。每天的下午三点之后,股市停止交易,股王的精神也跟着股市萎靡下来,这正好歇下来喝下午茶,午休。所以,股王这一回去,要一直睡到晚饭时候。

六点,股王载着陆大尉,小林带他的同学,准时到佳丽股王预定的包间汇合。股王热情地请同学们点菜,他今晚打算破戒,好好吃顿海鲜,痛喝几瓶啤酒。受肥胖和痛风困扰,久没放松自己了。纵然有钱,日子过得毫无幸福可言。

每天晚上十一点,股王必定上床。今晚,股王从按摩浴缸里爬起来,揩掉身上的水珠,披上日式睡衣踢踏着走出来的时候,恰好是十一点。股王坐在柔软富丽的床边,丫头已早早上了他的床,舒适地在他厚实绵软的枕头边,甜暖地睡着了。罩在台灯暖洋洋的光晕下,状如一团斑驳的毛围脖。股王看着丫头的睡相,嘴边浮起一抹慈父般的暖暖的笑容。听着丫头那均匀香甜的呼吸声,股王忽然又想起小陶。小陶和自己在一起时,不就是这样的睡相,这样的呼吸声?也许正是这类似小陶的睡相和呼吸,使得有洁癖的股王,放任丫头睡在自己的枕头边。当然,丫头每天上他的床睡觉前,都由保姆给它干干净净地洗过澡,用电吹风吹干它的毛发。股王在夜晚忽然醒来的某些神志恍惚的时刻,甚至会怀疑,小陶并未远去美国,或者说,远去美国的,只是小陶蜕去的躯壳,她的魂魄,就像《聊斋》里演的那样,变成丫头,日夜和自己厮守在一起。

　　股王怕吵醒丫头,轻手轻脚地斜依在床上,悄悄揭过毯子,伏在自己身上。然后边听电视播报财经新闻,边翻着床头的报刊。股王十一点半躺下,躺着躺着,一股疼痛的风暴,像台风一般快速地袭来。痛风,痛风,快有半年没有光顾的痛风,又来了!由于久无痛风,他早已让保姆晚间回去——他不想让一个不相干的人,在他熟睡过去的时候,留在家里,虽然他总是牢牢地反锁着卧室的门。股王感到前所未有的恐慌,他用惊恐的眼光扫了丫头一眼,丫头睡得正甜,白绒绒的肚皮,随着一呼一吸,一鼓一鼓。要是自己不在了,丫头,可能就会成为一只流浪在街头的猫,也许,也许还可能被抓去烹煮,被吃肉喝汤。股王仿佛又看到小时候在山乡里,被吊起来的野猫,被人把绳子套在脖子上,一把勒死,眼睛仿佛要掉出来一般,可怖地凸出;股王仿佛看到一桌子的人,围着火锅,面红耳赤地猜拳喝酒,吃丫头的肉;股王仿佛都能闻到从人们嘴里喷出来的酒臭,裹挟着丫头的肉腥味。股王吓得冷汗淋漓,突然大叫一声,一跃而起,迅速拉开抽屉,一把抓出抽屉里的纸和笔,哆嗦的手,唰唰唰地写下遗嘱。又一把拉开抽屉,拿

141

出印章,啪啪粘了印泥,重重地戳在自己的名字上面。股王把自己遗产的一半,留给丫头;另一半,成立乳腺癌防治基金会,帮助像翠芬这样患乳腺癌的妇女。留给丫头的钱,由乳腺癌防治基金会管理,负责雇人照顾丫头。母亲和姐姐,早已过上富足的生活,过多的钱,对她们,未必是好事。所以,股王没有安排她们再继承。

股王做完这些,后背已然潮湿一片。以前看报纸杂志,看到百万富翁千万富翁把遗产留给自己的宠物,那时以为那些人发了疯。股王望着丫头那浑然不知的憨甜睡相,趴在床头,大口喘着气,想,那些富翁的心头之痛,外人怎么能够知道?股王想着,两颗豆大的热泪,骨碌滚落到肥厚的腮帮。

又一阵剧痛袭来,股王觉得仿佛海水淹到脖子那般的绝望。股王大汗淋漓,心突突跳着拉开抽屉,取出药片,就着床头的一杯开水,一仰脖,咕嘟吞下,然后整个人直挺挺躺下,一动也不敢动,股王终于慢慢平静下来。平静一些的股王,眼睛瞅出窗外,一轮华美水亮得有些诡异的圆月,高挑在深邃的夜空,他望着那明月,视死如归地想,如果这些药失效,今晚痛死,明天律师小藤就会赶来,就会根据自己的遗嘱,办好所有的事。这就好!

股王终于真正尝到作为一个有钱人的好处!

股王这么想着,呼噜声渐起,安然睡去。

(原载《厦门文学》2012 年第 7 期)

老杨

高考考完的那天下午，我提了收拾好的东西，正准备回家。忽然，有别宿舍的同学气喘吁吁地跑来叫我，说老杨在我们教学楼的某间等我。

老杨是我们学校阅览室的管理员。我觉得很意外，但还是放下行李，去了。

高三的第二个学期，我中午时会去阅览室，翻翻《大众电影》《城市画报》这类杂志，借以松弛绷得太紧的神经。有一天，我忽然发现，我们的那位老管理员，不来了。我赫然看到，顶替他坐在那个位子上的那个人，黑、矮、瘦、小，花白的头发下一双大眼，白多黑少，浑浊可怖。开口说话，便露出一口杂乱的牙齿，而他的打了几处

143

补丁的衣服,简直可以说破旧了。在我们这所教学楼恢宏阔大,教师和大多数学生都颇为洋气的学校里,这实在是个异类。当时我们学校正在基建,我第一次看到他坐在老管理员的位子上时,小吓了一跳,以为是楼下挑沙土的民工,自己跑上来了。

后来,常在阅览室或校园里遇到他,熟悉了一些,才听他说他是学校阅览室原来那位老管理员的儿子。老管理员退休,这学期由他来顶替。他刚从他初中一毕业,就上山下乡去了十几年的山区回来。

十几年的山区生活,竟把一个城市学校教职员工的子女,磨折成今天这样,如果不是亲眼所见,我无论如何不能相信。

我去阅览室看书时,每次都会看到他低着头,在看杂志。他看的还不是《大众电影》《城市画报》这样消遣性的杂志,而是《花城》《收获》这样高水准的纯文学杂志。这样一个人,这样爱看书,又是出乎我的意料。老杨看的那些杂志当然也是彼时热爱文学的我所喜欢的,只是高考临近,我只能忍着,盼望快快高考,快快毕业。因此,我看到他在看那些杂志时,有一次就激情地对他说,等我高考完,向他借几本回去看。

跟老杨,平时就只有这些交情。

今天老杨叫我,让我才想起来,老杨每次把目光转向我时,便会转瞬温暖起来,柔和起来。

我一爬上教学楼六楼,远远地就看到老杨,他笑笑地站在最东一间的门口,望着一脸疑惑地走来的我。我一走近,他马上打消我的疑虑,说:"我是想借你一些书回去看。你毕业了,暑假又没事,正好多看书。我知道你爱看书。"我的意外和感激,立即从心中浮现到脸上,焕亮了我年轻的脸庞。我正愁这个前途未卜的漫长的暑假,不知要如何度过。"自己进去挑吧!"他对我说完,便转身面朝大海,站着,悠然地吸着纸烟,自得地望着辽阔的

老
杨

海面。矮小的个子,破旧的衣裳,花白的头发,却自有一股磊落、洒脱和不羁,那是一种真正无欲则刚的大气。

他的房间,又令我大吃一惊,除了一床、一桌、一椅、一只粗旧木头箱子、几副碗筷,再就是书了,满墙满壁的书!我从他的浩如烟海的书中,挑了一套《红楼梦》、一本《简·爱》、一本《飘》,临出门,又从门边一道提走一袋《人民文学》和《收获》,那是他帮我从学校阅览室里借出来的一整年一期不落的刊物。我喜出望外地捧着提着挑好的书走出他的宿舍,走到走廊上,站在老杨的背后,惊喜的神色,依然亮在脸上。老杨转过身来,略扫了一眼我的神情,马上就明白了,他露出杂乱无章的牙齿,笑笑说:"我这辈子,就和书结婚了!"那神情里,是一副活了两辈子的豁然。

他的话,让我整整惊讶了一年。

我到外地上大学之前,特地来学校还回他的书,来向他告别。在我最后从包里拿出四本一套的《红楼梦》搁在他的桌子上时,老杨搬来了一摞的笔记,也搁到桌上,然后,扬头对我笑笑,说:"这是我的'红'学笔记。""红学"?!我这次的惊讶不亚于暑假开始时第一次看到他满天满地书的房间。我从中抽出一本,翻开一章来看,一下就看入了迷。看完一章,我回头瞅了一眼老杨,真不敢相信这些虽字迹潦草却相当深奥的东西,出自这个衣着粗陋、面貌不扬的人之手。

我离开的时候向老杨借了一本红楼笔记,带到大学去看。我在大学读中文系的第一个学期,还没有男朋友,课余时间断断续续读完了老杨的红学研究。老杨邮寄来他的笔记,我邮寄回去,都是挂号。那些笔记是老杨的生命,也为我所珍惜。多年后,看刘心武和王蒙的红楼研究,实际上有些东西,早已在当年老杨的红楼笔记中读过。如果老杨坚持下去,而又有人慧眼识珠,没准后来刘心武和王蒙风生水起的红楼研究,要让位于他,如不能由他在荧屏出尽风头，至少也在红楼研究的畅销书上独领风骚。

我上大学后，老杨不断地寄他的红学笔记给我看，不断地给我写信。我们的通信频繁到每周来往各一至二封，并且，老杨写给我的信，每封都有好几页。老杨给我写着写着，渐渐地偏离了谈论红学的轨道，对我异乎寻常地关心爱护起来，所用的词汇界限也越来越模糊。比如说，他说我的性格像探春，而大观园女子，他最爱的正是探春。他灼热地用"爱"，而不是用可以泛泛理解的"喜欢"。像这样的用词越来越多，我本能地嗅出了异味，又想起他实在欠佳的形象，我的心头团塞着越来越多的厌烦。我不由得冷下来，老杨开头还坚持写，我拖延着不回他的信他也不介意，依旧热情不减。后来，上午课间出去，再进来，看到老杨的来信，字迹潦草地躺在我的书桌上，我开始惴惴不安。大二开始，我有了男朋友，我便把男友的照片寄给老杨看，老杨这才戛然停止来信。我也逐渐把老杨淡忘。

大二回家过暑假，无意中，我忽然听说老杨结婚了。并且，他的结婚，事实上几乎是，"买"了一个山区的女人来当老婆。我听到这消息时，睁得铜铃一般大的眼睛，久久放不下来。我的耳边不能停歇地循环播放着老杨在上一个暑假跟我说的，"我这辈子，就和书结婚了"。想起他给我写信的事，想起他在信中用词暧昧的事，想起我把男友的照片径直寄给他后，他才中断了给我写信的事，我不由内疚起来，难过起来，仿佛是我害了他一般。

他的那些红学笔记，如今搁在哪里？搬进他的新房，与他一起接纳新人吗？过完暑假，我回学校的火车上，不断地这么想。替老杨十分难过。

大三暑假回家来时，我打母校教师宿舍楼前经过，碰到老杨，他正站在树荫下。我先看到的是老杨的侧面，老杨依然黑、瘦、矮、小。老杨的手里抱着个孩子。我心中顿时又阴惨悲凉起来，以老杨的现状，和一个半买来的山区女人，会制造出怎样的小孩，可想而知。我差不多要为中国的人口

老

杨

素质悲哀的时候,老杨转过身,看到我,老杨抱着孩子向我走来,渐走渐近中,我看到老杨怀中的孩子,老杨的怀中,竟童话一般地憨憨睡卧着一个大胖娃娃!阳光下,那婴儿肤色粉红嫩白,透明了一般!

我无比惊讶地抬头看老杨,老杨的衣着,比起过去整洁了许多,灰白的头发、笑起来杂乱无章的牙齿和面部皱纹,仿佛也顺眼了许多。但与他怀中的婴儿相比,父子俩的反差实在还是太大了。这样的结果要比我预想的好得多了,对于老杨那样结婚的所有愧疚和难过,这才得以消融。我忙急步走过去,摆手让老杨把孩子抱回树荫下。老杨往回几步,抱着孩子站在树荫下,满面笑容地等着,邀请我上他家去坐。他说他的家很近,就是背后的那间。

我万分好奇地随了老杨,走进他的家。推门入室,只扫了一眼,便仿佛有一股小凉风,徐徐吹来,迅速褪去我一身的酷热。再细瞅一眼他的家,他的家里仅有日常使用的桌椅床几,简单朴素,却打理得异常整洁,桌椅床几的平面光亮得照得见人影。有些破损的红砖地板,濯洗得润红发白。更有窗台上的一盆薄荷,薄绒的叶片,郁绿地舒展在亮处。大热天里,给人安宁的凉意,原来就出自这一屋的整洁、干净和清爽。老杨的老婆,虽疏眉淡眼,有些苞谷牙,却裸露舒展着雪白红润的肌肤。冬瓜般的体形,也因穿着得体,而显出大方来,并且还能讲还不错的普通话。这才明白,他怀里那粉白的娃娃,是怎么来的;这才明白,老杨他何以不再坚持"我这辈子,就和书结婚了!"

有家真好啊!

可是,黑干瘦小的老杨,要怎么与一个肥硕的女人匹配?独身四十几年的老杨,怎么能够一朝结婚即开花结果,生出那样白胖的儿子?还是年轻女孩的我,无比惊奇惊讶。

147

　　想起老杨那除了一床、一桌、一椅、一个旧木头箱子,几只碗筷,再就是书的单人宿舍。再看看如今一个宜人的家里,有一个红润的女人,一个粉白的儿子。年轻如我也能理解,落魄又清高如老杨,何以会去"买"个山区的女人来当老婆。

　　我再次到老杨家,是十几年后送儿子就读母校初中。我在母校边上的一栋新楼房前巧遇老杨,他刚从外面回来。多年不见,他依然一眼就认出我,快步前来,热情地邀请我上他家里去歇脚喝茶。

　　坐在他家客厅,和老杨泡茶闲聊,才知,彼时,老杨依然在学校管理阅览室,现在的房子是学校集资筹建的,而少他十五岁的老婆,和人合伙承包学校的食堂,儿子念高中了。正说着,老杨的老婆回来了。老杨的老婆,比起过去,胖了一圈,脖子越发显得粗短,但脖颈上戴的 18K 金项链,细细的,花样很精致,使她看上去有三分城市人的洋气。我在一旁细细地打量老杨的老婆,她却没看到我,进得门来,劈头就粗声痛骂老杨,说是,一早出去,洗衣机里洗好的衣服,也不知道要晾,什么事都等她!之后,才看到坐在一边尴尬极了的我,却也只是缓了下脸,敷衍了一句,就进了二房半一厅中的一个房间,换了一条宽大亮眼的花色上衣,又匆匆出去了。老杨的老婆刚走,他的儿子就进来了。当年那个粉白的胖娃娃,转眼已经长成半大小伙子。进得门来,朝我投来冷淡的一瞥,一个招呼也没打,也不瞧他爸爸一眼,一副对人对事不屑一顾的样子,踢开门,闯进去,拿了东西,又昂着一头麦穗黄的头发,口中轻哼着一支流行曲子,旁若无人地出去了。我望着那一蓬干枯的稻草一般的头发,想,要是溅上一点火星,一定会立即熊熊燃烧起来。我不可思议地坐着,看着老杨,黯淡地黑干瘦小地坐在开始走向小康的亮亮堂堂的家里。我又觑眼朝那开着门的半间房张望了一下,我不无惊讶地看到,那里面,有一张单人床,一桌,一椅,一柜。床下,桌上,墙边,

老
杨

———

全部是书！那分明，是老杨自个儿的卧室。虽是新的房子，新的家具，却觉得比当年看到的老杨的宿舍还要寒碜。当年初见的他的宿舍，虽然家具是学校公家的半旧的简易家具，房间的光线也不好，但却因为房间足够大和书海的浩瀚，而从老杨物质的大贫乏中，反衬出老杨精神的大富裕。而这间房子，让人感到的则是老杨的受压抑和在这个家庭的边沿化。

我的耳边仿佛又听到当年老杨在说："我这辈子，就和书结婚了！"

老杨看我愣愣地瞅着那个房间，在一旁，虚着声音说："我这一辈子，最大的失败，就是，没能坚持只和书结婚。"

我看看面前的老杨，想想刚才所见的老杨的老婆孩子，觉得老杨的老婆孩子，就像蓬勃粗壮的树，而老杨，则像树林中枯萎凋零下来的黄叶，心中极为惨淡。

这样又过了几个年头。每每想起老杨，心中酸楚而又担忧。只是不敢贸然再去看他，心中却是常常记挂着他。

有一天老杨突然打手机给我，我吓了一跳，以为有大事。老杨有我手机号码好几年了，我也一直没换号，但他一直没有打过我手机。老杨那样迂腐的人，我所知道的他，自己一直没配手机，电脑也不懂得使用。老杨在电话里告诉我，他已退休两年了。原来，打手机给我就为这件事。看来这件事在他来说，是大事。过后的一个周日，我正好有事经过老杨的家，我事先告诉老杨，问他是否会在家，老杨很高兴地告诉我，说他没有什么事，会特地在家等我，并要我中午一定要在他家吃顿便饭。我不好拂他的好意，口中含糊答应，想起他在那个家的处境，心想，我怎么敢待在那个家里吃饭呢，说不定多坐一会儿，都会出现令我自己和老杨都难堪的事。

我去的前一天，老杨又打来电话，叮嘱我务必在他家吃午饭。我口中含糊应着，想了想，就去超市买了一些礼物，是香菇干贝等干货，一袋子老

149

杨的妻子日常用得着的东西,用个大红礼物袋提着,很喜气。我想借此让老杨的老婆高兴,让自己到老杨家受到欢迎,提高老杨在那个家的人气,尽量避免到他家去出现让老杨难堪的事。临去老杨家的那个早晨,我又打开冰箱,从冰箱里拿出一大包燕窝,一并放进礼袋内。想想上次见老杨的尴尬和老杨那个温饱了的家,我觉得还是要再加些贵重的礼物,才能安心前去他家吃午饭。

老杨还住在原来的地方。来开门的是老杨的老婆,我有些意外。几年来老杨的老婆并不见太大变化,满脸的笑容,令我觉得很廉价又很珍贵,我忙在她盛放的笑容中把礼物递上去。老杨的老婆把我引进客厅后,我才看到坐在客厅沙发上的老杨笑着站了起来,依旧是参差不齐的笑容,然态度自若,神情昂扬。他面前茶几上,早已盛情地摆着三四种芬芳缤纷的水果:葡萄带着细碎的水珠紫幽幽地光亮着,显然是早已濯洗干净了的;苹果则已削了皮,切成一瓣一瓣,最上面的几瓣用细细的牙签插着,边上是一碗淡盐水,那些切成瓣的苹果,估计早已细心地用温盐水浸洗过了;黄澄澄的香蕉饱满地卧在果盘里。这样的礼遇真叫我吃惊啊。我和老杨寒暄了一会,刚分别坐下,老杨的老婆已给我和老杨泡好了茶,笑吟吟地端来,一人一杯分别搁在我们面前的茶几上,然后伺立一边,热情地说:"中午就在这里吃便饭。"说着,就去开冰箱取鱼和肉,拎了到厨房忙碌去了。这更让我受宠若惊了。我暗自思忖,是不是因为老杨跟他老婆说过我老公新近高迁的缘故?老公的升迁,已使我在外身价水涨船高,如果因为这样而能抬高老杨在家中的地位,那也好,我也认了。

我和老杨谈文学,谈他当年的红学研究有后来火遍整个中国的刘心武和王蒙红学研究的雏形,只是缺乏机遇,没有红火起来。段子上说:自己要行,要有人说你行,说你行的人,要行。所以只有自己行,是没办法成气候的。我说得老杨笑将起来。老杨开口大笑，露着一口杂乱的牙齿，再加上花白的头发，脸上沟壑深深，组成一脸参差不齐的笑，却也看得出是开怀的，近乎豪爽的笑。

在我们愉快的谈话过程中，老杨的手机不断响起，老杨一趟又一趟地跑到阳台去接听。老杨使用手机，已让我很意外了，老杨的手机热线如此，更让我惊异。

愉快地断续地聊着，转眼，老杨的老婆已整出一桌香饭热菜来了。老杨的老婆接连地从厨房里端出饭、汤、菜时，老杨的儿子回来了，他进了门，转头一眼瞥见我，马上就礼貌地叫我"阿姨"，一边就洗了手来帮助他母亲从消毒碗柜里拿出碗筷，齐齐整整地在桌上摆开。举止里的轻快勤谨，让人看着打心眼里喜欢。

老公上升一级，使我处处受到礼遇。礼遇多了，我也差不多习惯地心安理得地接受这些优待，有时我也免不了晕晕乎乎地自己把自己当成"贵夫人"。直到正式坐到饭桌上，我才正式意识到老杨在家里的不同寻常。老杨起身，只招呼我上桌，然后就自顾自地以一家之主，端然坐在上位。老杨人高马大的儿子，躬身先给老杨盛来一大碗白米饭。老杨见状，斥责儿子不先给客人盛饭，不懂规矩。"来了，来了。"老杨的老婆给儿子补台般地笑吟吟地说，一边捧来一碗热腾腾的白米饭，放到我面前桌上。

席间，老杨的老婆不断给我搛菜，老杨的儿子则差不多负责给每个人，特别是老杨装饭。黑、瘦、矮、小的老杨胃口很好，唰唰唰一下就吃下两大碗米饭，同时惬意地喝汤吃菜。在这个家里，无论长相还是个头都最不起眼的老杨，在餐桌上，却是不折不扣的一家之主，有着不容置疑的男主人的地位。枯干的老杨，为什么能夺回政权？他是怎么夺回政权的？

饭后，老杨的老婆收拾餐桌。老杨的儿子正准备烧水给老爸泡茶，发现安装在茶几腿下的插座出了一点故障,他只好单腿跪在狭窄的沙发与茶几之间,侧翻着上身在那里捣腾。老杨的儿子依然顶着一头麦穗黄的头发,他低头鼓捣插头的时候,那头发,因了神情和动作里的老到和勤勉,让人想起成熟饱满而低垂下来的麦穗。

老杨无论是饭前和我谈诗论文,还是一道吃饭,或是饭后泡茶聊天,手机一直都是热线,一趟又一趟不断地跑到阳台上去接。老杨又一趟从阳台接完手机回来,顺手把接得发烫的手机撂在茶几上。那是一部崭新的三星手机。高科技匀净锃亮的面孔,体面而尊贵地从低处仰望着我,让还是拿着一部老土天语手机的我(主要是怕换手机,又要费事熟悉新手机的功能),第一次有些自惭形秽的感觉。望着这部也可以看作身份象征的手机,我吃惊而疑惑地问老杨,退休之后在做什么。

老杨有些得意的回答,几乎让我跌破眼镜。

老杨说他退休后,以前插队山区的人有几拨找上门来。听到这里,我心一紧(以为他们上门借钱),老杨平伸出干枯的手,往下按按,笑眯眯地示意我听下去。他说他们到厦门开了几家诊所,让他兼职当线人,拿抽成。老杨说他退休后,单是这个钱,每月过万的收入。他每天还到另一拨永定人开的售楼处上半天班,这两年总共净赚了三十几万。"他们开什么诊所?怎么那么好赚?"我问。"性病诊所",老杨大大方方地告诉我。老杨瞄了一眼我震惊和嫌恶的眼神脸色,略显激动地又说:"净干书生阳春白雪的事,怎能赢来红袖添香!"把他的老婆比作红袖,我不禁莞尔。"我是学过马克思《资本论》的,我知道怎么去挣钱!今年老婆竞标承包食堂,没中标,我就叫她待家里做做家务,享享清福。反正再过两年她也能拿退休金了,儿子大专毕业,没有找到工作,就帮我跑个腿,带客户去看房或带病人去诊所给医生治疗。"老杨语速很快滔滔不绝地说,因为神情亢奋,灰白夹杂的头发和牙齿,更显得杂乱无章却又显出一些天真无拘神态。我目瞪口呆地望着老杨,我又想起老杨说过的"这辈子,我就和书结婚"和他曾经说过的"我这一辈子,最大的失败,就是,没能坚持只和书结婚"。我不甘心地又说:"那你还有时间看些书吗?""看啊,怎么不看!"老杨扬起灰灰的眉毛,朗声笑道。最后,老杨有些文不对题地又不无得意地说:"这就叫物质基础决定上层建筑。"老杨这样说着,下巴上密密麻麻的白胡茬与参差不齐的牙齿,杂乱地闪烁着胜利者的诡秘的笑。

　　一年后,我听到老杨的一个绯闻。永定人开的性病诊所里的一个护士,怀上了老杨的孩子。她要求和老杨结婚,老杨的老婆不肯,拿出老杨退休后几年赚的所有的钱,了结了那女孩与老杨的关系。

　　我这才明白,老杨说的"净干书生阳春白雪的事,怎能赢来红袖添香",那红袖,指的竟不是他的老婆。

（原载《都市》2013 年第 4 期）

后来

梁薇二姨的儿子,沈骏,一米七十五的个子;俊朗的脸上,一双黑白分明的大眼睛,嵌在微凹的眼窝里,闪烁着星光;挺拔的鼻子,阔阔的嘴,唇线俏皮可爱,看上去有几分像演员陈坤。

当他潇洒地穿上燕尾服,而又把一只手随意地抄在裤兜里时,那种讨人喜欢的酷酷样子,跟陈坤,竟是神似了。他的这副长相,从高中起,就迷死一大帮女孩子。

梁薇大学毕业后留在本市一家公司打工,二姨跟梁薇妈说,梁薇一个女孩子,别尽在外头,搬到家里来。况且,就她一个月那点儿死工资,买件衣服都不够。二姨撇着嘴唇说,脸上露着鄙夷的神情,心里却是对外甥女梁薇打心眼里疼。于是,二姨家楼上的两间卧室中的一间,就成了梁薇的卧室。另外一间,住着表弟沈骏。楼下的两间是二姨二姨父的卧室和客房。梁薇因此几乎见识过和沈骏好的所有女孩,沈骏这样有女孩儿缘,连梁薇这个当表姐的,都跟着脸上有光彩。

梁薇的二姨父,是本市有名的律师,收入甚丰,因此,梁薇的二姨早早地从一家企业单位内退,在家里舒心地当了全职太太。

二姨的家,在一栋新建成不久的大厦顶层的一套楼中楼。

虽然沈骏读书有些差强人意,只考上本市的一所本三大学,但他这样的家底和这样的长相人品,使他长期拥有一群拥趸他的女孩,这些女孩子还个个样貌不俗。

只有一个长相平常一些,但她那看似平淡的脸上,却长着一双慧黠的眼睛。梁薇一看这双眼睛,马上就明白,那是长在一颗高智商的脑袋上的。果然,一问,还是梁薇的校友,本市一所全国著名高校的学生。这女孩是外省考来的,也不知是怎么认识沈骏的。

梁薇对聪颖的女孩总有特别的好感,加之又是学妹,因此极力游说沈骏,把这女孩发展成为唯一固定的女友。

在梁薇的极力劝导下,沈骏差不多有这个意思了,可是,突然地,有一天,沈骏又带回一个女孩。

当他们亲密地携手从楼梯上来的时候,梁薇愣住了,她想,沈骏这家伙,真是滥情得不可救药!梁薇正好要去公司上大夜班,无可奈何,只好先站在楼梯口的一边,等他们先上来,自己再下去。梁薇拿眼睛快速扫视这个女孩子,只见这女孩穿着一条玫瑰红的背带裙,大片光滑的胸脯、肩颈和后背赤裸着,却又把一头长长的卷发保守地编成两根早已过了时的麻花辫,规规矩矩地从耳后垂下来。这样风格相左的装扮,到了她身上,却也交汇出别样的风情来。梁薇不禁又细瞄了她一眼,只见这姑娘大大的脸盘上忽闪着一双大而活的眼睛,微黑的皮肤沁出健康的红润。"梁薇,这是我朋友—斓。"沈骏给迎头相遇的两个女孩做介绍,那迷死人的脸上,漾起迷死人的笑容:"这是我表姐梁薇。"这个叫一斓的女孩,马上对梁薇绽放出非洲菊一般甜丽的笑容,随着烫卷上去的睫毛的上翻,望向梁薇大大的眼睛里,没有一丝游移,有着超乎甜美之外的某种定力。梁薇想,这个女孩不太一般。可是,纵然心中闪过这样的念头,梁薇也还是以为,这个女孩,也和沈骏身边众多的女孩那样,只是沈骏身边匆匆过往的玩伴之一。

沈骏的女友,哪一个又是一般的呢?

让梁薇想不到的是,她居然住下来了。

梁薇上大夜班的时候是第二天早晨才回家来。

梁薇回来的时候,听到沈骏的房门"吱"地开了,一个穿着粉色丝绸睡袍,披洒着一头大波浪卷发的女孩急急出来。她摇曳着丝绸睡袍水一般柔软的白光,向卫生间跑去的时候,迎面瞥见梁薇,她略停了一下,匆匆向梁薇笑点了下头。

一斓!梁薇在心里惊呼了一声,尴尬的笑容僵在她惊讶的脸上。

更让梁薇想不到的是,一斓就这么长住下来了。

一斓和沈骏在本市的同一所本三大学念书,一斓常常是上午去上课,下午没课待在家里。

一斓没课闲在家里,就帮二姨干家务活。从此,家里常常上演这一幕,一斓在厨房里挥汗如雨地炒菜做饭,沈骏呢,要么还在外面玩,要么正消闲地架着长腿,姿势俊逸地在客厅陪二姨看电视。当一斓从厨房一趟一趟端出炒好的菜烧好的汤,放到餐厅的餐桌上时,一斓那过于善解人意的乖巧,总使梁薇觉得一斓是这个家庭的局外人，不像这一家的准儿媳妇，虽然一斓年轻靓丽一点也不亚于沈骏。等梁薇看清坐于厅堂中的二姨的神态之端然时，梁薇就明白了，一斓在这个家中根本就像《红楼梦》中的金钏，而二姨，就是王夫人。

吃过饭，一斓总是抢在梁薇前头洗碗。

每当梁薇看着穿得很"潮"的一斓，把那双漆着晶亮指甲油的尖巧细腻的手，浸在洗碗水的浮油中，与食物的残渣一起搅腾时，从小痛恨洗碗的梁薇，就在心里想，以后，有没有可能，有那么一个人，让自己爱到心甘情愿为他洗碗的地步呢？梁薇不可思议地想。

一斓为什么要如此曲意奉承呢？如此新潮前卫的一斓，为什么能抑下自己的天性，日复一日地屈在家里，过早地往黄脸婆的路上赶呢？只有一种解释，她太爱沈骏了！梁薇这么想时，隐隐地，就有些为一斓的未来担忧了。

有一天，梁薇惊讶地发现沈骏房间里的单人床换成双人床，原来的薄窗帘也变脸为一大幅厚重的紫色落地天鹅绒窗帘。

沈骏的房间因此不但更舒适，也更私密。当梁薇知道这一切都是二姨交代办下来的时候。

梁薇暗自替一斓舒了一口气，看来，一斓是初步过了二姨这一关。梁薇是深知二姨选儿媳妇标准之高眼光之挑剔，以及对沈骏掌控之严格的。

梁薇晚上回来，常看到沈骏亮着灯的卧室，被厚实的窗帘捂得严严实实。可是，厚实的窗帘和关闭着的门后，时会传出暧昧不明的嬉笑声，这时，梁薇就会面红耳赤地想，二姨真是糊涂，一斓二十一岁，沈骏也才二十一岁，还都是大孩子！不过，久而久之，习惯之后，二十五岁尚在茫茫人海中寻寻觅觅的梁薇，有时也会在心中暗地里羡慕起这两个好得蜜里调油的宝贝来——这是她自己都不愿承认的,可有时候,事情就是这样。

半年后,那厚实的窗帘和关闭着的门后,掺杂着传出沈骏和一斓一声高过一声的吵闹声,就像花圃里种着的蒺藜。吵架的原因,基本上是一斓气沈骏晚上出去玩到不知回来,或在沈骏的手机里翻到女孩子给他的亲昵短信。他们吵了好,好了吵。吵到最后,二姨忍无可忍地开腔了,二姨凉飕飕地,旁观者一般含糊而又明了地说:"两个人在一起,一辈子的事,你们可要想好,啊!"二姨虽然说的是"你们",实际上,指的只是一斓一个。

有一次吵凶了,二姨上到楼上,站在沈骏门口,拉下脸,厉声说:"都出去,到外面去吵!"二姨边说,边用食指直直地戳着门外。

听到二姨发话,两人立时住了口,沈骏傻眼般地呆呆站着,原本吵得面红耳赤的一斓,脸唰地白了,接着眼泪啪啪啪地流了一脸。

二姨也不看他们,说完就干脆利落地转身下楼,沈骏看二姨走了,也便夺门而去。

一斓忽然跳起来,一脚踢翻身边的一只椅子,接着翻箱倒柜,噼里啪啦地把自己的东西,一股脑儿塞进箱子和大提袋,连提带拉地拖到电梯,下到地下车库,胡乱扔进车厢,然后呼地把车开出去。整个过程,二姨都在她的卧室里,不出一点声气。

两个在一起两年,好得如胶似漆的恋人,说分手,就分手,就成了陌路!一斓的离去,二姨并不在乎,却心疼资助她买车的五万块钱。二姨越想越亏,着人去跟一斓说,要一斓还她那五万块钱,没想到一斓狠狠地捎过话来说:"有种的,自己来拿!"二姨听了这话,便知道遇着比她更强悍的对手,又自觉理亏,愣了一会儿,才当着捎话人的面,狠狠地说:"呸!"二姨说"呸"的时候,梁薇站在一边,看到二姨比起她黄黄的皮肤来有些白砺的牙齿,闪过一道寒光,暗自吃了一惊,她感到眼前的二姨,陌生得有些可怕。

—

后

来

—

二姨就这样"呸"地结束了一段恩怨。

半年后的一天傍晚，梁薇下班回来，正要从包里掏锁匙开家门，忽然看到沈骏也回来了。梁薇笑着揶揄道："哎呀，晚上一个人？少见少见。"沈骏用那双纯纯的大眼睛，瞅了瞅梁薇，正要回敬表姐两句，梁薇的手机响了，沈骏从梁薇手中接过锁匙改口说："我来吧。""……好，好，我和沈骏自己煮。"梁薇尚未说完，沈骏带点调侃的口气问梁薇："我妈吧？""是，她在外面，不回来吃饭，叫我们自己煮。""煮饭？干脆我请你到外面吃吧。""算了，还要出去。""咦，今天不是你的生日吗？走吧走吧，给你庆生去！""哎呀，我自己都忘记了！"梁薇喜悦得两眼放光，和沈骏把刚打开的门一锁，转身就说说笑笑着出去了。

两人选了间颇有情调的羊肉火锅店，就着小火锅，在灯下美洋洋地涮起羊肉。

沈骏给自己和梁薇都倒了红酒，然后拿起高脚杯，叮地碰了碰梁薇的酒杯，说："生日快乐！"

话未说完，沈骏便忙摸口袋，原来是手机在口袋里大振，手机掏出来拿在手中，还像个唠叨的妇人那般震个不停，沈骏瞟了一眼号码，眉头皱了皱，便起身到一边去说话。一小会儿，沈骏就折回来了，一边嘴里淡淡地说："结就结嘛……"说完，"啪"地合上手机盖子。

沈骏脸色灰灰地坐下来，拿起刚才的酒杯，无言地喝了一口。梁薇在一旁嗅到一丝颓然的气息，隐隐猜到是谁的电话，她小呷了一口红酒，瞥了一眼沈骏，才问："谁的电话？""一斓。"沈骏低沉而淡漠地说："她说，她要结婚了。""跟谁？"梁薇虽有所预感还是颇感突然地追问。"谁知道！"沈骏的口气仿佛事不关己，神色却有点黯然。一斓选在国庆节结婚，梁薇在婚礼的前一天去看她。梁薇本来要按习惯，包个红包给一斓，又觉得以自己与一斓特别的情分，不太合适，出发之前到商场溜了一圈，提了一套精美的青花瓷餐具。梁薇以前曾经跟沈骏和一斓到过一斓的家，所以，不费什么周折，就在一斓家住的小城，找到一斓的家。梁薇在一斓家小区门口的花店里又扎了一束鲜花。梁薇等着老板把花包在玻璃纸里的时候，歌星在花店的电视里苍凉地唱："信箱出现一张美丽的明信片，翠绿的山脚，木屋袅袅的烟，但我惊讶的却是背面，你熟悉的字迹竟已相隔多年，那一句话是你离开的玩笑话，搁在我心里，灰尘堆成了塔……"把梁薇的心唱得凄凉起来。看着这个楼房比较低矮，民风尚纯朴的小城，梁薇又心酸地想起一斓在二姨家挥汗如雨地做饭，抢着洗碗的情景。"山无棱，天地合，乃敢与君绝"，天长地久，难道只能在诗词中吗？梁薇无限感伤地想。

梁薇按响门铃，来开门的恰是一斓，她睁得大而圆的眼睛里，迸射出意外而喜悦的光芒。

一斓一把把梁薇拉进客厅里浓郁的喜庆气氛中。梁薇刚把礼物放到桌上，就有一斓家的一位亲戚，喜滋滋地捧过一杯茶来，她用和善的眼光瞧了眼梁薇，侧头问一旁的一斓："斓斓，她是……"一斓愣怔了一下，梁薇忙说自己是一斓的朋友。梁薇和一斓关在一斓的房间里聊一些婚礼的事，两人都想说得热闹贴心一点，却又都怕触碰到不能触碰的地方，因而两人反而谈得有些虚飘而生分，幸好聊上几句，一斓就被叫出去接待来道喜的亲戚朋友。梁薇坐了一会儿便告辞要走，一斓留不住，丢下一屋子的亲朋，把梁薇送到小区门口的车站，才幽幽地问："听说，沈骏又有了女朋友。""是。"梁薇说了实话，准新娘子的眼神立即黯淡了下来。梁薇站在节日气氛浓厚的大街上，瞅着一斓忧郁的眼睛，想一斓就要跟别人结婚了，心中装着的却还是沈骏，心中五味杂陈。

160　　　梁薇再见到一斓，是陪二姨去一家叫作"花样年华"的美发店做头发。

——

后

来

——

二姨染发,梁薇陪着坐在一旁翻一本杂志。梁薇看得眼睛发酸抬起头时,忽然看到一斓,她正从外面推门走进来。一斓也看到梁薇,还从镜子里看到二姨,一斓忙笑吟吟地急步走过来。一斓走到梁薇身边,她不但热情如常地和梁薇打招呼,还亲亲热热地冲镜子里的二姨,叫了声:"伯母!"二姨正好做完头发,站起来,见是一斓,有些尴尬,脸上有点讪讪的,但见一斓笑容满面,大大的脸盘像一朵完全盛开的橘红的非洲菊,遂也在一秒钟内堆叠起一脸的笑容,一面就自如地和一斓说笑了起来。梁薇站在一边,十分惊讶于一斓的心无芥蒂和二姨的大方练达。

梁薇正自吃惊,又惊讶地看到,一斓穿着的是孕妇服,腹部已从她宽柔的裙服里如一颗胜利的果实般顶了出来。

二姨也瞧见了,她一向毒毒的眼光,快速地扫描过一斓的腹部,脸上漾起暧昧不明的笑容。两种不太相同的笑容,在二姨脸上厮杀了一下,才固定下来,融成一种让人没得挑剔的得体的笑。一斓迎着这样的笑脸,坦坦然然地告诉二姨和梁薇,她就在这家美发店做美发师,二姨用这样的笑容说:"好啊,很好嘛!"口气亲切得像一斓自家至亲的长辈。

再次的不期而遇,是在二姨家附近的松涛湖公园。原来,一斓的婆家也就在附近。

那天傍晚,梁薇挽着二姨缓缓地走在公园绿草地中的小径上,她们闲聊的时候,偶然抬头,两人同时都看到一斓!一斓推着一辆婴儿车,站在前面一棵开着红艳艳的凤凰花的凤凰树下。一斓也看到梁薇和二姨,在看到她俩的时候,她脸上漾起和凤凰花一样灿烂的笑容,那样的笑容,让梁薇和二姨的脚,不由自主地带着她们向她走去。

一斓看到梁薇和二姨走过去,也推了婴儿车笑盈盈地迎过来。一斓穿休闲服,宽松的休闲服显得有些饱满,微黑的肤色褪去,白里透红的脸庞,

161

像一颗汁液丰盈的水果，一副被滋养得很好的年轻妈妈的样子。二姨先是见到自家亲戚般地和一斓亲热地攀谈起来，接着俯下身子，笑咪咪地用食指头划着婴儿的小嫩脸蛋儿逗他，一斓急忙笑吟吟地对宝宝说："叫奶奶呦，宝贝，快叫奶奶！"

二姨听到一斓让孩子叫她"奶奶"，脸上现出一点不自然的神色，但看一斓说得亲亲热热，脸上的笑容像蛋糕上的奶油那般甜美柔滑，也忙竭力拨开心中酸酸的醋意，对婴儿漾起一脸亲奶奶一般慈爱的笑容，伸出一根手指头去让小孩握着，并以长辈欣然的口气掩去心中的虚情，喜悦地说道："几个月了？瞧这小手，还蛮有力的！"梁薇站在一旁，对一斓的大方和二姨的老到深深叹服，她们一个只读了本三大学，一个才念到高中，对付起生活中的人和事，比自己这个全国重点大学的毕业生，强多了。

一斓的特别，使梁薇从一开始就无法不喜欢，现在是比一斓在二姨家时，更喜欢她了。

在一个独自在松涛湖公园散步的黄昏，梁薇还去了一趟一斓的家。那天，梁薇在松涛湖公园里遇到傍晚抱了孩子出来散步的一斓。梁薇跟一斓坐在公园草地边的石凳上闲聊，忽然，一斓的胳膊上滴滴答答地下起小阵雨来。

一斓"哎呀"叫起来时，裤子已淋湿了一片，原来是小家伙尿尿了。"我得回去换了"，一斓一脸苦状地跟梁薇说："一起去我家吧。"不知一斓婚后生活境况如何，梁薇有些好奇，因此愉快地说："嗯，好。"出公园，过马路，绕到二姨家那栋大厦后面，眼前便出现与外面现代化高楼反差很大的几栋盖于上个世纪九十年代初期的陈旧宿舍楼。

一斓的家，就在这些宿舍楼里。梁薇跟着一斓，走进其中的一栋，沿着一道有些发黑的水泥楼梯上到六楼，一斓从裤子口袋里摸出锁匙打开门，推进去,屋里不像外表那般陈旧,还挺亮堂的,应该是一斓结婚时新装修过的,只是装修得简单粗糙了些。两室一厅的旧格局的房子里,客厅即是饭厅,十分拥挤。一对衰萎的老人,缩着脖子在沙发上看电视,他们应该是一斓的公公婆婆。旁边的餐桌上,一个年轻男人正在吃晚饭,看到孩子湿了裤子回来,他忙搁下饭碗,嘴里哄着过来把小孩接过去,同时朝一同进来的梁薇点点头,算是打招呼,一副朴实讷言的样子。"我老公。"一斓笑笑说。随着一斓的介绍梁薇认真地端详了他一眼,只见他跟一斓差不多高的个子,细眯眼睛,从外表看,如果说一斓是朵牡丹,那么,她老公就是一株不起眼的狗尾巴草。沙发上的老妇人,年老体衰,行动不便,却挣扎着起身,殷勤地拿过布来擦了擦另一张显然是让小孩弄脏了的沙发,请梁薇坐下。虽是擦过了,可沙发看起来还是有些粘乎,并且有股尿臊味,梁薇怕弄脏裙子,也有些怕那味道,只轻轻地在沙发的一角坐下。梁薇打量着一斓的这个家,有些悲哀地想,一斓如果没有和沈骏的那一段,以她出众的亮丽和活络,一定会有好得多的选择。一斓进卧室去拿换裤子时,无声地轻抓了一下梁薇的肩膀,一并带她进去。一斓的卧室倒是比较大,带卫生间,收拾得也干净整齐。

一斓边开衣柜拿裤子,边自嘲地低声笑说,以前找自己爱的男人,现在嫁爱自己的男人,还是这样好!一斓又说:"老公在区财政局开车,我还在'花样年华'做美发师。我喜欢这行当,下次你来我给你做个好看的发型。"一斓说到这里,大眼睛里忽地放出光芒来。梁薇看着那光芒,想,这就是一斓生活的支撑点了。

后来,梁薇想把一头长及肩颈下的头发拉直,借以改改运气的时候,想起一斓。

梁薇打一斓手机,一斓说:"好啊,梁薇,我们约个时间,最好不要周末,周末我客人太多。"梁薇最后和一斓约了周一晚上七点半。那天梁薇到的时候早了十分钟,一斓去吃饭还没回来。梁薇在店里四处逡巡了一下,看到墙上有一块价目牌,牌上有几位美发师的照片、名字和价目表。梁薇看到一斓的相片也在上面,一斓摆着个 Pose,明星一般地在上面熠熠发光,照片的旁边,写着"首席形象设计师",还标着价格。梁薇上下浏览了一下,一斓的价格是店里第二高的。这是梁薇意外而又意料得到的事,梁薇欣慰而激动地想,一斓的不一般,终于在这里显露出来了!梁薇这么想着时,一斓回来了。半年不见,一斓已剪了短发,初当妈妈时的虚胖消失了,不过到底因为还年轻,人瘦下来了好些,皮肤却依然如绸缎般光滑。一斓穿着无领无袖白色直筒连衣裙,脖颈上垂着一条细细的吊坠白金链子,浑身上下十分干净利落。一斓唤来店里的小妹,给梁薇再倒了一杯茶后,就说:"梁薇,坐这,我们开始吧。"

一斓给梁薇的脖子先垫了块毛巾,再给她披上店里的白围布,接着就细致地给梁薇修剪起来。

梁薇从贴近她站着的一斓身上嗅到一丝隐约的奶味,这让梁薇心中无端地漾起一股家常的温暖的感觉。一斓咔嚓咔嚓地从容地剪着,刀法娴熟,梁薇听着那有韵律的金属声,觉得那声音里有着一股超出母性的力量。

一斓看梁薇静静的,就说:"梁薇,你还在那家公司上班吧?""是。"一斓的声音里,一直含着一份亲情,因此,梁薇接着又告诉她:"我刚考了区财政局的一个事业编制,有入围。""哎呀,恭喜恭喜,现在公职人员最吃香!""唉,我已经入围过两次了,最后面试都没过。"一斓从前面大镜子里,看到梁薇的脸瞬间晦暗下来,眼泪仿佛随时要涌出来。梁薇本来长得有些像沈骏,这个神情更像沈骏了,这让一斓的心,止不住地颤了一颤。

每一次参加这种考试,对梁薇都是一次极大折磨,这种折磨,甚至超过当年的高考,因此梁薇沮丧地对一斓又说:"不考也罢,可又不甘心。"

"区财政局……"一斓微感惊奇地升高一点音调问,刚问了半句,只见一斓的单间的玻璃门被拉开了,又进来一位女宾。这位女宾身材有些发福,穿着简单的休闲服,却有一种不属于一般女人的气度和威严,从她不徐不疾的举止中带出来。一斓忙收住口,暂停下手里的活,招呼她:"您来了,真准时,请先坐一下,我这就好!"一斓说着,急忙招呼店里的小妹倒茶。一斓满面笑容,热情恭敬地招呼她,却没有谄媚和讨好。一斓接着嚓嚓嚓地又给梁薇又修了几剪,然后就叫一旁的徒弟开始上药水。比起前面来,后面的刀法,细致里似乎有了点急迫。梁薇暗自思忖,这位女宾是谁呢?

两天后的傍晚,梁薇独自在松涛湖公园的草地上散步。夕阳西下,绿草如茵,晚风一阵一阵把远近孩童及母亲们的笑声传来。傍晚的松涛湖公园明快愉人,梁薇想,人们怎么能生活得如此舒心快乐呢?梁薇的脚步犹疑散乱,她的心焦虑烦躁,明天的事业单位面试,如果再失败,怎么办呢?青春已渐行渐远,成家和立业,却一事无成。

大学同学中,有嫁了成功男早早当了母亲的;有考上公务员已当到科长的;就是一斓,也算是事业有成了。"天多高路多长心有多大,千江水千江月何处是家,朝为露暮为雨若即若离,冷的风暖的风付之潮汐……"《大长今》的主题歌,像一支带着落英飘荡的忧伤的小溪流,凉幽幽地从梁薇的心中流过。直到一曲终了,梁薇才恍悟,是自己手机的彩铃。

梁薇急忙从包里拿出手机,一看,是一斓打来的。梁薇忙回拨过去。"怎么都不接啊,梁薇?"手机里传来一斓的声音,"明天你要面试是吗?用手机把你自己拍下来,再把你的简要情况一并写下来,发彩信给我,我来帮你想点办法。""能告诉我,你认识谁吗?""大前天,你来做头发时进来的那位,就是区的财政局长。我还有几位关系好的客户,我再问问她们可否帮帮你。"

面试的这天,天高云淡,梁薇穿上自己最喜欢的嫩绿色裙子,迎着微凉的秋风走向面试地点。前一夜,梁薇睡得特别好,此时不但神清气爽,还感到心中涌动着一股激情。

梁薇考完回家,二姨在家里等她。"小薇啊,考得怎么样?"二姨倒了一杯茶递给梁薇,关切地询问。"今天好像发挥得不错。"梁薇笑答道,把一斓帮助的事也一并说了。"这丫头是有些本事,人也不错。唉!"二姨短促地"唉"了一声,就不再言语了。

梁薇知道二姨现在对一斓的离去有多后悔和遗憾,尤其是沈骏后来再交的女朋友,一个比一个更不及一斓。更让二姨生气又拿他没毫无办法的是,沈骏现在交女朋友,仿佛是由于一斓的前车之鉴,根本不再带回家来,整天在外不知干些什么事,而一回来,就向二姨要钱。

网上公布结果的前一夜,梁薇一夜都在焦灼、恐惧混合着莫名惊喜的梦与醒之间。到了早晨,梁薇精神几乎要崩溃了,突然手机铃声大作,梁薇吓得跳了起来。

原来是一斓,竟然是一斓,她激动得有些语无伦次地说:"梁薇,快,快看,你录取了!"一斓比自己更早看到自己的录取结果!梁薇急忙打开电脑,当看到自己的名字跳出来时,梁薇的眼泪哗啦啦地流了满脸。

梁薇就这么一脸泪水地去敲沈骏的门,她要他起来一起看录取结果。

梁薇敲了许久,才把沈骏敲醒。"姐,什么事?"沈骏从打开的门缝,探出半颗沉重的脑袋,翻起一只沉涩的眼皮,瞅了梁薇一眼,声音低沉地问。梁薇看到沈骏满眼血丝,下巴冒着密密麻麻的黑胡茬,吓了一大跳!梁薇吃惊地急问:"沈骏,你这是怎么啦?""姐,我正要找你?""什么事?""你有钱吗,先借我救救急。""你要钱做什么?"梁薇更吃惊了,心都快提到喉咙口了。"我赌博,输了。"沈骏颓丧地说。"输了多少?""七万。""天啊!你妈知道吗?""千万别告诉我妈,要不我就死定了。先把钱借我吧,我会想办法还你。"沈骏哀哀地求。"我只有一万多块啊!""你先拿来借我,其他的,我再想办法。"沈骏眼睛更红了,红得仿佛随时会流出红色的泪来。梁薇不忍说他,急忙回房换下睡衣,出去取钱。

大清早的街上人车稀少,梁薇也顾不得许多,张望了一下,就把几张卡里的钱全部取出来。梁薇回来,刚把钱从包里拿出来,沈骏就急忙两手抓过去,攥住救命的稻草一般。

一连三天,沈骏天天早早出去,晚上等二姨睡下,才偷偷摸摸地摸上二楼来,一上到二楼,就立即把房门关上,蒙了头睡觉,生怕二姨听到声响叫他。第三天晚上,梁薇看他油锅里煎一般,实在不忍,叫住了他,悄悄地问:"借到钱没有?"一听到钱,沈骏的头垂得更低了,他哽咽着求道:"姐,能不能帮我再想想办法?"七万,对每月赚两千多块的梁薇来说,那简直是天文数字。可是,梁薇看着眼前的沈骏,连摇头的勇气都没有。

第四天,梁薇上小夜班很晚才回来,当她从卫生间里刷完牙出来,忽然瞥见沈骏游魂一般地从楼梯悄没声息地上来。梁薇房间里台灯的光,从门的缝隙间射出来,正好打在沈骏的眼睛上。我的天,才几天工夫,沈骏的眼窝就已深陷下去,在那光影里,活像骷髅!梁薇想,挨到第五天,沈骏再借不到钱,就得实话跟二姨说了。

第五天晚上,沈骏回来时已近凌晨两点。

梁薇已睡下了,听到沈骏的脚步声,梁薇慌忙爬起来,走到沈骏房里。梁薇无奈地劝道:"沈骏,实话告诉二姨吧?""姐,我借到钱了。""向谁借的?""一斓。"沈骏说着,憔悴不堪的脸上,浮起一丝劫后余生的惨淡的笑容。梁薇万分惊讶地瞪大眼睛愣愣地看着沈骏,说不出一句话来,她想起曾经去过的一斓的那个家,十分难过地想,一斓哪来那么多的钱啊? 沈骏, 167

你真是作孽，把一斓害得还不够吗？这事过去一阵子之后，有一天，梁薇约一斓喝茶。梁薇刚到约定的茶馆，就看到一斓从出租车上下来，微笑着向她走来。梁薇疑惑地含笑等一斓走到身边，才问道："你今天怎么没有自己开车来？""等下说。"一斓说着，挽了梁薇的手一起走进茶馆，走进梁薇预定的包间。

梁薇心中隐隐有某种预感，所以和一斓说了几句闲话，就又忍不住问一斓："为什么不自己开车来？""为什么？"一斓无比沉重，又无比轻松地说，"为什么？因为要帮助沈骏还债，卖掉了。""卖了多少？"梁薇的心酸多于意外，一斓当时买那辆车花了十几万，她家把要给她当嫁妆的钱都给了她，二姨又给了她五万，才凑足买车的钱。一斓结婚的时候，嫁妆，就是这辆十几万元的车子。梁薇吃惊地又追问："卖了多少钱？"

"五万多。""难道是为当时二姨赞助的五万块？"梁薇继续追问。一斓从茶杯上抬起那双大眼睛，瞅了梁薇一眼，然后转开，空蒙地看着窗外大街上熙来攘往的人和车好一会儿，才说："梁薇，你能对着那一双绝望到快要自杀，却又把全部希望都放在你身上的眼睛说'不'吗？"梁薇在一旁，看到一斓精明的大眼睛里，有些精明以外的东西晶莹着，仿佛随时要凝结成一颗颗剔透的水晶。

自此后，沈骏彻底地安静了下来，直到梁薇的孩子已经会叫他舅舅了，沈骏还是安安静静的一个人。几年间，无数的人给他牵过线，他每次都会去跟人家面对面地坐坐，只是坐完之后，第二天再问他感觉如何的时候，沈骏必定会无辜地大睁着眼睛，失忆般地望着你，一脸的茫然和不知所措。现在，除了二姨，没有人愿意提起沈骏的婚事。

你会回来吗

菜差不多了，郁蔷抬头，拿眼睛去寻味精瓶子，才瞥见女儿并未离开，垂着目光，肩膀蹭着墙壁，犹犹豫豫地站在一旁。郁蔷忙宽慰道："明天星期六不用上班，我多买些水果来招待老师。"女儿自从这个学期上了初中，更看重面子了，老师来访，是涉及女儿面子的大事。

郁蔷想，虽然她五年前离婚，独自抚养女儿，但与父母，一家四口住着一套一百五十平的房子，这套房子在本市一个颇高档的住宅小区内，自己在高校教书，父母退休前是大学教授，老师来家访，自己这个家，是不会让女儿丢面子的。

"妈,明天老师来的时候,请爸爸也来……"小雨忽然抬起头,用水光粼粼的眼光望着郁蔷,低声而坚执地请求。郁蔷的心,像一个结了痂的伤口,突然被剥掉那块鲜血凝成的紫红的痂。她忍着疼痛注视着女儿,痛楚而惊讶地发现,女儿的那双眼睛,竟简直是前夫夏天的翻版!郁蔷一分神,锅里便冒出烧糊的烟味。

五年前的那个夜晚,像今天,也是个周五的晚上,丈夫夏天说他有应酬不回来吃饭,之后手机就一直处于关机状态。这是从来没有过的事,当心急如焚的郁蔷和父亲找到夏天办公室,当他们旋开夏天并未反锁的办公室的门把,郁蔷和父亲浑身的血液,仿佛在一瞬间被抽光:他们同时看到,夏天和办公室的女职员芳玉,头凑在一起不知在电脑上看着什么,夏天那只汗毛很重的结实的胳膊,像一条粗蛇一般,缠绕在芳玉穿着薄透的雪纺连衣裙轻盈柔软的腰上。

无论后来夏天怎样发誓表白,无论夏天怎样为了小雨,跪在郁蔷面前苦苦哀求,郁蔷都没有改变马上把夏天逐出家门的决心。郁蔷很快地拟出离婚协议。

郁蔷与夏天签字离婚的那天,两人分坐在客厅长茶几两头的单人沙发上,仿佛冻僵一般。

郁蔷的父亲委顿地坐在中间面对茶几的三人长沙发上,机械地给两人各冲了一杯茶,自己无语地喝了一口,许久,才用惋惜到哀痛的眼光,剜了一眼坐在一边脸色煞白的夏天,又用完全褪去慈爱的目光,忧伤地瞅了一眼郁蔷那失去光泽的秋月一般的双眸,沉痛地问:"你确定,不再爱他?"郁蔷想到当年作为父亲研究生的夏天,锲而不舍地追求自己的情景;想到再之前夏天接受父亲资助才能顺利读完研究生,才有之后他这个农家子弟顺利就业,平步青云,越发感到无比厌恶。她冷冷地点头。

　　郁蔷以为夏天会马上和那小妖女结婚，郁蔷也以为夏天娶谁跟她再也没有干系，可是，最初的痛和恨之后，忽然听到那小妖女结婚了，新郎竟不是夏天。

　　小雨默默吃过晚饭，就去郁蔷的房间上网。郁蔷去卧室拿衣服洗澡时，习惯地从女儿的背后，悄悄地瞄了一眼电脑屏幕，郁蔷担心女儿看不健康的网页。看到电脑的屏幕上，又是威廉和凯特大婚的视频，郁蔷已注意到女儿看这个视频好几次了。不过，郁蔷并不开口说什么，女儿大了，敏感而叛逆。郁蔷只是像所有的母亲那样，暗中做起了克格勃，严密注意女儿的举动与行踪，也加强了与班主任的联系，她怕女儿早恋。但是，没有，女儿一如既往地端正好学，所以，不久，郁蔷又释然地放松了神经。今晚，看到女儿再次看这个视频，郁蔷不由得在女儿背后悄然多站了一会儿，看到女儿从粉红的薄睡衣里，顶出两个圆润秀气的小肩膀。有女初长成了，郁蔷望着女儿的肩膀又喜又忧地想。郁蔷的目光爬过女儿的肩膀，落在电视屏幕上，她惊讶地看到，女儿反复地倒回头看凯特的父亲挽着凯特的手交给威廉王子的画面，对着那童话里才有的画面在流泪。为什么，这是为什么？郁蔷呆呆地望着女儿浑圆稚嫩的双肩，好一会儿，才痛楚地明白，女儿羡慕凯特有父亲！

　　郁蔷忽然又想起来，还在小雨上小学一年级的时候，有一次，父亲在跟小雨讲起基督教婚礼时，父亲说，基督教徒结婚，女儿是挽着父亲的手臂步入结婚教堂的。当时，小雨圆睁着无邪的眼睛，瞟了眼笑站在一边的父亲夏天，故意问了一句："妈妈结婚的时候，也是挽着你的手的吗？"父亲哈哈哈地笑了起来，刮了下小雨的小鼻头，笑道："难道我们家小雨，也想出嫁了不成？"

　　郁蔷一直以为，自己和大学教授退休的父母，给小雨的精心呵护，足以

171

弥补一个不良父亲的缺失,眼看着小雨也一如其他女孩那样花儿一般地活泼成长,一点也没想到,小雨内心深处,对父亲这个角色如此在意。

凌晨四点,郁蔷又醒来了,窗外城市灯火阑珊,窗内黑暗的房中她的眼睛晶亮着。郁蔷孤寂泄气地想,更年期终于全面来临了。才四十出头就没有了生理周期,还开始失眠多梦,脸上长大块大块的斑。郁蔷给中医西医都诊过,均不太起作用。郁蔷知道这样早就出现更年期症状,和这些年来,一直一个人生活有关。

郁蔷离婚后的前一两年,虽已三十六七岁,但还是姿容颇好。她出去兼课时候,有个叫史海南的男生,恋上了她,那还是个三十岁刚到尚未结婚的小伙子。以郁蔷的个性,她是不会选择一个小男人当丈夫的。可是,郁蔷走在史海南身边,心头总会有一些莫名的喜悦,史海南的高大帅气,既让她独自在街上走时慌慌的心,安定地回落到胸腔里,又使她在夏天的事之后,终于又能够颜面有光地再抬起头来。

两人蛮热乎后的一天晚上,史海南开车送郁蔷回家。郁蔷低头解安全带的时候,史海南大概是看到在如水的月光下外表偏于知性美的她的身材,本只是柔软起伏过渡不太明显的胸和腰身,被安全带勒出了凹凸有致充满性感的魅惑,竟情不自禁了,俯头追逐郁蔷的双唇,迅疾地伸出火热的手,揽住郁蔷的腰。

后来又上演过几次,然而,史海南的热情,终究抵挡不住一次次的兜头冷水,最后只能黯然离去。

史海南之后,郁蔷身边也曾短暂地出现过几个年龄相当或不相当的男人,当他们的手触到自己的腰时,郁蔷虽然早有心理准备,捂着嘴,不让自己尖叫出声,却还是止不住地冷汗涔涔。折磨下来,只有郁蔷主动离开了。

这使郁蔷更恨夏天了,他不但背叛了自己,还把自己的生活弄得一团

172

糟。郁蔷因此发誓不再见夏天,每次夏天来接小雨,她都让他等在楼下,然后由父亲或母亲,带小雨到楼下去与他交接。

郁蔷从枕边的手机里放出音乐,安抚自己睡不着的烦躁的神经。手机里歌星在唱:"所有受过的伤,所有流过的泪,我的爱,请全部带走……"一切都可以过去,一切都可以带走,可是,女儿呢?女儿怎么办?

"爸。"郁蔷一早起,出了卧室,就嗅到父亲泡的工夫茶逸出的清香。听到郁蔷的叫声,父亲并不像平时那样慈爱地回应,而是顺着郁蔷的叫声,自语般地说:"夏天他到现在,都一直喊我'爸'。"父亲在家里,不轻易提起'夏天'的名字。郁蔷一听,就知道小雨昨天的请求,被那时坐在客厅看晚报的父亲听到了。郁蔷心头一动,忧伤而委屈地坐到父亲身边,端起父亲给自己冲的茶,看着茶杯口袅袅上升的水汽出了会儿神,才说:"爸,让我考虑一下。"

"蔷蔷。"吃过早餐,收拾完桌子,洗净手,郁蔷就听到母亲在她房间里叫自己。"妈,什么事?"郁蔷边走进母亲的房间,边问。"蔷蔷",母亲坐在一张单人沙发上正翻着新到的《新华文摘》,看到郁蔷进来,摘下老花镜,说:"蔷蔷啊,昨天小雨的要求,我都听见了。我想了一夜,明天老师来家访,就请夏天回来一下吧。"母亲停了停又说:"五年,一个男人能坚持五年,而且是夏天这样当着副总有地位有经济基础的男人,五年没再婚,在当下,怕是少有了?"听了母亲的话,郁蔷心头漾起一些暖意,眼光瞟向别处。

六点半,夏天准时到了岳父家。"爸爸。"夏天手捧着百合花,朝前来开门的岳父叫了一声。五年不见,夏天那恭敬中带着歉疚的声音,穿透五年的光阴,熟悉地传过来,几乎要把郁蔷的眼泪诱出来。郁蔷定了定神,从浴室的镜子里,端详了夏天一眼,发现夏天额头高了亮了,法令纹深了,两鬓冒出的白发,更是平添沧桑。郁蔷看着那束花以及夏天捧着花束的样子,十几年前与夏天恋爱的情景,忽地全回到眼前。郁蔷慌慌地摸起镜子前的口红,想在洗过的脸上化个妆,口红点在唇上,郁蔷又踌躇地抓来下,她怕爸妈看出自己的心思。"爸爸,爸爸……"小雨一听到夏天的声音,小兔子般从卧室里蹿出来,欢天喜地地替外公接过夏天手里的花,然后拖着夏天坐到沙发上,自己则一屁股窝到夏天怀里。郁蔷用眼圈微红的水水的眼睛,望了望镜子里自己寡淡的脸,放下那支玫瑰红的口红,从化妆盒里另挑出一支油润淡红的,微抖着手,顺着唇,润开来。郁蔷放下口红,想了想,鬼使神差地,又把挂在浴室墙上的一条穿了一下午的绿色连衣裙,拿下来,换上。爱恋着郁蔷时的夏天说过,他喜欢看郁蔷穿绿裙子,迎着风,就像一棵活泼招展的树。

"妈妈。"小雨看到郁蔷身着绿色连衣裙,缓缓走出来,忽地跳出爸爸的怀抱,奔过来,把捧在怀里的花束,硬塞到郁蔷手里。郁蔷只得接过来,躲过夏天的眼睛,转身进到卧室去找花瓶插。小雨攀着夏天的脖子,叽叽呱呱地说个不停。小雨的欢乐,像一股小春风,荡漾在客厅里每一个人的心中,吹散了每一个人的不自然。"爸爸",小雨忽又甜美娇俏地跟夏天说:"我来弹琴给你听吧?""好啊,好啊!"夏天未及开口,外公先高兴地叫好:"好久没有听小雨弹琴了!"小雨迅速坐到琴凳上,眼望着父亲,弹了起来。童真的,欢悦的琴声,从小雨的手指间,跳荡着出来。小雨明净的眼眸、光洁的额头,全像会发光的物体,放着异彩。

"叮铃,叮铃……"门铃响了,小雨从琴凳上一跃而起,奔过去,拉开门。"老师来了,爸爸!"小雨一看到站在门口的,果真是她班主任,一边忙忙地打开门,一边回头大喊爸爸。夏天和郁蔷双双满面笑容地迎过来。妈妈亲切地拉过老师的手,爸爸恭敬地做着请的姿势。

爸爸妈妈把老师迎到沙发,小雨随外婆去厨房切西瓜。

"来,吃西瓜,吃西瓜!"小雨端来西瓜后夏天一手做着请老师吃西瓜的手势,有些匆忙,有些激动,另一只手就不知怎的,绕到郁蔷背后,轻轻地拂了一下郁蔷的腰身。郁蔷的腰,触电般地缩了一下,好在没有尖叫,只是背上和手心里微微沁了点汗,郁蔷的心脏怦怦乱跳,庆幸地想,想过之后,居然滋出一丝甜甜的感觉!

夏天显然为自己因太激动而造次而有些尴尬,见郁蔷的脸微微地红了。这一刻,郁蔷看到正在一边的小雨,两只酷似自己的大眼睛,忽地放射无比喜悦的光芒。夏天显然也是看到这一幕,显出激动,跟老师聊起了话:"小雨特别喜欢你教的英语课,我看这孩子有读语言的天赋,就教了她一个方法,每天晚上入睡前听英语碟片,既学了英语,还可以当催眠曲。本睡不着,一听,就睡着了。"郁蔷看着夏天放到天空的彩色气球,一脸惊讶,再看小雨,她罕见地高兴得两颊绯红,双眸放光,觉得自己的眼睛热热地涨起来,忙掩饰地埋了头。她暗忖,即使夏天十恶不赦,她也没有权利戳破小雨的五彩梦想啊!"我爸爸还说,睡着了还可以继续再听一会儿,因为人在睡眠中,潜意识里还在学习哩。要不是爸爸怕我戴着耳机睡觉会损伤耳朵,我都要戴着听一个晚上。"小雨,竟然也会演双簧!"是是是,我们小雨特别听她爸爸话,因此英语就进步得很快。"外公外婆这两个"天才演员"马上笑眯眯地附和道。天啊,这些学习英语的窍门,都是外公教的,每晚也都是外公等到小雨睡着了,才蹑手蹑脚地走进小雨的卧室,小心翼翼地把小雨的耳机摘下来的,怎么变成这个"名誉"爸爸的功劳了?!郁蔷听着听着,都有点儿不知今夕何夕了。

小雨和外公外婆出门送老师的时候,客厅里就剩郁蔷和夏天了。郁蔷轻快麻利地收拾着茶几上的瓜果皮,拖地板。夏天坐在沙发上,默然抽烟。他的眼睛盯在电视屏幕上,但显然不在看电视,表情凝重,眼神空远木然。

郁蔷见夏天默然无语,与刚才的谈笑风生判若两人,有些尴尬地转身到厨房洗杯子。郁蔷想起夏天,过去总是在她低头在厨房做事的时候,从后面双手搂住她的腰,拿下巴往她头发上,亲密地蹭来蹭去。想起这些,郁蔷的身体渐渐膨胀起某种渴望,可是,客厅里除了电视的声音之外,没有丁点夏天走过来的声响。郁蔷怅然若失地往窗外瞅了一眼,不知何时天下起了雨。郁蔷不禁想起十二年前生下小雨后的第三个晚上,还在医院里,外面也扬起像这样的小雨。夏天把郁蔷和正吃奶的婴儿,都环在自己怀里,潮潮的眼光,瞄瞄红皱的婴儿,瞅瞅窗外扬落的小雨丝,颤着声说:"就叫小雨吧,夏小雨,多么诗意的名字!"

郁蔷拿着洗好的杯子,回到客厅。夏天从沙发上缓缓站起来,说:"我走了。"夏天口气平静,眼底却闪着两点隐秘忧伤的白光。夏天边说边走到门边,套上自己的鞋子,正要开门出去。郁蔷再也忍不住了,她嘶哑急促地叫道:"夏天!"

(原载《北方作家》2012年第4期)

两笼鹧鸪

秀玉家的鹧鸪要卖了!

阴雨连绵之后,终于迎来一个晴好的早晨。金灿灿的阳光,照在秀玉家院子里一架绿意盎然的葡萄上,把葡萄阔大的叶子,照得通体透明,像个绿莹莹的翡翠盘子,葡萄叶上的雨点,则像翡翠盘子里晶莹的水晶。透过葡萄叶和藤蔓斑斑驳驳洒落在地上和秀玉身上的阳光,则如大大小小的蝴蝶,随着秀玉进进出出地忙碌,纷纷飞舞起来,秀玉冬瓜一般虚胖笨拙的身体,也变得有些灵动了。

秀玉四点半就起床,做早饭,侍弄那一群鹧鸪,一口气忙到七点,看着老头子马根生挑了两笼子鹧鸪走出家门,上城里

177

卖去，才直起腰，撩起围裙，潦草地揩了揩手。隔个院墙是村医马发家，马发的老婆才起床。马发老婆边拢着散乱的短发，边走到院子，探头从开着的院门，瞥了眼刚挑了鹧鸪出院门的马根生，然后隔着院墙对秀玉说："秀玉啊，一眨眼，鹧鸪就能卖钱了，这下可好了！"马发老婆的话，又勾起秀玉心中的"气"："嗨，这死老头子，成天就只是睡不够，说好五点起床，睡到六点还起不来。你看这时候去，要八点多才能到得城里。"秀玉嘴里虽骂着，却并不真的太生气——那两笼鹧鸪，在这个晴朗的上午，就要卖回来一大笔的钱呢！秀玉的心情，少有的好着哩。

"咳，男人都那鬼样！"马发老婆宽慰道，隔着院墙，递过来两朵新鲜的玉兰花。秀玉伸过手去，凹着掌心，接过犹带着昨夜雨水的玉兰花来。看着掌心中白玉无瑕的玉兰花，秀玉忍不住低了头，在掌心里使劲儿嗅了嗅，顿时，一股清凛凛的香，直冲脑门来，秀玉欣喜地往两边耳朵上，各夹上一朵玉兰花。

秀玉打葡萄架下穿过，走回厅堂时，又往院门外望了一眼，远远看见老头子马根生，挑着两笼鹧鸪，正打村口那棵高大的凤凰木下走过。五月底了，高大的凤凰木，枝干遒劲，如云冠盖。几乎看不见青绿的枝叶，披满的是艳丽无边的凤凰花，红彤彤如漫天云霞！秀玉看着这绚丽红火的花，又想起儿子秋鸿。

秋鸿在城里一中上学——那是一所一级达标学校，每年都有参加中考的学生，因比它的录取线少个一分两分的，就要交两万元才能上它的高中。那两万元叫什么"择校费"。儿子争气，虽在乡下的中学读初中，却一下就考上城里一中的高中，并且还一分钱都不用交哩。儿子现在已经读高三了，成绩一直都在年段理科前五十名内。那天去开家长会，班主任老师说，他们学校理科的学生，在年段前三百名都能上重点大学。照这么说，儿子考上的,将是重点中的重点。秀玉幸福地想着,满意的笑容,涟漪般一圈一圈往外扩散,把她虚胖的脸,撑得更圆满了。

远处,马根生的背影已经成了越来越远的一小团黑影。看着那一小团黑影,秀玉不禁有些心酸,老头子心脏不好,可是,为了这个家,为了给秋鸿筹上大学的费用,自己差不多是把他当牲口使唤,一分零花钱都不肯多给他。给他抽点烟,喝点酒,都是撵最便宜的买。

秀玉又想起出去打工的女儿春美,咳,这鬼丫头,放着诚义家那么富有,偏偏不肯。要是嫁了诚义,秋鸿读大学的费用都不用愁了,自己哪会这样苛待老头子。诚义的爸妈是那么喜欢春美,一再允诺,若春美嫁了诚义,他们要供秋鸿读到大学毕业哩。这死丫头,偏偏要穷得叮当响的德顺那傻小子,要像自己,穷一辈子!嗨,秀玉转念又想,只要一茬一茬顺顺利利地把鹧鸪养大卖出去,秋鸿上大学的学费也可以不用愁了。到那时,春美愿意嫁德顺,也就由着她去吧!

春美凌晨一点才洗去一身的烟酒气,浑身酸痛地一头倒下睡觉。三点不到,春美做了个梦,一个好梦,仿佛是端午节,自己从外面喜洋洋地回到阔别已久的家。刚到家门口,就远远看到德顺坐在客厅里!家里的客厅,在两层楼的底层,宽大而明亮。妈呢,正笑吟吟地在给德顺解开自己包的香喷喷的大肉粽!原来,德顺从深圳回来了,正提了大堆的礼物,到家里向妈来求亲了。这德顺,回来了也不先说一声,就冒冒失失地到家里来求亲。我要不答应呢?春美在心里喜滋滋地嗔怪着德顺。就在这时,春美醒了。醒来的春美,心口咚咚地跳。春美仰面躺在床上,瞅着黑暗中的天花板,那里有外面折射进来的一抹浑浊的灯光。春美黑葡萄般的眸子,在黑暗中,对着那光,无声地叹了一口气。春美又想起上次去小芹家,看到她家养鹧鸪致富,盖起新崭崭的二层楼房的情景,想:妈勤快,能干,把自己千辛万苦

179

积攒下的那一万多块钱交给妈,让她去养鹧鸪,也许要不了多久,梦中的情景,就会成为现实!

千万要把鹧鸪养好啊,为那一万多块养鹧鸪的启动资金,自己手上、身上,不知留下过多少咸猪手的印迹。那些印迹,就像身上一块块重重叠叠的癣。

春美最怕向澳佳公司总务课长推销啤酒,他那连手指头背上都有很重汗毛的胖手,每次都要搂着自己穿薄薄雪纺绸衣裙的肩膀先灌下一杯啤酒。每次想到那胖手里湿漉漉的汗液,透过薄薄雪纺绸浸湿自己皮肤的感觉,春美都会浑身起鸡皮疙瘩。可是,没办法,他是酒店的签单客户,每次来都要春美的啤酒。最危险的一次,是向那个秃了顶的区财政局农财科长推销啤酒,被逼着喝得八分醉的自己,软软晕晕地被喝到半醉的农财科长,一路揉搓裹挟着,带到酒店楼上的房间门口,才碰巧被往客房送东西的小芹看到。小芹忙叫来另一个姐妹,半哄半骗地把农财科长半拉半架到歌厅K歌。春美后来每每想起这一次,都会心惊胆战地后怕。

可是,有什么办法呢,要赚钱帮衬家里啊!

德顺,你在哪里,你赚到钱了没有?为了你,我可是千方百计地守住最后防线,保住自己还算清白的身子。

母亲为什么就那么不近人情,非得逼德顺拿出五万元聘金。五万元,对德顺,对德顺家,都是天文数字啊!

如果不是太穷,以德顺高中时的学习成绩,德顺现在应该是坐在大学明亮的课堂里。

高中的时候,自己和德顺同班三年。样貌有几分像影星陈坤的德顺,学习成绩优异的德顺,是多么受老师欢迎和年段的女生青睐啊!

春美在床上辗转反侧,思绪万千。

一眨眼,马根生已走到碧绿的田野间。田里刚播下一个来月的秧苗,风一过,都在马根生的脚旁,挥动着细长的叶片。远远看去,黑瘦矮小的马根生,活像大片的田野里的一颗黑小硬实的种子。走在碧绿田野间的马根生,美滋滋地盘算着,要把上午卖鹧鸪的钱,悄悄扣下一点,吃中午饭时,给自己买一小碟卤猪头皮,沽二两酒。

马根生最喜欢的差事,就是被老婆秀玉派到城里卖东西。马根生每次被秀玉差去卖菜,卖甘蔗,卖花生,都不会忘记偷偷留下一点钱,再加上平时积攒下的私房钱,吃中午饭时,买一小碟卤猪头皮,沽二两酒,犒劳自己。马根生想到往后半个月一个月的,就可以到城里卖几次鹧鸪,心下越发滋润起来。挑着两笼鹧鸪,走在田间路上小水沟边的马根生,想到嚼着猪头皮就着白酒的好滋味,不禁脚下生风,小步伐迈得像小跑。

终于走到村口的公交车站了,马根生把两笼鹧鸪并拢放在面前地上,核桃般瘦小皱巴的脸上,涔涔的汗,从额上爬下来,就要流进眼睛里了,他忙用骨节粗硬的大手,胡乱地抹了一把脸,然后才把小扁担拄在下巴上,歇着,等公交车。

马根生觑着眼,望着公路的那端时,突然,一股奶香钻进他的鼻孔。马根生一激灵,慌乱地收回目光,疑惑地看了看身边,呀,身边什么时候走来了一个少妇。那少妇有圆的臀,在薄薄的衬衫下鼓胀着的乳房,却还依然有凹进去的柔软的腰。马根生从眼角偷偷瞄了那少妇一眼,看到那少妇胸前的衣服,湿了两块。这一眼,使那湿湿的奶香,更强烈地朝马根生迎面扑来。沐浴在这样的奶香中,马根生几乎要醉了!马根生又想起老婆秀玉刚生下春美时的情景,那段时间,是马根生一生里最幸福的日子。那时老婆秀玉,简直就和眼前的女人一个模样呢。那时大家都比较穷,顿顿吃的是黑糊糊的地瓜稀饭,可秀玉雪白的乳汁,却总是把衣裳下的两只乳房,充盈

181

得圆鼓鼓的,稍迟些不给春美喂奶,面前的衣服,就会洇湿一片。马根生最爱看秀玉专注和美地奶春美,秀玉奶着奶着,不经意间一抬头,看到站在面前的自己,就丢给自己一个笑微微的眼神。唉,那时的秀玉,是村里数得着的贤惠漂亮媳妇。贤惠漂亮的秀玉,是从什么时候开始,变得成天恶着声气,不见好脸色的呢?马根生无奈地摇了摇花白头发软趴趴地趴着的头。

"卖什么呢?"马根生想着过去时,少妇好听的嗓音,和悦地问了一声,一边自个儿探头往笼子里瞧了瞧:"鹧鸪啊!多少钱一只?""卖鹧鸪吗?"一旁等车的另一个老妇女,看起来像是城里来乡下走亲戚,正等车回城里去,听了少妇的话,有些惊喜地凑过来,也伸了手往笼子里挑了挑,抓出一只来。马根生报了个价,两人略还了点价,当即成交,各自忙忙地掏钱,生怕车来了,来不及这笔买卖呢。

马根生心下暗喜:每只比在城里农贸市场卖的,多出五块钱哩。这每只多卖的五块钱,不能让秀玉知道,得留下来中午喝酒,来碟大份的卤猪头皮!马根生在心里"嘿嘿"偷笑着,得意得满口生津。

这时又有等车的人围了过来。

"叭……叭叭……"身后忽然传来一阵尖厉的喇叭声。马根生和又围过来的几个主顾,都吓了一跳,齐齐抬头朝喇叭声望去。马根生不识得字,不知道车的挡风玻璃后面有块牌子,白底黑字写着"森林公安"。

有个识字的主顾,看了看那块牌子,又看到车上下来的人,冷着脸,便有些发怵,无声地把已抓在手里的鹧鸪又放回笼子里去,悄然退到一边,躲在别人后面。

马根生微张着嘴,愣愣地、惊疑地看着车上下来的三个穿警服的人走拢过来,背上的热汗都凉了。

一个阴沉着脸的高个子,一手抓着个刚合上盖子的手机——他刚刚和

182

一个外号叫"一百年润发"的女人通完话,这个阴沉着脸的男人,姓林,是个代理所长。他长了一脸络腮胡子,但每天出门前都刮得干干净净,因此脸色总是铁青铁青的,看上去非常铁面无私的样子。林所长看了看笼子里的鹧鸪,想起"一百年润发"喜欢吃川贝雪梨鹧鸪和椒盐鹧鸪,嘴角忍不住掠过一丝不易觉察的笑。笑纹一从脸上消失,他便把手机塞进口袋,像突如其来的一场暴风骤雨一般,脸色骤变,厉声指着笼子里的鹧鸪,训斥一旁的马根生:"倒卖国家保护动物犯法,你知道不知道?!""跟他啰嗦什么?提走,放回山林!"

另一个叫小潘的,这时也跟了过来,帮腔道。"这是我家闺女打工攒下钱买来的苗,老婆子在自家棚里养的,她跟养儿子一样金贵地养的呀⋯⋯"马根生脸色煞白,颤着声说,浑身的毛孔全往外冒着冷汗。

"你说你这是养的,证呢?饲养证呢?"阴沉着脸的高个子高声质问。"我我我⋯⋯"马根生惊恐地瞪大眼睛,结结巴巴地说不成话。他只知道和老婆秀玉起早贪黑地养,养大了就要卖钱,给秋鸿筹学费。从来没人叫他去办证啊!没听说要办证啊!

一旁的小潘,是个帅气的小伙子,马根生怯怯地翻起眼睛,瞅了他一眼。这一瞅,马根生吓了一大跳,这小潘,怎么和儿子秋鸿这般像——英雄剑眉,葡萄黑眼,英挺鼻子,正的嘴巴。马根生愣住了!在愣住的那瞬间,马根生对小潘骤然升起打心眼里的疼爱,恍然面对着的,是儿子秋鸿!这时,只见小潘走到愣怔着的马根生面前,把那双酷似秋鸿的葡萄黑眼,瞪得大大的,像随时会骨碌碌滚出来一般地逼视着,恶着声说:"没证吧?做犯法的事是要拘留,要判刑的!"小潘恶声恶气地说话,这使他的五官全都错位了,英俊的相貌变得狰狞起来。马根生不忍看到和儿子酷似的脸扭曲成那样,忙别过脸去。小潘却在这时果断地从他身边提起一只笼子,走向警车。林所长用丢过去的一个冷峻的眼光和扬起的下巴,命令站在一边另一个姓郑的小伙子,提走另一只笼子。小郑是编外合同工,给他们开车的,他瞥了一眼一旁呆若木鸡可怜巴巴的马根生,脸色白了一下,伸出去的手,迟疑了一下,他回头瞟了所长一眼,见所长的脸色严肃铁青,小郑只得再次伸出那只肌肉隆起的结实的手,提起另一只笼子。

看到两笼鹧鸪都被提走,马根生心如刀割,两眼发直,大叫一声:"还我鹧鸪!"说着,拼死扑将过去。大林一个箭步向前,推开马根生,狠狠地骂道:"妨碍公务!你想坐牢?!"大林语气凶狠的"坐牢"两字,像两股强电流一般,击中马根生。马根生以一个变了形的滑稽姿势僵住,继而像被抽去主心骨一般,手僵硬地顺下来,头也耷拉下来,活像一个吊死的人那般,站立着。

高个子所长大林,狠狠地向旁吐了一口唾沫,呼呼生风地威严地走向警车。

回去可怎么跟秀玉交代啊!望着警车绝尘而去,马根生一屁股跌坐在泥地上,两只白多黑少的眼睛,在被汗水濡湿而拉下来的灰白头发下,越来越红,红得似乎只要那么一眨,就会滴出血来。

马根生在地上坐着,脑中一片空白,过往的车辆扬起灰尘,一层又一层"唰唰"地落在他身上,使他远远看过去,像一堆蒙着尘土的废弃物。许久,他才带着一身厚厚的尘土,颓唐踉跄地走上回家的路。

三个森林公安,所长大林、小潘和司机小郑,开了车,抄近道,沿着盘山公路,把两笼鹧鸪送到几十公里外的市区。他们来到一家相熟的酒店,抓出几只,吩咐做成川贝雪梨鹧鸪和椒盐鹧鸪,他们中午晚点要来吃饭。剩下的,所长大林把它寄在酒店,打算晚上送到住在市区的肖局长家里。

184　　小郑开着警车载他们两个离开时,小潘从车窗内探出头来,高声吩咐

两笼鹧鸪

老板娘:"别忘了叫'一百年润发'来!"小潘自己话没说完,就自个儿"嘎嘎"地乱笑起来,英俊的脸上,刚刚长出来的青春痘,跟着上下乱跳,像锅里爆炒的豆子。

大林"啪啪"地拍着小潘的头,佯装生气地警告他。

一伙人闹闹嚷嚷,开了车到市区乱逛去了。

小郑想起刚才卖鹧鸪老汉那伤心欲绝的眼光,握方向盘的手,都颤抖了。不过,他不敢公然站出来反对所长,他只是个编外合同工。为了这个编外合同工的名额,家里费了很大的力,拜托亲友。所以,这个坏人,他不能做,也不敢做。所长大林是他的顶头上司,得罪了他,自己说不定什么候就得走人。

大林眼望前方,乐颠颠地想着"一百年润发"用涂着粉色闪亮指甲油的手指,撕着椒盐鹧鸪吃得媚人的"狠"样子,忍不住又犒赏般地扇了几下小潘的脑袋。

"一百年润发"是这家酒店推销啤酒的"服务员",长得酷似"一百年润发"那幅广告里的女主角。虽然她对大林时理时不理,大林却一直是她锲而不舍的追求者。"一百年润发"最喜欢吃川贝雪梨鹧鸪和椒盐鹧鸪,所以,今天早上,大林一看到鹧鸪,两眼就暗自发绿了。

马根生回到家时,秀玉又在鹧鸪棚里,侍弄那一群小鹧鸪,连早饭都还没吃——那一群鹧鸪,是儿子上大学的学费,是她的命根子。秀玉听到一阵闷闷的响声,转过头,看到马根生空着手,提溜着一根扁担回来,面色灰暗,目露青光,秀玉大吃一惊,慌忙问道:"死鬼,怎么这么快回来?"马根生有气无力地说:"都叫'公家'给收走了,说我们没办证养,是犯法。"秀玉先是愣愣地听,接着,把手里的饲料盆"哐"的一声,狠狠地墩在一旁的破桌上,一把抢过马根生手里的扁担,高高举过头顶,大骂:"你为什么不用这根

185

扁担打死他们！"说着，举着扁担，朝马根生狠命打来。马根生"嗷"地惊叫一声，抱着头，急缩到墙根。秀玉手中高举着的扁担，一抖，往一旁颓然扔掉，哀痛地哭叫道："儿啊，你的学费没了啊！"

马根生瑟瑟地龟缩在一边，埋着头，不敢看秀玉一眼，心口一阵一阵疼将起来，最后实在挺不住了，才悄悄爬起来，顺着墙根，溜回房间，倒头闷睡在床上。

中午十二点，秀玉煮好午饭，没好气地到里屋叫马根生起来吃饭："还不起来吃饭！一屋子的活，就知道挺尸！"她自己早已是累得腰酸背疼，浑身湿透，头冒金星。叫了半天，听不到马根生起来，秀玉三步两步走到床边，使劲推他。秀玉一连推了好几下，都没把马根生推醒。秀玉有些着慌，伸手摸摸马根生的胸口，怎么没有心跳？！秀玉哆哆嗦嗦地把手指头又放在马根生的鼻子下，也没有呼吸！秀玉禁不住大声哭叫起来。

隔院村医马发的老婆，最先听到秀玉突兀凄惨的哭叫声，忙叫马发快去看个究竟，因此马发头一个推门进来，接着，邻居们也纷纷扔下手上的饭碗，跑来。

马发先摸马根生的脉搏，又翻看马根生的眼睛，然后，对正慌乱着要打120的一屋子人，悲戚地摇了摇头，艰难地吐出几个字："迟了，估计是心脏的问题……"

出人意料又如人所料，秋鸿并未考上"重点中的重点"，只考上外省的一所普通院校。

春美回来奔父亲丧事时，把工辞了。办完父亲丧事后，春美待在家里，默默地帮着母亲养鹧鸪。这期间，马德顺匆匆回来了一趟。马德顺是开了一辆奥迪车回来的，说是给老板办事，路过家乡，顺路回来。

186 德顺回来，并不急着来看春美，是春美听了消息，忍不住，找到他家里去的。春美乍见德顺，眼前意外地闪亮了一下，此刻站在春美面前的德顺，穿着舒适的丝光棉衬衫、耐克休闲鞋。原本淳朴的德顺，身上多了许多时尚元素，多了份洒脱飘逸劲儿，更像男影星陈坤了。春美暗自吃惊，那衣服和鞋子，合起来要一千多元。

德顺徒有四壁的家，也有了变化。最大的变化，是德顺那大眼睛里盛着的，不再是春美心疼的忧郁而专注的眼神，那里徜徉着一种虚飘飘的光，那虚光，不敢停留在春美的脸上，更不敢接住春美疑虑焦急的目光。

春美再也忍不了！春美拉了德顺往村外走，一口气走到村外寂静少人的树林子边。春美看着德顺，德顺看着脚下的黄土地，两个人就那么对站着，谁也不先开口。春美的目光，爬到德顺侧面的脸颊上去搜寻。这一搜寻，春美又吃惊地发现，德顺的颧骨上，隐约青着一大块，像是挨过谁的拳头。

春美忍不住用冰凉的手指，去抚摸德顺脸上的伤痕。德顺一触到春美的手指，触电般地抬起头，一把抓住春美细长的手指！突然的动作之后，德顺又静默了下来，然后用忧伤的眼光，瞟了瞟春美，才嗫嗫嚅嚅地说："等我，等我两年，最迟三年，我就能攒够你妈要的五万元聘金和结婚的钱，回来娶你。"

这时，一声嘹亮清脆的口哨声，突兀地从林间子弹一般地拔地而起，蹿向天空，又急遽下坠，然后，走出来一个人，是马诚义！马诚义走过德顺和春美身边时，春美的一只手，正好握在德顺手中。马诚义曾经喜欢春美清纯俊秀得像"一百年润发"那幅广告上的女主角，因此让母亲去春美家求亲。没想到，母亲多次上春美家求亲，都没有结果。哼，你当自己是谁了，马春美！马诚义恨恨地想着，从他们身边走过时，故意从喉咙底重重地、不屑地干咳一声。春美吓了一大跳，"嚯"地转过脸来，正好与马诚义四目相对,这一对,马诚义惊呆了:一年半不见,如今的春美,竟不是昔日的春美。那个犹如一颗带着茸毛的青涩桃子的农村姑娘马春美,现在浑身上下,竟有着一种说不出来的韵味。

这韵味,就像成熟的桃子上那一抹嫣红,隐在青绿的枝叶间,独自惊心动魄地丰美绰约着。马诚义什么样女人没见过? 可是,春美,太特别了,太别有韵味了! 马诚义内心震撼地走向停在路边的一辆工具车,"突"地发动马达,开走,卷起一帘黄尘,扬到春美和德顺身上。

马诚义载满木材的车,扬尘而去。春美知道那木材全是偷砍来的。春美远望着那辆车,眼里燃烧着说不出的愤怒。一周后,德顺走了。德顺走后,便像断线的风筝,几乎没有消息。春美想狠狠心,忘掉德顺,但又忘不掉整个高中三年与德顺之间的互相温暖,彼此关爱。

春美怨德顺,怨母亲,也恨自己。

一个月后,一封来自深圳的信,奇怪地落到春美手中。春美惊奇地拆开看,只有一张照片。照片上,德顺揽着一个衣着华丽的中年女人略粗的腰,从一栋豪华别墅里走出来。照片背后写着"公鸭德顺好风光"! 多日来的猜疑,得到致命的证实! 烈日下,春美浑身凉透!

八月的一个上午,屋外干燥的阳光,炽热地照着大地,知了在树上不停歇地叫着,叫得人不知如何是好。母亲默无声息地在鹧鸪棚里忙活,秋鸿蒙头倒在床上睡大觉。春美忧愁地走进秋鸿的房间,无声地在秋鸿的床沿坐下。春美隔着被子,摇了摇秋鸿,说:"秋鸿,我明天就出去找工做,上大学的费用,你不用愁。"秋鸿忽然一骨碌坐起来——原来秋鸿并未睡着,盖在身上的旧床单,滑落到腰间。秋鸿赤裸着上半身,两只手掌分开,有力地撑在两个膝盖头上,说:"姐,你真以为知识还可以改变命运?"秋鸿用明澈的眼光,望着春美又说:"你看我们村里家兴,读个普通大学四年,欠了他大哥家一大笔钱。大学读完了,找不到工作,现在给他大哥做帮手,一起在城里市场上卖肉,用工钱抵他向他大哥借的钱。还有胜仔,他爸翻修房子的钱,都给他读大学用光了。现在他大学毕业了去打工,每个月赚的钱扣除生活费,所剩无几,害得他家一直住着全村最破烂的房子! 所以,我已决定,待在家里,把爸爸的鹧鸪养下去。我不信咱家永远受穷! 永远受欺负!"春美眼睛微微潮湿了,她顿了顿,尽力平静地说:"也好,等再筹些资金,把我们后面的旧屋改造一下,扩大规模养殖。"

春美还是打算去那家酒楼推销啤酒,那样的工作,虽然时不时险象环生,但到底能够赚得多些,况且也是自己熟悉的能够对付得下来的工作。家的未来,是弟弟秋鸿;秋鸿的未来,是扩大规模养鹧鸪发家致富;而扩大规模养鹧鸪,急需资金。

春美提了简单的行李,穿破早晨薄薄阳光,走出村庄。

春美在快拐向公路的地方,忽然听到一阵口哨声:"一时失志不免怨叹,一时落魄不免胆寒,那通失去希望,每日醉茫茫,无魂有体亲像稻草人……"吹的是闽南语歌曲《爱拼才会赢》。励志的歌曲,用纯熟的技巧,悠悠然吹出来,潇潇洒洒中带着玩世不恭。这样的歌曲,这样的吹法,把春美抑制在心中的酸楚,纷乱地吹上心头。春美抬头往前望去,眼睛猛地被一片耀眼的白光刺痛。春美一惊,仔细一看,原来前面停着一辆白色富康车,还有一个人,两手浅浅插在裤子口袋里,一边屁股靠在车上,斜站着,是马诚义!"春美!"马诚义看到春美在看他,口哨声戛然而止。春美想不到马诚义会在这时候,这样横在自己面前,吓了一跳,脱口说道:"你在这里干什么?""不干什么,等你啊,我在这里等着你啊!"马诚义并不介意春美不友好的口气,嬉着脸说。春美瞟了马诚义一眼,一时不知说什么好。"上来吧,春美。"马诚义看着春美说。今天的春美,凄清的眉眼间,似乎笼着一段情

189

韵,这样的春美,就像雾中的一朵凉凉的姜花。

　　这使已迷恋上春美的马诚义,更加欲罢不能。这欲罢不能的迷恋,使作为村里富人的马诚义,几乎丧失了作为富人的优越感,开口对春美说话的声音,变成恳切的央求。马诚义说完,钻进车里,作为富人的自信,才又回来。他打开车后厢,让春美放行李,又打开另一侧车门,无声而固执地邀请春美上车。春美先是不由自主地后退几步,犹豫片刻,然后,才横了横心,把行李放进后箱,然后跨进车里去。"春美,我知道,你不喜欢我。但,你能不能看在我还比较有钱,并且这些钱的来路还算正当,而嫁给我?"马诚义一改一向的吊儿郎当油腔滑调的口气,严肃地哀求。春美还从未听过马诚义这样认真、这样低声下气地说话,心不由自主地软了一下。春美想起马诚义家别墅宽大明亮的铝合金窗,门前气派的金色不锈钢廊柱,还有,用漆成乳白色铁栏杆围起来的半通透围墙里,种着许多花木的院子。那干净富足的生活,当然是好生活! 可是,他们的钱,并不是马诚义说的"这些钱的来路还算正当"。春美又想起马诚义家在学校围墙外的塑料加工厂,每天焚烧废塑料,校园里都是呛人的味道,小学里的学生上课都要紧闭门窗,这厂子长期招致村民唾骂,可马诚义的父亲,屡屡总用钱疏通摆平。春美"哼"地在鼻子里冷笑了一声,有些要软下来的心,有些向往的心,又冷了,硬了。

　　"春美,我知道,你爱德顺",马诚义仿佛看透了春美的心思,一边不紧不慢地、娴熟地开着车,一边说:"不过,你不是收到一张'公鸭德顺好风光'的照片吗?""你!"春美的脸"刷"地白了,春美定了定神,还是嘴硬地斥责诚义:"你不要信口雌黄!""我可没信口雌黄",马诚义"阴险"地拿着腔调又说:"上回德顺被前任公鸭打青脸,回来躲了一个星期,你不是也见到了吗?"春美惊愕得张着嘴巴,说不出一句话来。

城里的车站到了,春美要坐九点钟的长途汽车。春美下车绕到后箱去提行李。诚义打开车后厢,帮春美拎出行李。诚义在春美要接过行李时,又一把把行李抓回来,仿佛怕这一松手,春美就会支起翅膀,永远飞离自己。

诚义紧紧地抓住春美的行李提带,执拗地盯着春美的眼睛,发誓一般地说:"如果你嫁了我,我,我绝,绝不会,绝不会让你和你家再受到半点欺负!"诚义说得很焦急,因此一反平日的巧舌如簧,说得有点语无伦次。春美愣了一下,眼前又出现父亲瘦小佝偻的身影,薄薄的泪花突然从四面八方漫出来,蒙住她的眼睛。春美还是从诚义手中用力挣出行李提带,头也不回地走了。走出几米,两手的行李并在一手,让出一只手来,春美用手腕悄悄拭去薄薄的泪花。

春美望着白花花的阳光,呆了呆,然后,"刷"地转过身,看着还站在那里的马诚义,春美恶作剧般地说:"你回去准备二十万聘金吧!"诚义愣了一下,然后,那双总是匕斜着看人的细眯的眼睛,骤然张大——原来可以张成那么大,放射出熠熠的光彩。春美把诚义眼中那灼人的光芒看在眼里,又出口恶气般地说:"再让你爸,把你家的塑料厂搬离小学!"春美说完,脸上浮起一个笑容。这种把冷艳藏在俏丽中的笑容,就像一朵罂粟花——一个风雅的男客户曾经这样说过。"噢,好!好好!"春美这样奇异的美丽,让诚义惊叹得不知如何是好。

诚义歇了歇,然后开车跟随在春美看不见的地方,最后跟随着春美所乘的长途汽车开去。诚义越开越心急如焚!诚义昨晚到市区,跟林所长在蓝海湾酒店喝酒。诚义去楼下大厅点菜,回来时,听到林所长躲在包间的洗手间内打电话,说:"明晚请肖局长吃饭,'一百年润发'不是要再回来做吗?务必让她晚饭时赶到蓝海湾。对,给她喝的那个杯子要做记号,既然她死不肯跟我,那就让她好好陪陪咱们肖局。哈哈哈,没准肖局高兴了,下回就把我的'代理'两字去掉……"林所长越说声音越低,低到几乎听不清的声气里,却跳荡着禁不住的亢奋。

这个"一百年润发",是春美吗?！诚义耳朵贴着厕所的门听,听得浑身汗毛倒竖。

诚义连夜开了三个小时的车,赶回村里来。诚义决定回来看看春美的动静,然后紧紧跟住春美。

春美,春美,如果走进蓝海湾的,果然是你;如果陪肖局的,果真是你,那么,我就要把你带离地球！诚义边迅速地开着车,边咬着牙,斩钉截铁地想。

（原载《福建文学》2011 年第 2 期）

谁是我再婚的选择

我把何青带回来时,已近中午。

走进小区大门时,门卫先拿眼睛打量了何青一阵,又转过头来询问般地看了我一眼,我朝门卫微点了点头,门卫便把何青放了进去。我带何青走到小区泳池边时,正好遇到往外赶的老吴。"回来了?"老吴匆匆和我打了个招呼,我还未及应答,他眼皮耷拉的小眼睛,忽然睁大了些,发出诡秘暧昧的光,从我肩上直溜过去,在我身后何青饱满的身体上做了快速的扫描。和老吴打过招呼后,我径直带着何青走到电梯口。等了一会儿,电梯下来了,门开了,从电梯里走出的是我的隔壁邻居,一个时尚女孩,每天中午之前出去, 193

子夜以后归来。这漂亮女孩忽闪着一双睫毛烫弯上去,刷了浓重的睫毛膏的妖娆的大眼睛,迅速翻了我一眼,又拿眼光不屑而又狐疑地扫了何青一眼,然后飘然扬长而去,留下淡淡的脂粉香。

他们看何青的目光,在他们,也许只是一种纯粹的、看一个来自农村的陌生女孩的眼光。可是在我眼里,这些目光,都在瞬间长出细细的毛刺,轻轻地扎在我背上。我的脸一定在那些瞬间,暗自红了。不过,我仍然能摆出平静自若的神态,一路带着何青走进电梯,上到十六层,走进我的家。这是我当了十几年中学校长修炼出来的高深的"道行"。

自母亲那天在浴室滑倒,脚部受了些伤后,她就一直催着我找个保姆。倒不是为伺候她,而是母亲不想让我像个女人那样,干着琐碎的家务活,难堪地为洪梅料理私人生活。

母亲一向身子骨硬朗,自从十五年前妻子洪梅车祸脑袋撞出问题,便毅然决然从乡下老家赶来,帮我操持家务,照顾我妻子洪梅。这一住,就住了十五年。十五年来,她一个碗都舍不得让我洗。现在看我——一个胡子花白家务事一窍不通的老儿子,汤汤水水地伺候她,手足无措地深陷在家务事中捣腾,很是心疼,天天催促我快些去找个保姆来。

就在早晨我出门前在门边鞋柜换出门皮鞋,母亲还在她卧室里大声冲我叮嘱,给我找个中年女人来做保姆。母亲说,有些年纪的人做事牢靠,有经验。

鬼使神差地,我找来了何青。在家政公司,何青给我看过她的身份证,还是个不满十八岁的姑娘。

我把何青带进母亲的房间。母亲的房间是家里光线最差的一间,有些昏暗,躺在床上的母亲,欠了欠身,觑着眼,上下打量了何青好一会儿。幸好何青乍看过去除了丰满外,并不是个漂亮的女孩,这让我在母亲仔细打量她的时,能够背着两手,毫不心虚地闲站一旁。母亲看了看她有些土气的衣着,看着她因抓着一只大而沉的旅行包而勒红了的手,朝我点了点头,算是同意。

其实,如果再仔细看一下何青,这个把头发拢在脑后扎了个朴素马尾巴的女孩,就会发现她没有一般农村姑娘风吹日晒的黝黑粗糙,她的皮肤白净、光亮、青春健康极富弹性。并且,虽然乍看上去疏眉淡眼眼皮还有些浮肿,但白白厚厚的眼皮下包着一双细长的眼睛,幽深清亮,像石缝里两汪碧凉的泉水。要是再细看那眼神,仿佛都可以听到叮咚的泉水声。这些是我完全抛开母亲的嘱咐,没有过多犹豫就把她带回来的原因,也是我对小区邻居目光格外敏感的原因。

其实,我当时也并未想太多,只是带回到家之后,真真切切地在我的家里,又嗅到年轻健康的女性气息时,我才知道,带回何青,是我潜意识里对十五年来伴着病妻老母暮气沉沉生活的一种极端厌倦的表现;是我潜意识里对十四年(除去和端端在一起的一年)来过着"鳏夫"一般生活的无声抗争;是我对家里再次出现年轻健康女性的极端渴望。

而后来,到了发生实质性事情,我才知道,我把何青挑回来,最本质的,或说最隐蔽的,其实是对和端端在一起的极端怀念。

请原谅我的不孝和自私!请原谅我的背叛和堕落!

可是,十五年以前,我并不这样。那时候,我是个绝对忠诚的丈夫,名副其实的体面的父亲。

那时洪梅没有受伤。她是个多么优雅多么多才多艺的女人啊!

我亲爱的妻子洪梅在冬日早晨临窗弹奏钢琴的样子我至今历历在目。冬日早晨的阳光,从临湖的窗户斜切进来,播洒进来一片洋洋的暖意。窗下钢琴的共鸣箱上,摆着一只花瓶,瓶内插着一支红梅,正幽静地吐着芳菲。洪梅在花下弹着一支曲子。洪梅脖颈上围着真丝围巾,丝巾的两角,在她的额下随着节奏轻轻颤动,在淡金色的阳光和清越的琴声中泛着华贵的光泽。

这个美轮美奂的画面,是我十五年来能够坚持的内因。

而洪梅的父亲,是我十五年来不能不坚持下来的重要外因。

洪梅的父亲,忽然在洪梅受伤后的第十五个年头的一个大雨滂沱的早晨去世了。洪梅的妹妹打电话来告诉我的时候,我刚起床,坐在客厅临窗的椅子上望着窗外忽然下起的大雨发闷。我握着话筒的手瞬间变得冰凉,两行泪水和大雨一起哗哗而下。母亲见状,吓得忙颠颠地小跑过来急问是怎么回事。母亲知道原委后,说:"儿啊,节哀吧! 快去看看!"

母亲不知道,我的泪水,是哀痛岳父的辞世,更是哀痛十五年来自己过的日子,特别是与端端分开后的日子。

其实,端端的事,母亲还是知道一些的。认识端端是洪梅病后的第七个年头。那个风雨欲来的初秋的傍晚,我心情极其郁闷地走出家门,沿着河边疲软涣散地散步,力图把刚才洪梅在家里犯病时,把大小便拉在身上的不堪抛开去。傍晚的天空聚满云团,灰蒙蒙的,仿佛整个天空随时都会沉沉地倾覆下来。不知从哪里突然飞来许多大昆虫,在身边忽上忽下地扇动着翅膀,把更多无可名状的气恼扇进我的心中。这些大昆虫飞着飞着就撞到身上来了,弄得满身土腥味,我只好又为躲避它们,往家的方向悻悻走回。

走到近小区门口,天忽然豁亮了一角,也没有了刚才水边那么多的大昆虫,我的心情也好了不少,我因此又不愿就此回家去面对痛苦的那一切了。

忽然,我看到前面有家茶叶店,店堂内亮着两盏红灯笼,那古香古色的灯笼发出来的橘红的光,祥和温馨。于是,我迎着那红光走去。走到门口,抬头看了一眼门楣上的匾,黑底上遒劲的绿字,写的是"端端茶庄"。再细看端端茶庄,装潢古朴幽雅,很合我的审美情趣,于是,我欣然沐进橘红的光中。

端端就端坐在红木茶桌后面的红木太师椅上,泡着茶。她的头上,就是那两盏红灯笼。端端看到顾客来了,并不站起来迎客,只是漾开满脸的笑意——那笑开的脸,就像海上升起的一轮明月。迎客的是店里一个穿茶绿色仿古服饰的小妹,她一边殷勤地迎进客人,一边堆起还有些青涩的笑脸。我并没有把目光停留在小妹身上,那轮明月的光辉,已使周围一切黯然失色。

走近细看端端,只见丰腴的她黑衣黑裙,短袖紧身黑衣的 V 字领开得较低,不经意间,透露出一点成熟女人的风情。乌黑的头发往后梳去,黑亮亮地在脑后盘了个髻。光润的脸庞和光洁的颈项,因此全然熠熠生辉地显露出来。而她耳垂上嵌着的两颗珍珠,相映生辉地和她的脸庞脖颈一起沉静地放射着高贵的光华。这个女人的脸蛋,此时看上去,又像一朵洁白无瑕的昙花,沁人心脾地盛开,她的黑发黑衣黑裙,是昙花盛开时的暗夜背景。

这就是端端,我永世不能忘却的女人。

端端大方地坐在红木茶桌边,一边吩咐店里的女孩拿上好的茶叶来,一边面露笑容,亲和地说:"张校长第一次来吧?"我十分讶异,她居然是认得我的!我在她对面坐下来,正好平视着她的眼睛。她的眼睛像月光下的两个小水潭子,幽深而又清亮,那密长着的睫毛,则像月光下水潭子边上丰美的水草。这让我的记忆,迅速沿着时光隧道,回到年长我许多的大姐年轻时候。我一杯接一杯地喝茶,喝着喝着,我竟像喝醉了酒的人,毫无顾忌

197

地对着这样一双眼睛，敞开千疮百孔的心。我跟她说到青春年少时分配到中学当物理教师；说到第一次无意中听到洪梅弹琴，循着那拨动心弦的琴声，我邂逅了更打动我的洪梅本人，与洪梅深深相恋时，除了我，大家都知道她是市教育局局长的千金；说到岳父一步步把我从年段长到教务处主任到副校长再到校长提携上来的知遇之恩。

后来我又像个委屈的孩子，说到了洪梅七年前车祸后智商只剩下三岁孩童的水平，以及常常会像刚才出门前那样，像个小毛孩躺在地上拉了一身的大小便。

我说到这里说不下去了，停了下来，端起茶杯要喝一口润润嗓子。端端拿下我的杯子，倒掉凉了的茶，换上一杯热腾腾的茶。这时，我惊异地发现，端端那清亮幽深的眸子，蒙起了一层白白的雾气。

端端沉闷钝重地放下茶壶，说："你头顶着'五好文明家庭''师德标兵'的桂冠，到处做报告，你的为人不得有半点差池，成千上万双眼睛盯着你呢。可你又是烟火中的凡人，不可能没有七情六欲。太难了!"想起年复一年面对一个脑袋彻底坏掉的病人的无法述说的苦痛，我的眼睛潮湿了，我情不自禁地对她说起七年来我作为一个健康男人身体上所受的煎熬，以及这种煎熬，有时会让我如一头困兽，躁急得几乎要发狂。可是我不敢越雷池半步，连向人诉说的勇气都没有，因为我是"师德模范"！我的家是"五好文明家庭"！

这时，那白雾已慢慢凝成了一些晶莹水亮的东西，粘在月光下的"水草"上，如秋霜。

七年了，一吐为快。

回家的路上，有月光，我穿过月光回家，如从清水中走出来一样，神清气爽。

我开始像吸食了鸦片那样，不断地去端端那里，一天不去便心神不宁，坐卧不安。

端端很快便用她那丰盈的胴体，接纳了我，让我尽情地在上面驰骋。我压抑七年的激情，一旦爆发，便如火山，局面不可收拾。

我一直以为，端端的一双儿女，一定是一对金童玉女。直到那天，看到周末未去上学的他们，竟是两个毛糙的孩子，他们围在端端身边聒聒噪噪吵个不休，端端耐心地在跟他们说着什么，我站在远远的一边，一直琢磨不透，端端的孩子怎么会是这样的样貌，完全不和端端在一个层次上？

见到端端丈夫是在一个周日的上午。八点多的光景，相邻的店铺都还关着，端端的茶庄却已开门——端端往常并不这么早开门，我恰巧路过，便顺路走进去看看。店里没有其他顾客，端端正和一个男人分坐两边闲散地喝茶。端端见是我，自若地站起来招呼，把那男人介绍给我，说是她丈夫，平时在安溪收茶，收完茶送到这里来卖。那男人大约常年在外走动，皮肤比较粗黑，右手无名指上戴着一枚硕大的金戒指。

我终于找到端端有那样一对儿女的答案。

这已是我与端端有了亲密关系之后了。

而看到端端的丈夫和她的巨大反差，除了让我替端端感到极不自在之外，还使我变得更加"肆无忌惮"起来。

我知道自己的无耻，可我不能从"无耻"的泥沼中自拔。

端端的丈夫并不成为我与端端继续我们亲密关系的障碍，他不常到城里来。我和端端甚至探讨过种种重新"洗牌"的方案。每当我们探讨这个问题的时候，端端总会在最后，把她光洁润泽的手掌，轻覆在我的手背上说"我们一起来照顾她吧"，这让我们的良心安然一些。

我的最大阻碍是岳父。

　　岳父终于耳闻了我与端端的关系。有一天，岳父把我叫了去，严厉警告我要对洪梅不离不弃，否则将让我身败名裂，当不成这个一级达标学校的校长。一向慈祥和蔼的岳父，甚至还为此不顾自己心脏随时会出现故障，一边愤恨地把一只茶杯"噼啪"摔碎在地上，一边指着我，怒骂我是忘恩负义的"陈世美"。我深知岳父对他唯一女儿入骨的疼爱，也深知虽已退休，但作为一个教育界老领导在教育界的余威，我也为自己的背信弃义感到无限羞耻。

　　我只有放弃端端。

　　这之后的一天，岳父来看我。

　　为了方便晚间照顾洪梅，为了减轻我的负担，母亲让洪梅晚上跟她睡一间。岳父一进门，便先到母亲和洪梅的卧室去，去看他永远不能放下的女儿。无论洪梅是当年的才高貌美，还是今天的弱智低能，岳父始终那样疼她爱她，这使我深感不安和愧疚。

　　母亲和洪梅卧室的门开着，岳父还是弓起食指和中指，稍稍在开着的门上"笃笃"扣了两声，才走进去。我跟随其后，也走了进去。母亲正在给刚起床的洪梅梳头。洪梅的脑袋坏了，但头发依然和她年轻时一样，黑黑亮亮。这是她脑残后，浑身上下唯一没改变的地方。是不是脑袋一旦停止思考，头发衰老转白的进程，也会随之停止？

　　母亲把洪梅的长发，编成一根麻花辫，拖在脑后。母亲一早忙着做早饭，照料洪梅，自己尚未梳头，头上零散地跑出来的白发，随着她给洪梅一下一下梳头，在从窗户透进来的晨光中，一颤一颤地动着。洪梅一边乖乖地让母亲给她梳头，一边聚精会神地读着一本琴谱。那本琴谱是上下颠倒着拿的。这是洪梅安静下来时，唯一会做的事。

　　岳父依次看了看婆婆媳妇俩，摇了摇头。"来了，坐"，母亲看到岳父，笑了笑,放下手中的梳子,挪开洪梅床上的一堆衣物,招呼岳父坐下。岳父缓缓在洪梅的床边坐下。岳父的目光从婆媳俩身上移开,正好落在床头柜上洪梅在冬日早晨临窗弹奏钢琴的照片上。岳父轻轻叹了口气。

客厅里有我刚开始泡的工夫茶,我退出到客厅,为岳父捧来一盏工夫茶。"爸,您喝茶",我轻声请正对着洪梅弹奏钢琴的照片看得发呆的岳父喝茶。岳父迟缓地转过头来,他的表皮松弛的眼眶里,有隐隐的苍凉的泪光。"爸,您喝茶",我又叫了一声,岳父这才接过我手中的茶。

岳父走出母亲和洪梅的房间时,把我亲爱的妻子洪梅在冬日早晨临窗弹奏钢琴的照片,从母亲和洪梅的房间拿出来,端端正正地摆放到我房间的床头柜上。我忐忑不安地看着岳父默然却执拗地做着这一切。"爱她,安慰她,尊重她、保护她,像你爱自己一样。不论她生病或是健康、富有或贫穷,始终忠于她,直到离开世界。"岳父放好后,转过头来,语重心长地背诵着基督教结婚誓词,嘱托我。

岳父坐了一会儿,说要回去了,我把他送出门,送到电梯口。电梯上到我家的这个楼层时,岳父重重地握住我的手,说:"奋斗到今天,不容易啊,请多珍惜!"他藏在羸弱绵软的手掌中的骨骼,硬硬地触着我的手指,像一道道无声的禁令,让我以后再有越雷池的想法,便会胆寒起来,直到他去世。

自那以后,每天我从睡梦中醒来,第一眼看到的总是这样的画面:冬日早晨的阳光,从临湖的窗户斜切进来,播洒进来一片洋洋的暖意。窗下钢琴的共鸣箱上,摆着一只花瓶,瓶内插着一支红梅,正幽静地吐着芳菲。洪梅在花下弹着一支曲子。洪梅脖颈上围着真丝围巾,丝巾的两角,在她的额下随着节奏轻轻颤动,在淡金色的阳光和清越的琴声中泛着华贵的光泽。

后来看《大宅门》，看到白玉婷和万筱菊的照片结婚，看到万筱菊最后为躲避日本人来到白玉婷家，看到白玉婷与他的照片结婚多年时震惊愧疚的画面，我的眼泪，哗哗地，流成汹涌的河。

从岳父的葬礼上回到家，我推开母亲房间的门，见母亲斜依在床上看着窗外，浑浊的老眼里，闪着两点晶亮的光。我走了过去，像小时候那样，依着母亲，坐在她床头。母亲伸出她粗糙温暖的手，拉着我的手，说："儿啊，他也走了，你和她离了，养着她，再找个人吧。要不，看着你这样一辈子，我死了也不能瞑目。"我深深地叹了口气，眼睛从母亲脸上移开。这时有个身影进入我的视线，是何青，她正捧来两杯热茶站在门口。我抬头示意她端过来。她轻着手脚端了过来，给母亲一杯，给我一杯。

何青在我家虽不言不语，做事却灵活，知进退。我们这个弥漫着浓重霉味的家，由于再次出现年轻健康的女性，像吹进了一股小南风，霉味都淡了。

我从何青手上的托盘里端过茶来时，眼光无意中落在她从挽起的袖子里露出的小半截光洁的手臂上。她泡茶前大概是刚洗了茶杯或洗了手，她的手指虽不是纤细的那种，但肤色白皙，隐隐地透着粉红的青春健康的颜色，光滑的手臂上，犹粘着一些水珠，灯光下晶亮的水珠，反衬得那手臂，光亮得像上了一层透明的油脂。这让我突然又强烈地想起端端，想起端端那莹润的丰腴的，越是炎夏越是沁凉如大理石的胳膊。那难以抑制的冲动的感觉，呼之欲出。

我实在太需要了！

我和潘玉樱见面，约在一家叫作"茶情"的茶馆。

"茶情"的桌椅是藤编的，滴水观音碧绿地点缀其间，轻音乐在滴水观音阔大的叶面上涓涓流动。

潘玉樱比我早到,她在看报,听到我走过去的声音,放下手中的报纸,有礼貌地站了起来。我上下快速地打量了她一眼——我明知道这样做失礼,却还是管不住自己的眼睛。潘玉樱有些瘦弱,也许是因为偏于瘦弱的缘故,她看上去要比她的实际年龄老气些。不过,她清秀的眉眼以及从那清秀的眉眼里发散出来的幽雅的气质,让我心中悄然一动。我坐下来,和她相对喝茶,才慢慢悟出,潘玉樱的眉目和气质,颇像过去的洪梅——这个良好的开端,让我有了与她聊天的欲望。

于是,我说我唯一的儿子,她说她唯一的女儿。这是我们这样年纪的人聊天中出现频率最高的话题。

我说我的儿子结婚后另住,儿子儿媳孙子都忙,逢年过节才匆匆回来一下,平时要见儿子一眼都不容易,儿子儿媳像是这个家的稀客。潘玉樱说她倒是天天和女儿住在一起,女儿女婿外孙女倒是天天回家,所以就有忙不完的家务,自己做着做着就成了女儿家自带饭票的老妈子。"你看我的手,还看得出它曾经天天拿着画笔吗?"潘玉樱颇为哀怨地说着,把她的一双手伸到我面前。那是一双不是太粗糙,并且在它变成表皮松弛之前,一定是双修长白皙,像洪梅曾经用来弹奏钢琴的充满灵性的手。我怜惜地对它们看了又看,却没有太多把它们握在手心里的冲动。

回家的路上,天已黑透,但因华灯齐上,城市显得比白天更加繁华绚丽。我和潘玉樱互道再见,分别回家,我们的家正好在相反的方向。

回家的路上,我不知不觉又走到端端曾经开的茶庄门口。

和端端分手后,端端就走了,彻底从这个城市消失了,就好像这个城市,压根就没有接纳过端端这个人。我曾止不住一次地徘徊在曾经的"端端茶庄"门前,有时在阳光明灿灿的正午,有时在灯火阑珊的子夜。每一次从曾经的端端茶庄门口回来,心中都是无比的空。等到"端端茶庄"变成一家乌烟瘴气的餐馆，我就不忍再去了。怀念端端的方式变成把自己的书房改成一间"茶馆"，完全的端端风格。"茶馆"的中间是红木茶桌和四只太师椅，从天花板上挂下来两盏宫灯，每到夜晚便会发出暖洋洋的红光，照着我孤寂地坐在灯下，无数遍细数和端端在一起的点点滴滴。

回到家，简单吃过晚饭，我照旧走进我的"茶馆"看书。何青随后走了进来，静静地帮我烧水泡茶。何青刚洗完澡，披着半湿的乌黑头发，穿着白底绿花的长裤长袖睡衣。何青端过一杯茶来，挟来一缕女孩的芬芳，让我不禁把头从书页上抬了起来。何青的睡衣的长袖子有些短，她丰润的手腕上犹带着些洗澡时的水珠，在灯下泛着鲜藕一样圆润鲜活的光泽。何青递茶给我时，袖子轻俏地扫过我的手臂，凉润的手腕不经意间触碰了我的手指。

我喜欢让这样的何青留在家里做事，还只是喜欢，完全没有想到会发生那样的事。虽然这期间，仅隔一个月。我和玉樱隔三岔五地约会着。我喜欢陪她去超市，她挑着肉啊、菜啊什么的时候，会一边絮絮地教我怎么去把这些菜做得营养又好吃。我的心中因此会涌起俗世里相濡以沫的温暖。我推着超市里的推车，紧跟在她身边，像多年前提着菜篮子跟在洪梅身边那样。不过也不全像，现在似乎更婆婆妈妈了一些，大约是年纪大了，又从岗位上退下来，没有了事业的精神支撑，对一个"伴"就更加依恋了。那时陪着洪梅购物，洪梅总是一手挑着东西，一手挽着我，不断地在我耳边娇俏地说着什么样的水果好吃，什么菜价钱贵得没有天良。玉樱给我带来的是生活的祥和，洪梅让我倍尝的是生活的甜美。只是，这甜美，早已失落在十五年岁月的那头。

在我的鼓动下，玉樱重新拿起画笔。一天，我坐在山坡上看她画落日，夕阳给她的侧面轮廓镶了淡金色的毛边，使她苍老的面容柔和明丽了许多。那美好的情景,让我仿佛又回到洪梅弹琴我在她身边放声高歌的好时光。我想呆了时,玉樱画完了,侧过头来看着我,有一些东西在她四周布满细细皱纹的眼里熠熠闪光,像拨开灰烬后看到的未燃尽的一片火星。可是,火星没有把我引燃,因而,火星红亮了一下,也就熄灭了。

我们一同从绿草坡上缓缓走下来时,看上去像一对老来为伴的夫妻。我在她踢到一块石头,身子趔趄时,毫不迟疑地赶上前去,及时伸出手,扶住她。我在成功地扶住她,没有让她摔倒时,我的手肘和半个肩,几乎撞着她的胸。我沮丧而惊讶地感觉到,她似乎浑身到处是硬硬的骨头,而最能体现女性优美的胸部,则几近荒芜!

我猛烈地想念起端端。

我和端端的第一次,就在她茶庄后面的小房间里。那房间,不是端端的卧室,是她给店里的女孩晚上睡觉用的,很简陋。可是,我们那天实在忍不住了,我们双双隐进那间阴暗的小房子。在端端给雇工的那张简易的床上,我们迫不及待地开始。我们刚开始时,还听得到店里的小妹们和客人品鉴各种茶叶时杂杂碎碎的声音。可是,端端丰美莹白潮润的胴体,像一坛醇厚甘美的陈年佳酿,使干渴已久的我,恨不得就此长醉,永不醒来。因此,几分钟后,我们便只听得见彼此急促的呼吸和"咚咚"的心跳。天呀,想不到,谨言慎行了一辈子的我,成熟而善解人意的端端,竟然如此大胆,如此不顾一切,飞蛾扑火般地奋不顾身。

"再见,张校长,今天,真感谢你啊。"我想呆过去时,脚步也慢了。走在前面的玉樱,站在金色的夕阳中,眼中隐隐含情,细声地对我说完,转身走进阴影地带,走向回她家的路。我在凉薄的阳光中看了她好一会儿,她渐行渐远的枯瘦的背影,印满了我颓丧的目光。

如果没有那夜,如果没有那夜,我是否会顺理成章,如我的老母所愿,如我们双方子女所愿，和玉樱走到一起？

那是怎样的一夜？我一直不能清晰地回忆起具体的细节，因为那夜我醉了八分。

那晚，我去参加同事儿子的婚礼。我去迟了些。我到的时候，宾客早已入席，菜已上了两道。我找了个空位坐下，然后回头看了一眼新郎新娘坐的主桌。不知怎么，我的眼光跳过艳光四射的新娘，落在正转过头去跟人说话的新娘母亲身上——同事儿子的婚礼是男女双方合在一起办酒席。新娘那位身着玫瑰紫立领天鹅绒旗袍的母亲，我的目光一旦粘在她身上，便无法移开：她的脖颈、胸、肩、腰的线条，是那样饱满、柔美、流畅。我这样一直看着，一直到她转过头来，天啊，海上生明月！我的血几乎凝固，那明月的光辉，使红光四射眉目颇佳的新娘迅速降低到俗艳的档次。

我失声叫道："端端。"

我知道，那不会是端端。幸亏我的声音只在我的唇上滑过，身边的人并未听清。

酒席上，自始至终，我都在喝酒——除了喝酒，我不知道还有什么可以让我的心止住疼痛。

我忘了我是怎么回的家，好像是同事让我搭他朋友的顺路车回去。我一回家，晕晕乎乎地漱洗了一下，便倒头睡在床上。"喝点汤吧"，不知何时，何青端了醒酒的酸汤来，坐在床头叫我。何青一边把汤放在床头柜，一边把她沁凉滑润的手指放在我的脸颊上抹了抹，然后伸出整个手臂，接着靠过来小半个身子，把我从床上"扶"起来。我紧紧抓住何青丰腴光滑的手臂，口里不住地叫着"端端，端端"。忽然，血往上涌，我一把把她"放"倒在床上……

我后来能记住的就这些了，我后来记得最深刻的，是何青那与端端一

206

样丰盈滑爽的肌肤，让我饥渴已久的身体如饮甘霖。

那之后不久的一个晚上，母亲已睡下，何青到我的卧室来收拾我换下的衣物。我把何青叫了过来——自从那夜之后，我一直避开何青的眼睛，也不敢开口叫她的名字。

我坐在书桌前，何青有点怯怯地站在我背后，一丝少女身体的芬芳，轻轻飘荡过来，和我的思绪搅在一起。我定了定神，从抽屉里拿出一万元，无声地推到桌边。

何青看了一眼那叠钞票，急急地结巴地说："不不……我不……我要永远和你在一起，永远住在这个家里，照顾奶奶、洪梅阿姨和你。"永远和我在一起！永远住在这个家里！天啊，我这是在做什么？我的脑袋成了真空。这时，何青浑圆光洁的手臂，从后面绕过来，紧紧缠绕住我的脖子，并把她圆润光滑的脸颊，无比依恋地紧贴在我松弛多皱的额头上，我的鼻孔瞬间充满少女的芬芳。接着，她把她生机盎然茂盛蓬勃的年轻的身体，也靠过来了，无限依赖地紧紧贴在我的后背。透过薄薄的衬衫，我的身体像接通了电源一般，浑身的毛孔，像一张张饥渴的小嘴，全部贪婪地张开，不顾一切地吮吸舔舐着年轻女性的甜美芬芳。"答应我！我们永远在一起"，何青嘤嘤哭泣着在我耳边说，几颗泪珠，骨碌碌地，滚进我的脖子里，烫着我的皮肤。

"张校长样样都好，就只是晚上爱打呼噜，在他身边，总是让他吵得睡不着……"潘玉樱第一次来家里找我，何青边殷勤地给她沏茶，边笑着陪她聊天。何青对她讲这话时，我接到玉樱的电话回来，正好打开家里的门。我看到玉樱的脸色瞬间变白。我也傻愣在那里——并不是我有多么害怕失去玉樱，而是太吃惊何青，她是因过于单纯口无遮拦，还是有意说给对方听的？！

这时,何青镇定自若地走过来,平静如常亲昵体贴地接过搭在我手臂上的外衣。我百口莫辩地微张着嘴——以我的行为,我又怎么能够申辩,我呆愣愣地看玉樱青灰着脸,低头从我身边侧身而过,疾步走出我家的门,永远消失在我的生活中。

（原载《厦门文学》2010 年第 5 期）

我爱小蝶

身高一百六十厘米，体重一百斤，若是在一个妙龄姑娘身上，无论她的五官长得如何，先就要给她及格分了。可要是一个年轻小伙，那就是三等残废了。

我很不幸地，就是一个这样的男人。

小蝶在与我相恋七年后，还是离开了我，多半是因为这个原因。

不过，一开始，在小蝶眼里，我的形象是高大的，甚至是光辉的。那时的小蝶，也是那样纯净、清丽，像清晨一颗闪光的露珠。这些美好的往事，开始于我从师大毕业分配到我们那所城郊中学的第一年。那一年，我做了那届高一(1)班的语文老师。

从我第一天走进高一(1)班的课堂,我就触电般地看到那双乌黑明亮的眼睛。很快我发现,那双眼睛,属于一个皮肤黝黑、瘦小,还未发育开来的女孩。这个显然来自贫困家庭的女孩,长着一张天生俏丽的脸:黑而亮的眼睛,眼睛上面,扬着两弯柳叶般的眉毛,一份与生俱来的俊秀和好强的心性,都从那扬着的眉毛展露出来。而那直挺的鼻子、棱角分明的秀气的嘴,则让自身的灵秀和内心的毅然,从她黑瘦的贫瘠里顽强地脱颖而出。

这个女孩,她叫小蝶!

我几乎每天带着昂扬的心情,走进高一(1)班,因为小蝶黑而亮的眼睛,总是纯净专一地紧紧追随着我。在我口若悬河的时候,那双眼睛便会迸发出欢乐的浪花。我在这双眼睛里,逐渐意识到,我是本校少有的妙语连珠知识渊博的语文老师。我多年来因身体条件而带来的强烈的自卑,在不知不觉中褪去了。

所以,在小蝶高一年下学期,因家贫辍学时,我急不可耐地骑了十几公里自行车,赶到小蝶的家。我一见面,就对闻声出到门口迎接我的小蝶的父亲说:"把小蝶读书的事交给我吧!"同时用力握住小蝶父亲那双骨节粗硬,到处裂着口子的手。从那天起,一直到她大学毕业,我把省吃俭用,准备用于将来结婚成家的钱,全拿来支持她完成学业。

小蝶复习迎接高考的那些炎热而辛苦的夜晚,也是我们的感情进入炽热状态的阶段。我夜夜在宿舍为小蝶做夜宵,边备课边等着她下晚自习来吃消夜,滋补她能量大量消耗的身体。

我常常站在小蝶对面,背靠着墙壁两手交抱在胸前,望着用功一夜的小蝶在灯下吃夜宵的欢快模样;望着她光洁额头上沁出晶莹细密的汗珠,义无反顾地想,无论这个女孩是否考上大学,我都要娶她为妻,爱她疼她,一生一世和她在一起。

210

小蝶吃完夜宵,我送她回宿舍。我们在漫天繁星的夜空下,双双穿过绿草如茵的操场,走向小蝶的宿舍。凉爽的夜风,清唱着歌谣,掠过青草的叶尖,把青草淡淡的清香,一阵一阵地带过来。我们在这样怡人的夜风中,憧憬着小蝶考上大学后的美好未来。小蝶总是高高扬起那两弯柳叶般的眉毛,意气风发地说:"大学一毕业,我就嫁给你!"不过,在高考逼近的时候,小蝶也会不无担心地问我:"要是我考不上大学怎么办?"小蝶这样说完后,会用她那黑亮的眼睛,一心一意地望着我。此时她黑亮的眸子里,会流露出来自困苦生活的深深的忧虑。那深切忧虑的目光,会让我想起她那个贫困的家,会让我十分心疼地,一把把她抱在怀中,注视着那双眼睛,毫不犹豫地说:"那我就马上把你娶回家!"

小蝶如愿以偿地考上大学,并且上的是我母校的中文系。

不过小蝶并没有在她大学毕业后嫁给我。

小蝶对我的嫌弃,始于大三。

那几年,在我的全力资助下,小蝶基本上过着衣食无忧的日子。因此,刚进入大三的小蝶,就破茧而出,蜕变成一个身材匀称、凹凸有致、肤色光滑润泽,浑身洋溢着青春气息的发育良好的女孩。进入大三的小蝶,身高甚至高出我三厘米,小蝶因此不敢买高跟鞋穿,也渐渐害怕我去学校找她。在小蝶的同学们向我们投过来的越来越类似看异类的目光中,尴尬的神情明显地漂浮在她俊秀的脸上,像褐色的蝴蝶斑。阳春三月,我利用周末去找小蝶。我和小蝶走在母校那条两旁芳菲的樱花如云盛开、学生熙来嚷往的大道上,我形象上的猥琐,反映在一派青春灿烂的小蝶脸上,已是掩饰不住的痛苦和难堪了。

大四是小蝶痛苦挣扎的一年,她既不能违背内心来接受我,也不敢无视我六七年来在感情和金钱上的付出。

　　小蝶和我彻底分手，是在小蝶毕业分配后。小蝶说："我会从每个月的工资中拿出大部分钱还给你，直到还完这七年来你给我的资助，包括利息。"

　　可是，这七年来，我倾注在她身上的感情，以及她弃我而去给我留下的痛苦呢？是钱能了结的吗？

　　"可我给了你一个女孩最宝贵的东西！"小蝶涨红了脸说，满面的泪痕。

　　我心如刀绞，但是小蝶满面的泪痕，让我颤抖地选择了放手。

　　小蝶的离去，摧毁了我所有的自信，并使我长久地沉浸在痛苦的深渊。我这时候，已是三十几岁的大龄青年，我弟妹们的孩子已可以满世界跑了。并且，这些年资助小蝶，资助弟妹结婚，我不仅囊中空空，还借了外债。

　　一年后，小蝶把那笔钱一口气还上了，是从大三开始就追她的颇有背景的男友替她还上的。

　　我把沉甸甸的一堆钱，恨恨地存入银行时，翠珊来了。

　　翠珊是我伯母的远房亲戚。伯母说："别看翠珊是四川山区来的，可是个心灵手巧、勤快俊俏的好姑娘。除了没有上大学，只是初中毕业外，一点也不比你那个忘恩负义的小蝶差。"

　　我是在伯母和母亲的极力催促下见的翠珊。曾经沧海难为水，小蝶之后，对感情的事，我早已心灰意冷了，只是，我需要一个容纳这副躯体的窝，所以，屡屡有人介绍对象，也会勉为其难地前去相看一番。

　　当我跷着二郎腿，坐在伯母家的客厅抽烟喝茶时，翠珊由伯母带着，有些羞怯地走了进来。隔着自己制造的"烟幕"，我不当回事地用目光横扫局促地站在一旁的翠珊。横扫之下，我大吃一惊，待在那里：这不是多年前的小蝶吗？！

212　　只见这个叫翠珊的女孩，一身浓郁的乡土气息，却怎么也掩盖不住那双和小蝶一模一样黑亮的眼睛的光采。而且,让我暗暗感到惊讶的是,当时刚从贫困山区来的翠珊,居然还有一对柳叶般的眉毛,很有决心地扬在脑门上——不过,这样的惊讶只从我心中一掠而过,雁过无痕,一点也未让我由此预见到翠珊后来的大能耐。

翠珊寒碜的衣着,也一点无损她挺直的鼻子、棱角分明的秀气的嘴巴,传达出俊俏和对艰苦生活的不屈。这酷似小蝶的眉眼,像打开的魔瓶,让小蝶与我的往事,纷纷涌上我的心头,我干涸已久的心,随即充满酸酸甜甜的滋味。

想到小蝶还我的钱,连同高额的利息,丰厚地躺在我的存折上,我坚定了迟疑已久的决心:我要用小蝶还我的钱,娶回一个酷似小蝶的女人!

从伯母家走出来,我对尾随在我背后,并快步走过来围住我,关切地询问我的父母亲,说:"下个月结婚吧。"我父母先是双双愣住,不敢相信般地又问了一遍,直到听到同样的回答,脸上才露出如释重负的笑容。我则仿佛听到一块大石头从他们的笑容里,骨碌碌地滚落下来。

伯母把我的话转告翠珊时,她先是满脸绯红,眼眸放光,然后急忙悄悄地写信回家,禀报喜信。这是我伯母后来告诉我的。这也是我能想象得到的:虽然翠珊个头比我还高出三厘米,是个漂亮姑娘。但是,她嫁的可是个读过大学的中学教师。

她来我们这里的初衷,也只是指望能找个家境宽裕些的普通农村青年。

翠珊在和我结婚后的第二年,就为我生下儿子振振。

从翠珊和我结婚的那天起,一直到我后来调到现在的这所省重点中学,一直到翠珊出去找事做的几年,除了翠珊坐月子的那个月,我接了母亲来照顾她,我从未照顾过她一天。甚至,看着酷似小蝶的翠珊,在怀孕初期   213

每早起来,扶着墙,在公共卫生间吐得昏天黑地,还坚持为我做早饭;快临盆时,挺着大肚子,行动极为不便,却还是洗衣、拖地里里外外地忙,我的心中竟升腾起一丝报复的快意。

从儿子满月起,翠珊便开始承担起照顾孩子和料理所有家务的重担。

夏天炎热的上午,我一早去上完两节课——我基本上是每天一早去上完两节课,然后就可以一整天待在家里。我上完课回来走进家门的时候,我们家的厨房正开始忙碌起来。翠珊把儿子利索地背在背上,腾出两只手来洗菜、切菜、淘米。很快地,厨房里的高温,使汗水把翠珊额前的头发热趴在她的额头上。儿子也常在这时来添乱,两条小腿出其不意地打个小挺,一股热热的尿水,就"滋"地下来,湿了翠珊大半个后背,紧接着,还委屈地张嘴"哇哇"大哭。翠珊手忙脚乱地熄了灶上的火,把儿子从背上解下来,边抱着哄,边忙忙地走进卧室换衣服。翠珊在分身乏术地做着这些事时,还总不忘先跑来关上客厅的门,不让儿子的哭声吵了我。这时候,我常是正坐在我们家虽朴素,却被翠珊收拾得窗明几净、井井有条,看起来格外清净舒适的客厅里茶几边,泡上一壶工夫茶,抽着烟,或备课改作业,或拿了叠当天的报纸随便翻看。

我就这么视而不见翠珊的辛苦忙碌和儿子的委屈吵闹,消消闲闲地胡乱翻着书报,煞有介事地备课改作业,直到翠珊把精心烹调的饭菜摆好在桌上,喊我过去吃饭。

有时,我也会在心里咒骂自己:简直不是人!可是,过后,还是故伎重演,一点也没想过要替翠珊做饭,或把儿子接过来,像所有的父亲那样,疼爱有加地哄着儿子。我有时会疑惑且困惑地想:是否我疼儿爱妻的心,早在小蝶身上用尽了?

男同事到家里来撞见这样情景,再看到结婚之后,翠珊的好厨艺把我养胖了一圈养白了一层,纷纷到学校把这事一宣传后,惹得女教师们见了我,恨恨地骂我没良心;男教师们深深羡慕我娶了农村女人——并且还是个漂亮女人的艳福和实惠。

翠珊天性是个极勤快极爱干净的人,因此,伺候着一大一小,一天到晚比别人加倍忙碌。翠珊这样跟着我,毫无怨言,把我的懒惰和自私,归结为读书人不会做,不习惯做。翠珊不但毫无怨言,还长白长胖了。有时我上街逛完书店,也会良心发现地为她带回几件时尚些的新衣服。

每当翠珊看到我手上为她带回来的衣服,便会高兴得弯下扬着的眉毛,嬉开笑脸,飞速地拿到镜前试穿。等我慢慢走到镜子前,翠珊已变成一个风姿绰约的少妇,成熟果实清香甜蜜的气味,从她高挑、微微丰腴、俏丽的身上流散了出来。

这个漂亮傻气的女人,不由我不对她心生几分怜爱。

我每天除了看看书报,就是把精力和时间用在备课和改作业上,我因此很快成了远近闻名的名师。接着,凭着教学成绩和名气,我调进市区的一所省重点中学。

令我意想不到的是,小蝶居然也在这一年,从另一所学校调来了。那天,我穿着被翠珊濯洗得洁白又散发着皂香的竖条子衬衫,擦拭得油光锃亮的皮鞋——即使是炎热的夏天,我也喜欢穿着皮鞋,它能给我更多底气。我踌躇满志地走进省重点中学——市一中报到,我意外地见到小蝶。

在我的目光从弃我而去、栖向高枝,几年未见的小蝶脸上掠过时,我震惊地看到了这样的小蝶:当年点亮她整个脸庞的又黑又亮的双眸,黯淡无光地嵌在她瘦削苍白的脸上,使她的脸色更加灰暗了。挺直的鼻、棱角分明的秀气的嘴,竟然流露着受尽委屈又不肯屈从的落寞神情。宛若樱花盛开的繁盛绚烂,在她身上,荡然无存。

　　小蝶意外地看到我时，先是愣了一下，随即，一个勉强的笑容，浮日一般黄淡地在她的脸上站不稳般地晃动了一下。在她久违的笑容里——如果那叫作笑容的话，我触目惊心地看到，许多的细纹和星星点点的雀斑，跃然她的脸上。

　　这还是那个我爱过，恨过，至今还会出现在我的睡梦中，唤醒我痛苦记忆的小蝶吗？

　　小蝶，这几年，她，发生了什么事？

　　初见小蝶那一刹那的鄙夷和恨，竟变成惊心动魄的担忧。

　　自从我调进市一中，翠珊更加精心地侍候我，以我为荣，用后来的话说，把我当作一只一路飙升的绩优股！我在家里养尊处优，高高在上，说话掷地有声，身高和体重给我带来的已不再是自卑，我甚至还自我膨胀，自认为是一块闪闪发光的金子，看着虽渺小却异常贵重！

　　这样的好光景，一直持续到翠珊在儿子振振上幼儿园大班寄全托后，要求出去找事做的那一天。

　　那天，翠珊一边像往常那样端来早饭，一边对坐在桌旁边哗哗地翻动早报，边等着吃饭的我说，现在养一个孩子上学费用很大，她要出去赚点来贴补家用。我讥讽地笑着说："凭你，能赚到几块钱？"这是我表面上反对的理由，实则心里是害怕翠珊找到事做后，我不得不帮着做饭接孩子。我早已被翠珊伺候成懒骨头了。

　　翠珊思忖了一下，又说："你身体不大好，万一在振振长大之前，有个什么意外，我又没工作，我们俩靠谁去？"从依顺惯了的翠珊口里，忽然抛出如此冷峻的话，让我着着实实地吃了一惊。我愣愣地看着翠珊，她的眼里，停泊着我完全陌生的冷光。这冷光穿透我面前薄薄的报纸，箭一般直射在我心上，让我在她面前绝对的优越感顿失：世上的事，谁又能打保票呢？不为翠珊,也要为振振着想。

　　翠珊终于通过亲戚介绍,在一家餐馆找到一份当厨师的活。

　　从翠珊给我做第一顿饭起,我就不怀疑她会是个出色的厨师。

　　很快地,翠珊拿回来的钱越来越多。当然,翠珊移交给我的家务活也越来越多。

　　几年后,翠珊用我们多年积攒和向亲戚朋友多方筹凑的钱,从老板手中接手了那家餐馆。从这时候开始,在我们家,我完全取代翠珊的角色,在课余时间的舞台上,扮演的是家庭妇男。

　　翠珊自己当老板后,更忙了。每天晚上回来已是凌晨一两点,我早已睡着了,白天十点多出门我尚未从学校回来。晚出晚归,没有节假日,我常三五天见不着她的面。不过,翠珊拿回来的钱越来越多,并且在一个晦暗的黄昏,带回一个肥胖的乡下妇女,从此解放了我这个家庭妇男,使我重又见到光明。

　　从翠珊盘下餐馆的第一年起,我就不怀疑她的经营能力。

　　有钱有闲的我,用翠珊挣的钱穿名牌,抽中华烟,阔气地请客。哄得我们同年段和同教研组的小美眉们,都想粘住我。有名牌的精良包装,有了些钱做底气,我迅速从"三等残废"晋升为"精品男人"。我常当着小蝶的面和小美眉们开些不荤不素的玩笑,或和男教师们说些彼此心照不宣的酸溜溜的话,特别是在知晓小蝶嫁的是个自己的房子、车子、票子、妻子"四个基本不用"的某财政处处长老公后,我更爱当着小蝶的面,接受大家的恭维:以前娶个"美奴"享受,现在傍个"美妻"享用。起先,小蝶总是默默听着,默然走开。我以为小蝶会被刺得流出痛苦、羞愧、悔恨的鲜血,可是,没有,到后来,每当我们这样说着时,小蝶会用一种成分复杂的怪异的目光,瞟我一眼,然后淡然地走开。

　　看着小蝶黯然的背影,我的心头会交替地爬上荒凉和快意,但从未分析她怪异目光里的成分。

　　和小蝶年龄相仿的翠珊,这时候却进入鼎盛时期。

　　餐馆吸纳另两位股东的资金,又向银行贷款,扩大规模,全面高档装修,更名翠珊酒店。

　　不缺钱打扮,不少美食靓汤滋养,再加上原本就眉眼俏丽,翠珊简直就像一朵开到极致的玫瑰,所有的花瓣都从花心处尽情地绽放开来,在灿烂的阳光下尽力吐出芳菲,美艳得近乎张狂。这样的翠珊,再加上这几年在商海里摸爬滚打锻炼出来的公关能力,使得酒店的生意一天天做得风生水起。

　　翠珊很快就成了有车族。

　　每天我从学校上完上午的头两节课回来,正是打扮得风情雅致的翠珊,用先富起来的准成功人士特有的气度,在许多双藏在宿舍楼窗户后或羡慕或嫉妒的眼光里,走向她的车子,开出宿舍区上班去的时候。

　　这样的气度,使用名牌服装撑起门面,用翠珊赚来的钱垫高起来的我,每次和翠珊外出,都会不由自主地退后她一步,充当绿叶的角色。

　　而当我们一家搬进四房二厅的新居后,在家里,就连儿子都不大把我放在眼里了。

　　有一次,看着振振的成绩单,我气得大骂他:"照这样下去,别说大学,连高中都考不上。"比我还高出半个头的振振,朝我翻了翻白眼,竖起酷似翠珊的眉毛,理直气壮地说:"上大学又怎么样,妈妈没上大学吧,赚钱比你多!我们家的房子、车子,哪一样不是妈妈买的?"我当场就被噎住,对这个块头比自己大的儿子,打骂不是,气得干瞪着眼,两手发抖,束手无策。

　　这些,我都还能忍。

我
爱
小
蝶

但翠珊一次一次地以累为由，一夜一夜地不让我碰她，让躺在黑暗中睡不着觉的我，身体内积聚的渴望，像水库里蓄积的汹涌的山洪，随时有让水库决堤的危险。

我在暗夜里，捏紧了拳头，又松开；松开了拳头，又捏紧。

我在漆黑的夜里情不自禁地想起和小蝶身心交融在一起的情景，于是，我对小蝶的恨，融化成一滩阳光下的雪水；于是，我在黑暗中进入了有小蝶的梦乡。

我的决定已不能当家里的决定了，但却总要无条件地接受翠珊的决定，比如，搬进新居后不久的一天，翠珊说她太忙了，作息时间又和我完全不同，从今开始不接受我的随意"骚扰"，各睡一房。说着，不由分说地叫振振把属于我的衣服被褥搬出我们的主卧，放到作为客房用的房间。

翠珊颐指气使的神气，儿子不把我当回事的神情，骤然点燃我心中炸药包的导火线，我当着他们的面，"砰"地狠狠把门关得山响，愤然离去，骑了车，往离家不远的学校去。

匆匆走进年段办公室，正是下午上课时间，年段办公室空无一人，我把包愤愤地掼在办公桌上，掏出烟，双脚交叠，高高搁在桌角，猛一阵吞云吐雾，似乎要吐尽这所有的窝囊气。

当我像一艘进水的船，沉没在我制造的烟雾的海底时，一个声音，突然从对面高高几摞作业本后传来："周老师活得真潇洒啊！"是小蝶不动声色的嘲讽的声音。

这个学期我和小蝶在同一个年段。安静的房间里猛然有人说话，吓了我一跳，从不主动和我说话的小蝶，说出来的话，让我哑口无言。

放学的钟声响后，老师们纷纷走进办公室，收拾了一阵，就都回去了。办公室重归安静，只剩我和小蝶两个不愿回家的人，各自无事找事地做着

219

事。直到夕阳收起火红的裙裾,暮色苍茫四起,小蝶忽然打破我们之间的静寂,说:"不介意的话,让我请你吃顿晚饭!""不就是一顿饭吗,走!"想起翠珊越来越霸道越来越不近人情,想起自己一步步退缩的窝囊,我恶狠狠地对小蝶说,仿佛出了一口恶气一般。

在我收拾桌面上东西的时候,小蝶去了一趟卫生间。回来时,她已化了个淡妆。薄施上的脂粉,隐去了脸上的斑点;略点上的唇彩,驱散了她落寞的神情,使她看上去明丽了好些。

女为悦己者容。难道小蝶还以为,我还爱着她? 一个冷笑蓦地在心头一现,这竟然让我好受许多。

七年,两千五百五十五个日日夜夜,难道就没有残留下一点爱,搁置在我心深处? 我又扪问自己。

我和小蝶去了一家星级酒店,吃烛光晚餐。

我和小蝶对面坐下,烛光在小蝶的脸上轻柔地摇曳。小蝶的脸,化上淡妆,再经过柔光的处理,细纹、斑点、落寞的神情隐去了。十几年的光阴,虽已悄无声息地流逝,但这样美丽的情景,又一下唤回我们曾经走在星光下的无数个夜晚的记忆,清晰如昨,历历在目。我情不自禁地看了小蝶一眼。在小蝶的目光触碰到我的目光时,我的眼中忽地起了一层雾,那雾气迅速浓重,几乎要凝结成水,滴落下来。我忙把目光移开,默不作声地吃饭。我怕我会像当年那样,情不自禁地冲过去把她紧紧拥在怀中。我们之间的空气,因此变得凝重滞涩。

如果当年小蝶没变心,或者说,没另外选择,她大学毕业后就和我结婚,我们是不是都会过得更好一些? 我哀痛地想。思绪恍惚飘摇间,小蝶已恢复常态,她拿起手边的高脚杯,碰了碰我的杯子,把残存的一点红酒一口喝干,放下杯子,直直地盯着我,狐媚一笑——以我与她之间现在的关系,我只能选用这样的词,意味深长地说:"等一我玩世不恭地说:'请便!'下我带你去一个地方,你一定会大开眼界!"一丝冷笑,从我的嘴角释放出来,经过一顿浪漫的晚餐,经历了一次短暂的情感释放,我轻松了许多,我倒有兴趣要看看小碟葫芦里卖的是什么药?

我跟着小蝶走出酒店。小蝶在酒店门口拦了辆出租车。上了出租车后,小蝶和我轻松地聊起当年我做他们班主任的一些人和事,只是小心地绕开我们曾经的情事。这许多年来,小蝶还是第一次和我说起这些共同的往事。

小蝶指挥出租车开进一个住宅区。我们下车后,小蝶带我走到一座住宅楼前的低矮的玉兰树下。夜幕早已降临,深邃辽远的天空中,繁星闪烁,像初恋的人纯情的眼睛。我们并肩坐在清洁滑凉的石凳上,晚风把玉兰花那让人心旷神怡的清幽幽的香,一阵一阵送来。我从小蝶的头发上,怜香惜玉地拿下一枚刚刚坠落在她头发上的花瓣,邪恶地笑着对小蝶说:"我们这样,像一对偷情的男女吧!""嘘",小蝶趴在石凳的椅背上,食指竖在她微微噘起的小巧的嘴唇前,有些顽皮有些神秘地小声说:"偷情的男人和女人来啦!喏,这是你老婆,从楼梯上606。"小蝶不知什么时候拿出一个望远镜,边递给我看,边指着说:"这是我老公,他从地下车库乘电梯上的606。"果然,我从望远镜里,清清楚楚地看到翠珊那我再熟悉不过的侧影,不过,那侧影,在门口昏黄的灯光下还发散着我陌生的妖冶之气。翠珊和小蝶的老公——我曾用他替小蝶还我的钱娶了翠珊,先后进了606单元。我瞠目结舌呆若木鸡地站在那里。

"你以为你花的钱是你老婆赚的?是我老公这个财政处处长,用公款消费帮助撑着酒店,而他,还只是众多'乐心人士'之一。"小蝶用几乎和当年一样黑亮的眼睛,死盯着我,惨白着脸说:"这企划,不会是你做的吧?!"

小蝶说完，像一只被雨淋湿了翅膀的蝴蝶，颓然地飞走。

当小蝶瘦削单薄的身影，像一颗投进黑咕隆咚的深井里的小石子，被远处浓得化不开的黑暗一口吞没时，我才醒悟过来。恢复知觉后，我的心中，是彻骨的悲凉。这悲凉，竟不是来自翠珊对我的背叛，而是为小蝶，为与小蝶的阴差阳错，为小蝶的命运多舛。我哑着嗓子，对着黑暗的深处呼唤着："小蝶……"我不顾一切地去追赶小蝶。风在我两耳边像风箱一般呼呼作响，狂烈地吹起我的头发，松针般地扎着我的皮肤。我的眼里涌出泪，纷纷坠落，冰凉地浸湿我的面颊。

在追赶小蝶的黑暗的路上，我突然明白，只有小蝶，会让我如此心痛！因为，这么多年来，我爱的始终是她，恨着的时候也爱着。

（原载《厦门文学》2009 年第 3 期）

情尽缘未了

一

依依惜别的夕阳中,宝珊走来了。

宝珊走过裁缝店,她清纯如水的目光,马上被店里各色花布,渲染成五光十色;走过包子店,从里面斜逸出来的热腾腾的肉包子香味,立即充盈宝珊的鼻孔,让她忍不住深吸一下,再深吸一下;走过服装店,玻璃门上贴着的打折广告,引得她忍不住粲然一笑;前方是音像店,正播着邓丽君的歌"一朵花,但愿你美丽,能像一朵花……"这甜美缠绵的歌曲,仿佛是为宝珊的到来而唱。宝珊一路走来,深深地喜欢上这条小街。

223

过了杂货店，便是林青松的家。

宝珊推开青松家临街的门，便看到青松在等她。青松拉着宝珊的手，一路走到他的卧室。太阳西斜，青松本来有些昏暗的卧室，更昏暗了。不过，这昏暗，更加催发两人的激情。青松伸出粗壮有力的胳膊，把宝珊紧紧地拥在他宽厚的怀里。宝珊把头埋在青松的颈边，轻轻呢喃，深深嗅着他特别的气息，醉倒在那醇厚如醴的爱中。

这时，"吱"地细细一声，门突然裂开一道缝。宝珊像一头受惊吓的小鹿，慌忙从青松的怀抱里挣出来，低了头，红了脸，只偷偷用眼角瞟了瞟门口。宝珊的目光，一下就捕捉到一颗绿豆大小的小黑痣，接着才看清，这颗特别的小黑痣，长在一张皮肤微黑却光滑如丝的五官极为俊美的脸的颊上。原来，门口站着一个五六岁的小女孩，这女孩，正用一双饱含疑惧的眼睛，冷冷地望着宝珊。

这样一颗玲珑小黑痣，这样一张俊美得让人惊讶的脸庞，让宝珊的羞涩之色急遽退隐，一股异样感觉迅速爬上心头，让心微微发颤。

这时的宝珊，做梦也想不到，她的一生将和这个小女孩，开始怎样的缠绕与纠葛。宝珊愣在那里的时候，青松望了望门口，又转过头来，对宝珊说："小女林霜!"青松似乎有些难以启齿，却又实诚地告诉了宝珊。宝珊的目光这时又缩回到"小女林霜"那颗绿豆大小的小黑痣上，呆呆地看着，呆呆地想着，要是没有这颗小小的黑痣，这女孩那极为俏丽的五官，决不能像浮雕一样，如此清晰地凸现在屋门口黄昏暗弱的天光中。

这些，都是宝珊梦幻一般的二十二岁那年的事了。

那年二十二岁的宝珊，上头有四个哥哥护着，下面被寡居多年的老母捧在手心里疼着的，怎么能想得到，一旦嫁与青松，便要担当这个小女孩的后妈的万般不易。当然，当然，二十二岁时候的宝珊，不会太在意这些，她已醉在青松那如兄似父醇厚如醴的爱之中了。在意这些的,是她的老眼光的不理解自己的妈!

当旭日的光芒,轻轻地在青松房间的窗口涂上一抹金黄,宝珊醒来了,宝珊想起他们电石火光般的一夜,义无反顾地想,她这辈子,只和林青松在一起!

二

三个月后,宝珊结婚了。

结婚的这一天,宝珊的母亲一夜未睡,大清早就起来,默然而机械地扫地,擦桌,在桌上摆上糖果、烟、茶,进进出出地忙碌时,眼睛一不小心,便要触碰到里里外外贴着的大红对联和喜字。宝珊的母亲,眼光一触到对联和喜字,便慌忙掉开,那些红彤彤的对联和喜字,就像林青松家的人,那一张张不怀好意的嘲讽的脸。

宝珊结婚的这一天,她已有三个月的身孕。

青松家就热闹多了,他的母亲竭尽全家之力,给青松张罗了十分热闹的婚礼。颇有些木讷的青松,在老婆扔下一岁的幼女离去五年后,还能够再娶回一个二十出头雪人儿一般的未婚姑娘,怎能不叫当母亲的喜上眉梢,笑逐颜开。

新婚的这一夜,新娘子宝珊,身着红妆,面施脂粉,美若天仙含着带笑地跟着青松,一桌又一桌地敬酒。这对新人每到一个桌子,这一桌,便会掀起一个热烈的高潮。林霜跟着奶奶和亲戚们坐在主桌,她老早就吃饱了。吃饱后,她就不再看着席面,她的眼睛,小兔子一般,追逐着新娘子红色套裙下那双闪耀着红光的玫瑰红细高跟皮鞋。新娘子那双亮闪闪的小巧秀气的红鞋,跟着爸爸那双粗粗黑黑的大皮鞋,去了又来,来了又去,在所有人灰扑扑的鞋子边,如跳着舞的公主。

爸爸的脚,被这样一双脚迷住了,被它带了来,又带了去。整个晚上,爸爸对与他坐一张桌子的自己,连正眼都不瞧一下!整个晚上,爸爸都满脸笑容,却没有一个笑容是给自己的!瞧,新娘子的满面红光趾高气扬的鞋子又回来了,爸爸的又粗又笨的黑色皮鞋也忙不迭地跟着回来了,根本就是屁颠屁颠的跟屁虫。这时,有一样东西,在林霜小小的心中,"嘭"地炸开,把林霜的腿,快速弹出去。林霜小小的腿,就这样四两拨千斤,绊住新娘子的脚,使新娘子的酒杯,迅速飞了出去,"啪"地碎了,跟着,整个人,也重重地摔在地上。端着酒杯满面春风地走在新娘子旁边的青松,大惊失色,不过,他惊慌失措地把宝珊从地上抱起来时,宝珊只是狼狈地掸了掸玫瑰红的西装裙,满面羞红地对围过来的亲友们说:"没事,没事!"

深夜,送走最后一批客人,宝珊在头里娇着地走回新房,青松笑容满面地跟随其后。"哎呀!"宝珊忽然叫了起来,捂着肚子,痛苦地蹲下。跟在后面的青松惊骇地看到,两道血水,顺着宝珊的腿部蜿蜒淌了下来,就像那件玫瑰红的西装裙流出来的疼痛的眼泪。

新婚之夜,宝珊躺在医院白色床单上,头冒虚汗,不停地呻吟,周身弥漫着浓浓的药水味。

一周后,宝珊才出院。

婆婆每天炖了鸡汤,一手提了装鸡汤的瓦罐,一手拿了个青花瓷碗,殷殷勤勤地来到宝珊床头,低声轻唤闭目休养的宝珊:"珊,起来,喝了吧。养好了身子,才好再怀上。"婆婆说着,辣辣的目光,散漫地逡巡在宝珊隔着被子的肚皮上。

与生了四个儿子才养下宝珊这个女儿的宝珊妈不同,同样早早守了寡的青松妈,生了四个丫头,才好不容易生出青松这个能顶门壮户的儿子,而这个唯一的儿子,头一回生的,还是女娃。因此,青松的妈,把沉甸甸的焦急的心事,全熬进手中提着的鸡汤里。

宝珊病病怏怏地歪在床上,一口一口地由婆婆伺候着喝鸡汤的时候,散漫的眼光,不经意间扫过房门口。宝珊惊讶地看到一颗绿豆大小的黑痣,十分醒目地浮现在那里。继而,宝珊看到了那张俊美的小脸,以及小脸上那双似乎很沉静的眼睛。但那双眼睛,在黑白眼珠那么一轮转之间,静静地潜伏着的惊疑和猜忌,便无遗地显露了出来。自从婚礼那天,宝珊再没看到这双眼睛,突然地,再次触及那样的目光,自己先抽了一口冷气。宝珊耳边立即响起母亲曾经   地多少遍的话"后妈难当!"

想到妈,宝珊眼圈红

后来再喝婆婆提来的鸡汤时,   会不由自主地先往门口瞥一眼,宝珊几乎总会惊心地触及那张小脸和那样的目光。

几次之后,宝珊暗自思忖:小姑娘看来是一直跟随着奶奶的,只是不敢进房间里来。宝珊随即也就明白了:闯了祸的小丫头,也怕自己呢。

宝珊终于康复了。青松的母亲,长长地吁了口气,接着,开始每天用充满希冀的眼光,期待着宝珊的肚子。年轻轻的宝珊,肚子是肥沃的土壤,只要正当盛年的壮实的儿子青松,勤快地往这土壤里播撒种子,果实很快就能结出来的。

可是,宝珊好不容易刚怀上,全家好不容易露出笑容,一丁点儿不小心,又流出来了。如此一而再,再而三,青松的母亲,对宝珊相当地怨,仿佛所有的错,都是宝珊的。先是每当有人夸宝珊长得像一朵芬芳的栀子花时,在一旁闷声不响地做着活计的她,会拉下一张灰瓦般的长脸,一条条往

227

下挂的皱纹间,咝咝地冒出冷气,嘴里不高不低地咕哝:"长得好,有什么用?不会下蛋的母鸡!"这话太难听!宝珊气白了脸,撂下手里正做着的活,跑回房,"啪"地猛然关上房门,扑在枕头上,放声大哭。后来再受这样的委屈,宝珊拿青松出气,和他大吵,大吵后,两人冷战好几天。再后来,宝珊和婆婆撕破脸,尖酸地反击:"老母鸡太会下,蛋都被下光了!"宝珊和婆婆的战争,从此爆发。

家里长年硝烟弥漫,青松夹在当中,左边老婆不能骂,右边老母说不得,遇到战火纷飞,他便坐在一边,把头一再地往下垂。以致后来,青松连走路都习惯低垂着头。低垂的头,风一吹,隐藏在黑发中越来越多的白发,仿佛内心掩藏不住的痛苦,一根根地呈现在大家眼前,让青松显得比实际年龄苍老许多。

在与婆婆的战争和反复的流产折磨中,宝珊迎来她二十七岁生日。

生日那夜,全城停电,满屋漆黑。二十七岁的宝珊,独自坐在一支点燃的蜡烛前,望着冷风中飘摇的烛火,无尽沧桑涌上心头:以前在娘家,母亲必定在自己生日那天做午饭的时候,单独为她煮一碗香喷喷的寿面,放两根没有切断的代表着长长久久的长长的韭菜,外加一个雪白玲珑的白水煮蛋。那时宝珊并不懂得,那碗寿面里,承载了母亲怎样的用心和宠爱。现在,不但没有人像母亲那样记得她的生日,自己还身心伤痕累累,日子过得一塌糊涂。当初怎么就一意孤行,不听母亲的劝,拼命要嫁到青松家来呢?宝珊呆呆地注视着蜡烛凹处的那一汪烛油,心中悲伤,眼里蓄起两汪泪水。忽然,一颗烛泪,油汪汪地从蜡烛的边沿,"噗"地顺着烛杆,磕磕碰碰坠落下来,宝珊苦涩的泪,也跟着"噗噗"落下。

二十七岁这一年,宝珊还承受了更大的灾难:青松从工地的脚手架上,摔了下来。

宝珊赶到医院时,青松已被推进手术室。

宝珊先是站在手术室外哆嗦地扶着墙,接着两手抓着墙,慢慢地往下滑,最后"噗"地瘫倒在医院硬冷的地板上。林霜先看见,赶忙从背后扶住,哭喊起来,焦急地站在门口的人,急忙围过来,手忙脚乱地给宝珊掐人中,叫医生。

及时的手术保住了青松的一条命,之后,青松辗转在福州和上海的几个医院,一年医下来,还是几乎瘫在床上。虽然属工伤,可以报销部分医疗费用,也得到一些赔偿,但全家人这样跟着一年折腾下来,赔偿的钱已花去大半。

宝珊自结婚那天摔了那一跤,之后是习惯性流产,身体一直虚弱着,就没再去建筑公司打工,在同一家建筑公司上班的青松,是家里的经济支柱,现在这根柱子倒了,就靠青松所剩不多的赔偿金过日子。

婆婆老了,林霜一天天长大,吃饭穿衣要钱,读书要钱,青松医了那么久,还是只能拄着两只拐杖勉强走几步。

四

坐吃山空,以后怎么办?可怎么办?

闷热的夏夜,宝珊做好晚饭,并不吃,就去躺在床上。林霜在门外,听见房间里抽泣的声音,急忙走进去看个究竟。林霜"啪"地按亮灯,见宝珊躺在床上,泪流满面,急忙小跑过来。宝珊额前鬓边的头发和着汗水和泪水,蓬乱地粘在脸上,身上散发着浓重的汗馊味,两只幽深的眼睛,像两个杂草丛中不断往外漫溢着水的小水潭子。林霜见状,悲伤地想,那个穿着亮闪闪的玫瑰红细高跟皮鞋,行走在众亲友灰扑扑的鞋子中的宝珊,到哪里去了?!林霜着急地摇晃着宝珊的胳膊,说:"宝珊,哭有什么用,没钱要想办法呀!"宝珊哽咽难鸣,断断续续地说:"你爸赔的钱,都要花光了,你爸还是半死不活,还能有办法吗?"林霜最怕宝珊提起她爸,要是宝珊也像桂子的妈,桂子的爸一死,就扔下桂子和瞎眼的奶奶,跟人家走,可怎么办?况且,宝珊,还不是自己的亲妈!林霜摇着宝珊的身体,着急得不知如何是好。忽然,焦急的林霜眼前亮了一下,林霜激动得语无伦次地对满脸泪光的宝珊说:"宝珊,你包的馄饨那么好吃,我们来卖馄饨!"宝珊散乱的眼神,忽然聚拢来,发出灼人的亮光,却又随即暗淡下去,宝珊绝望地问:"店面呢?""宝珊,咱们家吃饭的饭厅,对着街道,就是店面啊!你看咱们家隔壁,还没有我们的饭厅大,租给人家卖杂货,一个月的租金,好几百呢。""对呀!对呀!"宝珊忽然从床上一跃而起,一把抱住林霜,泪光闪闪地说,"我明天就去叫泥水匠,把咱家的饭厅隔成两间,里面咱们吃饭,外面开馄饨店。"宝珊激动得眼泪重又哗哗的往下掉。宝珊忽然又一把推开怀抱里的林霜,抓着她的两个稚嫩的肩膀,

盯着她的眼睛,焦急地问:"林霜,我包的馄饨,真的好吃吗?"林霜频频点头,泪花飞溅。

青松摔伤后,婆婆的气焰消失殆尽,偃旗息鼓,再也不敢提传宗接代的事了,而且处处看宝珊脸色行事,她也怕宝珊一气之下,丢下青松,一走了之。所以,现在的家,是宝珊做主。

第二天,天微亮,宝珊就醒来了。宝珊悄悄拿了锁匙,开抽屉,摸出存折。宝珊看着存折上仅剩的一万块,心情又沉重起来:就剩这点钱了,投下去,生意要做不起来,可怎么办?宝珊抓着存折苦苦地想,手心都抓出汗来了。

宝珊呆坐了一会儿,出去胡乱梳洗了一把,到旁边的包子店买了些包
230 子,径直搭了车,回娘家,找妈去。

宝珊回到家,母亲正吃早饭。宝珊看着她妈说:"妈,吃包子,还热着。"说着,宝珊把包子放在母亲的饭桌上,一屁股坐在饭桌边,心事重重。母亲瞧了宝珊一眼,并不说什么,只是帮她倒了杯茶来,又从塑料袋里给她拿出一个包子,递给她,说:"还没吃早饭吧?"宝珊一手拿过包子,一手接了茶杯,却是不吃也不喝,眼睛只是湿湿地瞧着她妈,说:"妈,我想把我那饭厅隔出一半来,外面的半间,拿来开馄饨店。可是不知道生意能不能做得起来?"宝珊的母亲看了看宝珊,又低头喝了口稀饭,才说:"试试吧。坐着吃,山也空呢。"有母亲的支持,宝珊的胆子壮了好些,馄饨店很快就开张了。

一家人就像说好了似的,拧成了一股绳,劲儿往一处使。婆婆自告奋勇来帮宝珊刷锅,洗碗,低眉顺眼,手脚勤快。林霜她本来就不大喜欢读那些虚飘飘的书,她更喜欢实实在在的买卖,所以,现在差不多是每天放了学,书包一放,就在店里帮忙包馄饨,帮助宝珊收钱。宝珊呢,她每天一大早起来,就在煤灶上滚开一大锅猪骨头汤。

宝珊煮馄饨,用的是不掺水的大骨高汤。宝珊包馄饨的馅,用料别出心裁,在剁成泥的肉里放进一点儿热油里炸得喷香,又在石臼里捣成碎末的扁鱼,食之风味极佳。宝珊的馄饨煮好后,薄薄的白皮儿里面是粉红的肉馅,半透明地浮在乳白色的清汤里,再洒上切碎了的翠绿鲜芹菜,淋上几滴香芝麻油,卖相极诱人。当客人拿了汤勺,顺手往下舀上来,带上来的一两片微酸微咸的腌包菜,放进嘴里一嚼,满口生津,胃口大开。宝珊的馄饨店,生意一天一天红火起来。

林霜发现,宝珊每天欢快地忙碌着,把赚来的钱,小心地留出家里每个人需要的费用,然后把剩余的一小部分,谨慎地存起来。宝珊并不是奶奶过去嘴里的那个宝珊,林霜甚至开始打心眼里喜欢宝珊,她看得出来,宝珊一心一意地在为这个家忙活,这些,使得后来,无论宝珊做了什么事,林霜都在心里疼惜着她。

其实,宝珊生意好,除了她煮的馄饨比别人好吃这个原因之外,还有两个原因。宝珊极讲卫生,灶头、地板、给客人用的桌椅,总是干干净净。碗、筷、汤匙,则是从消毒碗柜现拿出来的,客人拿在手上还有点烫手,不像一般的小餐馆里的,餐具粘粘腻腻,拿在手上,吃到嘴里,心里发毛。

还有对男客人极具吸引力的一个原因,宝珊这几年被种种不如意折磨得蔫蔫的有些黄皱的皮肤,自打开了小店,有了收入,精神愉快了,就又像吸足了水分一般,慢慢地恢复到以前的雪白光亮。略穿几件光鲜衣裳,就是个肤如凝脂的美人儿。

五

赵奕第一次来吃馄饨,看到宝珊,都呆了,手举筷子,久久不动。当宝珊不经意间转过头去,碰触到那欣赏的、关注的、温暖如春的目光,宝珊心中"呼"地燃起了火。

从此,宝珊盼着这个叫赵奕的、衣着长相清清楚楚的男人,盼着他每晚来吃一碗她做的馄饨。赵奕每次看着宝珊在烟火蒸腾中忙忙碌碌的娇美身姿,总会无限怜惜地想:这么个美丽的女人,可惜了,这样命薄。宝珊也从旁人那里了解了赵奕的大致情况:在繁华的松柏路开男装专卖店,四十多岁,老婆离婚两年,一个在福州读本三大学的儿子。宝珊有时看着忙到九点多才来店里吃一碗馄饨当晚餐也当夜宵的赵奕,就不禁在心里叹息:没有女人,有钱,也没有家。

那一晚,宝珊从九点等到十点,再等到十一点,才看到赵奕拖着疲惫已极的步子走来。宝珊通常在十点打烊,此时店里已空无一人,宝珊留了一道门缝,等赵奕。

　　赵奕一边疲倦地坐下来,一边把歉意的眼光投向宝珊,说:"进货回来得太晚。"宝珊一边支应着,一边忙着下馄饨。

　　宝珊今天说话的声音低沉、喑哑。青松以为宝珊生他的气,以往赵奕都是九点多来吃馄饨,最多不超过十点,不来的话,也会来个电话,不让宝珊干等。赵奕今天太忙乱,忘了打电话来,正满心歉疚,只见宝珊已小翘着兰花指,双手端来一碗热腾腾的馄饨,赵奕看到宝珊幽深的眼眸蒙着一层白凉的泪,像寒凉的湖水,脸上笼罩着的忧愁,则像湖面上氤氲的寒雾。赵奕诧异地抬头看宝珊,关切地问:"你这是怎么啦?"宝珊顿了顿,才说:"我们这条街要拆了,这个店没办法开了。青松现在的情况,是一天比一天糟。往后一家人,可怎么办?"宝珊的泪,这才忍不住,一颗接一颗地往下掉。

　　赵奕皱着眉,寻思了一下,然后不解地问:"你这是做生意的店面,你证件齐全,他们拆了也要赔你店面的,你怕什么?""可是,听说,新盖的商住楼的店面,最小的也有二十平方。我这个店面才十平,即使一平换回一平,要拿个店面,也要再交十几万,我到哪里弄这么多钱?"宝珊雪白的脸上,戚然如秋月。赵奕听宝珊这么说,拿着汤匙的手,凝住了。忽然,赵奕高兴地抬头寻宝珊,说:"宝珊,你明天快叫泥水师傅把这堵墙拆了,还原成原先的样子。你这不就是一个二十平的店面吗?""我怎么没想到呀!"宝珊大喜过望地一迭声说,"我怎么就没想到呀!"赵奕温情脉脉地看着破涕为笑的宝珊,宝珊朝着他柔媚地走来,她隔着桌子,坐在赵奕对面,一双素洁的手,十指交错,手肘娴雅地搁在桌上。赵奕忍不住伸过手去,像抓着一把水葱儿似的,把宝珊雪白修长的手指,抓在自己宽厚的手掌心里。

　　"我的家,你,还没去过吧?"赵奕望着宝珊,年轻人一般目光炯炯地期待着:"到我家里坐坐,再回来,也不会太晚。"宝珊脸红心跳,却又迅即点头——仿佛她等这样的话,等了很久。宝珊孤单寂寞太久了!

233

宝珊从赵奕那里回来,已是第二天早晨五点多。

冬天早晨五点,天还黑着,很冷。宝珊在昏黄的路灯下,把锁匙悄悄插进自家的门。宝珊没有料到,锁匙尚未转动,门就开了,一颗绿豆大的小黑痣,梦幻般地突兀地浮起在昏黄的路灯光中。是林霜!她红着眼睛,看着自己,头发蓬乱,旁边用椅子搭成一条的"床"上,胡乱堆着一堆被子。看来,林霜等了自己一夜!

宝珊偏过头,若无其事一般地关照林霜:"到里屋去睡吧。"在街上路灯照过来的浑浊的光中,林霜的脸显得有些苍白浮肿,她一言不发地抱起被子,走到后面去。

宝珊轻手轻脚地开始备料。这时,婆婆过来了。婆婆从后面的屋里,低着头,走出来。婆婆尚未梳洗,穿得很单薄,她看到宝珊,翻起眼皮,瞟了她一眼,但在快要碰触到宝珊的眼光时,又涩涩地垂下去。

青松的伤残,让她彻底委顿了。不过,婆婆的眼睛在她松弛多皱的薄薄的眼皮下,始终精明地清亮着,只是,今天她的眼白有血丝,一夜未睡的样子。婆婆默默地拿桶去水龙头底下接水,默默地把地拖得泛起一层清冷的光,又默默地把一大桶脏水,吃力地提到门口的下水道口,隔着覆盖着下水道口的四方形铁栅栏,倾倒下去,单薄的身子,差点要被前倾的水桶带着向下栽去。脏水哗啦啦地倒下时,婆婆鬓边的一缕花白的头发,在蛋青色的天光中,随着冷风萧瑟地向上飘拂起来。婆婆这样的勤谨里,有着让人落泪的凄凉,宝珊看在眼里,对婆婆的宿怨,几乎消融殆尽。

宝珊早早做完了准备工作,今天比往日早了些,还有时间,宝珊把店交给婆婆照看,回到后面的屋子里。推开虚掩的房门,走进去,借着外面薄明的天光,宝珊看到青松犹睡着。宝珊替青松掖了掖被子,在青松床边呆坐了一会儿,正要起身走开,青松忽然从被窝里伸出一只手,那只枯瘦的大

尽
缘
未
了

手,紧紧地攥住宝珊的手,脖子上的喉结动了动,似乎想说什么,又说不出来。宝珊轻轻地拍了拍青松抓着她的手,说:"睡吧,还早呢。"宝珊说着,又坐下来,目光跌跌撞撞地落在对面自己的小床上。自从青松受伤,宝珊就自己支了张床,睡在青松对面,夜里好照顾他。两年了,宝珊就这样,每晚独自咀嚼着愁苦、辛酸、无边的孤独,度过漫漫长夜……

赵奕还是每天九点多十点到宝珊这里吃消夜。宝珊在店打烊后有时会跟着到赵奕的家。有时宝珊就在那里过夜。

宝珊逐渐丰腴了,圆润饱满的身体,仿佛散发出成熟果实的甜香。宝珊也会在这个老、少、病残的家里,绽开栀子花般的笑容。或许是她肌肤格外雪白的缘故,她这时的笑容里,竟带了些不食人间烟火的纯净。这样纯净的笑容,让知情的人,也不忍心去指责她。

宝珊知道,是什么让自己像一朵开到极致的鲜花那样娇艳动人。宝珊夜晚躺在黑暗中,常会想起与赵奕的热烈得几乎要燃烧起来的肌肤之亲,也会在听到青松睡梦中的呓语,突然惊醒,中断思绪,悄悄起来为他拉好被子,然后坐在青松的床头,两眼愣愣地瞅着窗帘,直把窗帘上浓墨凝重的黑夜,硬生生地瞅到清淡浅灰。

宝珊家的这条街拆迁后,宝珊一家暂时租了别的房子住。补贴的房租和店面生意损失赔偿,省俭一点,也还够一家人租房和日常开销。宝珊暂时歇业,准备等找到合适的店面,或回迁回来有了自己的店面,再继续开店。

闲下来的宝珊,会抽空到赵奕那里,把赵奕疏于打理的家,清洗得亮亮堂堂,把落着尘埃的红木家具,濯洗得放出润泽的红光。当宝珊忙完这些后,挽着裤腿,赤着脚,在还潮湿着的地板上,走来走去时,宝珊真像这个家的女主人。

　　夜晚,他们躺在床上缠绵之时,赵奕无数次拂着宝珊光滑、细柔如同一匹绸子的后背,热切地央求:"搬过来住吧,我们结婚!"宝珊的额头抵在赵奕满是胡茬的下巴上,两手交抱在赵奕宽宽的后背,凉凉尖尖的手指头,在赵奕弹性很好的后背上,反复地划拉着两个字。那两个字是"青松"。

　　"这个女孩,湖南人,在朋友公司打工,大学毕业,三十一岁,未婚。"赵奕把一张彩色生活照递给宝珊时,虚飘着声音,对宝珊说。宝珊细细地看了看照片,轻轻地说:"人长得不错哩! 应下来吧,你总得有个家。"宝珊的心里酸楚地想:"和我一样的岁数啊!"

　　宝珊不再去赵奕家了。

　　赵奕结婚的时候,宝珊买了一套开满芙蓉花的床罩、被面、枕头六件套,送给他。结婚的前夜,宝珊帮赵奕把床罩、被面铺好,又仔细地把褶皱的地方一一抻平,再把枕头摆放好。新房里,登时开满无数的芙蓉花。糜丽的花朵,好似花香缭绕,香气氤氲。

　　"芙蓉帐暖度春宵",宝珊做学生时特别喜欢语文,她忽然想起当年背过的这个句子。宝珊的泪水忽然地就下来了,如决堤般汹涌而下。宝珊忙用手捂着嘴,小跑到连着卧室的阳台。宝珊急遽地开阳台玻璃门的声音,惊醒了在客厅喝茶的赵奕。

　　赵奕急忙来到新房,又来到阳台寻找。阳台上,满天凉月,月华如水。凉月之下,宝珊泪流满面,哽咽难鸣。赵奕走过去,一把把宝珊抱在怀里,吻着宝珊脸上的泪,颤着声说:"宝珊,这个婚,我不结了。我和你在一起!"
"赵奕……"宝珊叫着,哭倒在赵奕怀里。

　　那一夜,宝珊没回去。

　　熹微的天光,把宝珊合在一起的眼线,当了琴弦,只"叮"地拨弄一下,宝珊便惊醒了。宝珊一睁开眼睛,便急忙从芙蓉花丛中,抽出自己光滑赤裸的身体。她从两人撒满一地的衣物中,捡出自己的衣裳,轻轻穿好。

宝珊"嗒"地扣上赵奕家的门后,这个一生里绝无仅有的几乎无眠的绝望而又癫狂的夜晚,便全部关在她的身后,恍如隔世。

六

自那晚从赵奕家回来后,宝珊一直蔫蔫的。林霜看在眼里,愁在心中,表面却冷冷的,不怎么去理她。这个早晨,宝珊早早起来,准备开店做生意。宝珊边洗脸,边不住地停下来干呕。一声声出自喉咙底的难听的干呕,一下一下灌进林霜的耳朵。

宝珊脸红脖子粗地呕了一阵,支撑不住了,丢了毛巾,两手紧紧抓着洗脸池的边沿,喘着气。林霜躺不住了,她穿着睡衣过来,站在背后给宝珊顺背,等宝珊稍停些,扶宝珊坐下,又去帮她倒了一杯温开水来。

林霜做完这些,见宝珊好些了,才忧心地看了宝珊一眼,回床上睡觉去。林霜看她的眼神,像一个母亲,看着不听话的女儿。

这让宝珊有些羞愧。

这一天,正好是赵奕结婚两个月。那时候,赵奕正在厨房里煮一小锅稀饭,煎两个鸡蛋。他的新婚妻子怀孕了!新婚妻子慵懒地倚在床头,却是在看一早来的早报。这个于散乱中仍很知性的画面,让赵奕甚至有些儿崇拜。

生病了吗?宝珊伤心地想,屋漏偏逢连天雨啊!

后来,宝珊不但一早起来便干呕,还怕吃油腻的东西,连闻一下都恶心。

那个寒冷的早晨,宝珊从化验科拿来尿检化验单,妇科医生只扫了一眼,便拉下大白口罩,平淡地告诉宝珊:"你怀孕了。"宝珊的手,簌簌地抖起来,抖得手上的小纸片,像风中的树叶,哗啦啦地响个不停。宝珊把化验单,小心地放入背包的里格。宝珊走出医院大门时,下眼睑上汇聚着两颗泪珠。早晨的阳光熠熠地照过来了,照得这两颗泪珠,在阳光里,闪着六角形的灼人的光。

这是赵奕结婚前那晚,意外结的果!

可是,这个果实,它能挂在枝头,一直到熟透,蒂才落吗?还有,青松,怎么去面对青松呢?

在忐忑和惊喜中,宝珊的腰臃肿了,手脚有些不灵便了。后来,宝珊的肚子,居然隆起来了,宝珊像中了体彩特等奖那般心惊肉跳地喜悦着!不过宝珊不敢走近青松,宝珊怕青松那眼光一扫过她的腹部,脸色便会在瞬间变得青得有些吓人的脸。宝珊也不太好意思出门子。宝珊每天只有穿了宽宽大大的衣服,老老实实地在店里忙乎。宝珊为自己收拾出后面堆杂物的那个半间房,晚间将就着睡。宝珊本想过去挤林霜的床,换婆婆来睡自己的小床,晚间多少照顾青松一些,但九年前的"流血事件",让宝珊今天想起来,难免还是心有余悸。

宝珊肚子大大挺起来后的一个星期日上午,林霜不用去学校,林霜洗了一盘水果,端来到青松的房间。"爸",林霜把水果盘放在爸爸的床头柜上,快速而自然地从青松的枕头下,摸出一把刀刃折收起来的水果刀。这个料想不到的动作,让青松心中震颤了一下。青松默默地看着林霜给自己削苹果,递苹果给自己,又看林霜把水果刀抓在手心里,低了头,手指绕着削下来的一条长长的苹果皮。"爸……"林霜稍稍抬起头,瞟了青松一眼,看到青松塌陷的眼窝,高高的颧骨,胡子拉碴的下巴,有些难过地顿了顿,才说道:"宝珊,我是说宝珊,爸,她这几年,没有走,就挺不错了,还养我,养奶奶……"林霜手里的刀片,在青松眼里闪过一道凛凛的寒光,这寒光,让青松想起在刚刚看到宝珊隆起肚子的那些日子,自己多次想要用这一把刀子,扎向宝珊的肚子,更想用这一把刀,横着往自己的手腕,深深地切下去的冲动。青松知道自己并不仅仅是恨宝珊,恨她跟了人,还要来刺自己的眼,他更恨的,还是自己,成了废物,拖累宝珊,拖累全家!"霜,你放心。"青松沉默了一下,支起身子,抚着林霜如丝般滑顺的头发故作轻松地说着,眼圈却是红的。

"宝珊,咱们出去走走。你现在,要多运动。"林霜老到地抓起宝珊的胳膊,不由分说地搀扶着她,走出家门,穿过左邻右舍辣辣地疑惑着的眼光。

宝珊生的那一夜,起先非常闷热,后半夜,却下起了雨,林霜被突兀的雨声吵醒时了,突然从一片渐渐沥沥的雨声中,听到宝珊痛苦的呻吟。林霜忽地从床上坐起来,说:"是宝珊,她要生了,奶奶。"奶奶翻了个身,嘴里含含糊糊地咒骂道:"理那婊子……"又翻身,睡去了。

林霜目瞪口呆,自从爸爸摔伤后,奶奶变得闷声不响,所以,林霜一直以为,宝珊最难面对的,是爸爸,没想到却从奶奶那里横射出一支暗箭来。林霜终于明白了,奶奶并不是向宝珊妥协,她与宝珊的不睦,只是深藏起来而已。林霜愣了片刻,也顾不上奶奶,只穿着睡衣裤,便赶过去。如果,如果当年宝珊和爸爸的婚礼上,自己没有使坏,一切霉运,是不是就不会到来。

林霜心中充满悔恨和悲伤地赶到宝珊房里。

宝珊正一手捂着肚子,一手趁阵痛的间歇,满头大汗地在收拾包袱。宝珊看到林霜进来,像抓到一根救命稻草,喘着气说:"快,快叫的士,去医院。"

好不容易才把宝珊弄到医院,宝珊就进了待产室。看着宝珊每次阵痛到来,便疼得撕心裂肺的样子,十六岁的林霜,惊恐地紧紧抓住宝珊因疼痛而变得像猫爪那般尖利的手指,林霜此时已对疼痛失去感觉,她极怕自己一撒手,宝珊就会疼死过去。直到天亮,宝珊进了产房,林霜才发现,自己的手,被宝珊抓出许多道伤痕。

有一道伤痕,特别深,是被宝珊的指甲抠的,都流出血来了。后来伤口好了,却留下一个伤疤,林霜三年后去咖啡屋当服务生时,买了一个很特别却便宜的银戒指带上,把伤疤遮起来,要不,端咖啡给客人时,会煞风景。

仿佛过了一个世纪那么久,护士终于把宝珊推出产房,把一个五斤重的小女婴交到林霜手中。宝珊躺在白色床单上,盖着薄薄的白被子,脸色惨白,散在枕头上的头发黑得更加刺眼。看着连眼皮都几乎睁不开、气息奄奄的宝珊,看着怀中这个软体动物一般的婴儿,林霜又急又怕,忍不住也抽抽噎噎地哭起来。

邻床的家属,一个老婆婆,从罐里倒了半碗冒着热气的龙眼干汤,递给林霜:"闺女,先给她喝一口,脸色白得疹人哩。"

林霜泪眼模糊地感激地看着老婆婆,突然醒悟般地想起,可以叫宝珊的妈来!

这一年,宝珊三十二岁。这时离她与青松结婚,已有十个年头。

林霜叫这女孩林雨,她永世不能忘记雨中送宝珊去医院的慌乱和艰难。

七

宝珊家的地盘,终于盖起了商住大楼。

在这栋商住大楼的八层,宝珊家有一套二居室的单元房。楼下有一个二十平方的店面,宝珊向母亲和哥哥借钱装修了,宝珊拿它继续开馄饨店。

每天深夜做完最后一单生意,宝珊总要独自在这个二十平方的店里,再默然地坐上一会儿。宝珊坐在那里时,总会想起赵奕以前每晚九点多来吃馄饨的情景；想起他们缠绵在赵奕的床上时，赵奕那有时凉润有时汗津津的富有质感的背。这些，都像是发生在昨天，那温度那特别的气息，仿佛还缠绕在手指间。可又似乎很遥远，远得仿佛压根就没有过似的。

　　还有林雨，除了雪白的皮肤从了自己，她是那么像赵奕，尤其是那眼睛，那眼神，看着自己的时候，常常会使宝珊猛然想起赵奕对她说过的一些她永生不能忘记的话。

　　宝珊孤单得撑不下去时，就去抱林雨，抱着林雨，就像抱着一团温暖。

　　林雨可以上幼儿园时，宝珊每次从松柏路走过，都要走进赵奕的店里去转悠一下，她想找机会当面告诉赵奕，女儿像他，太像他了！可是，现在这个店基本上是赵奕的老婆和雇来的小妹在看。听说赵奕正在忙着筹备开连锁店。可是，宝珊还是管不住自己的脚，不断地从松柏路上走过，不断地走进赵奕的店去看看。

　　"宝珊，你好！"啊，是赵奕，没想到还居然能在店里遇上他！"宝珊，过来喝茶。"赵奕先走到放在店的里头用来会客的茶几边，一边在茶几边的沙发上坐下，一边招呼宝珊。赵奕边"啪"地按下电水壶的开关，烧水，边拿出茶叶，放入紫砂茶壶中。宝珊的眼光停在赵奕那双干干净净的手上，并随着那手四处飘零。那是一双曾经阅尽自己身体的手啊！宝珊的身体，因为眼里的这双手，开始隐秘地膨胀、潮湿，就像春雨中的花蕾，忍不住要绽放。这是宝珊始料未及的事，宝珊只是想告诉赵奕，林雨长得像他，像极了。还有，在她最孤单无助的时候，她就去抱林雨，抱着林雨，就像抱着一份安慰和温暖。宝珊难过地低了头，脸微微发红发烫，迟迟疑疑未及开口，却先听到赵奕说："宝珊，以后不要再来了。我老婆都怀疑了。"赵奕说着，从皮包里拿出一个厚厚的信封，递给宝珊，"推心置腹"般地说："这五千块，你拿着。我知道，你也不容易。"宝珊忽地涨红了脸，栀子花般的脸瞬间成红玫

241

瑰,她不认识般地盯着赵奕,盯了好长时间。惊愕地看着宝珊,在那一瞬间,赵奕非常后悔自己的操之过急,他害怕宝珊会像电视里演的那样,把那叠装在信封里的百元钞票,朝自己脸上摔来,然后拂袖而去。大白天的,说不定左邻右舍都会过来围观,那就丢人现眼了。而且,弄不好,还会让老婆以为,他和宝珊旧情未断,暗中往来。还好,没有。宝珊涨红的脸,慢慢转成可怕的青白,她艰涩地垂下眼皮,看着那厚厚的信封,忽然断然地说:"好!"她伸出细长白皙的手指,拿起信封,放进书包的里隔。那个地方,正好是四年前,她放孕检阳性报告单的地方,只是,宝珊自己也记不得了。

林霜这一年高考,只考上一个本三大学,每年单学费就要一万块。林霜十分愧对宝珊,她只有在这个暑假起早贪黑尽力给宝珊帮忙。宝珊则把馄饨店交给婆婆,把林雨交给林霜,每天下午生意清淡的时候,便骑了电动车出去,直到浑身是汗筋疲力尽才回来。林霜觉得很奇怪,因此悄悄地跟在宝珊后面两趟,跟着跟着,觉得宝珊完全漫无目标。

骑着电动车瞎逛的宝珊,她自己也说不清,为什么要这么瞎逛? 直到那天下午,在碧湖居的沿街店面,找到赵奕新开的连锁店。在那店里,从天花板上照射下来一束一束的灯光,打在四周挂着的名牌西服上,把一套套西服,照射得越发上档次。

一个用摩丝让顶上的头发一缕缕站起来的小老板,正在帮一个挺着大肚皮的顾客选西服。这年轻小老板,穿着棉质白衬衫、黑色窄腿裤,脖子上绕着一圈细绳子粗的金链子。不过,这样粗的链子,配上他白白净净的模样,却也不恶俗,倒有几分富二代的贵气。再细看一眼那面庞身段,宝珊惊讶了,那简直就是赵奕的年轻版。宝珊立刻明白了这个叫赵鑫的小老板是谁了。

242　　宝珊也立刻明白,自己忍不住骑了车,满城地跑的目的了。

宝珊转了一下,就出来了。宝珊在店门口又观察了一下,又看到贴在墙上的邓波儿双语幼儿园的招生简章。这张招生简章,宝珊看过多次,只是下不了决心,每个月一千二百元的学费,不是个小数字呢!林霜一开学,就要交一万块的学费,哪来的钱再给林雨读这个高价幼儿园?

宝珊骑上那辆旧电动车离开时,想起赵奕的无情,硬了硬心肠,在心里说:赵奕,你的女儿,林雨,我要你认她,送她进邓波儿幼儿园!

八月底的一天,离大学开学还有一周。这天上午,林霜起得晚了些,她吃早饭的时候,宝珊已在店里忙了好一阵子了。林霜吃完早饭出去的时候,跟边看管着林雨,边忙着下馄饨的宝珊说:"我今天有事出去找同学。"又交代了在一旁备料的奶奶说:"中午和晚上都不要煮我的饭。"

深夜宝珊做完最后一单生意,突然想起林霜好像还没回来,正想给她打个电话,这时,搁在桌上的手机忽然"当"地响了一下,是短信提示音,宝珊被这突兀的声音吓了一跳,忙看了一下手机屏幕,是林霜的手机号。宝珊连忙按下阅读健,屏幕上立即跳出这样一串让宝珊惊心的字:"宝珊,我和同学去厦门打工,家里就拜托你了。把要为我交的学费,拿给妹妹上邓波儿幼儿园。以后我每个月还给你寄钱。宝珊,我们不要拿人家的钱!"宝珊未及读完,急忙回拨林霜的手机,可是,林霜从此关机了。

宝珊在空无一人却灯火依旧明亮的店堂里,愣坐着,眼前不住地晃动着那张脸颊上长着一颗绿豆大黑痣的俏丽的脸,不知如何是好。

炎炎夏夜,厦门西堤别墅咖啡一条街上的一家咖啡馆,楼顶凉台。坐着两个衣着光鲜的青年男女,那男孩叫赵鑫。女服务生把他们要的蓝山咖啡端来时,听到这个叫赵鑫的男孩改用 A 市方言讲了个俗语,引得女孩笑得花枝颤动。女服务生不由得抬头望了男孩一眼——在这里喝咖啡的人,除了讲普通话就是外语,很难得听到家乡话。

　　而赵鑫呢,虽说着笑着,眼光却是落在女服务生端咖啡的手上——她的中指上,戴着一枚很特别的古欧风味的银戒指。赵鑫正玩味着那枚戒指,忽然感觉到,女服务生在看他,他也把探寻的目光,移向她的脸,他想把这枚戒指的主人看个明白。他惊异地看到,女服务生的脸颊上,长着一粒绿豆大的玲珑的小黑痣,而这颗绿豆大的小黑痣,在触及他的目光的那瞬间,像一盏灯笼般,哗地亮了,使她无比俊美的五官,如浮雕一般,从一种特别的安定中,清晰地凸现在赵鑫的眼前。赵鑫浑身的血沸腾了,他惊呆了——梦里寻它千百度啊!

　　对面的花朵,瞬间黯淡。

　　女服务生叫林霜,她告别宝珊和林雨,到厦门打工,整整一年了。

　　从那天后,赵鑫每周都到厦门来,每周都到这间咖啡屋来泡一夜,但不再带那女孩了。林霜并不太喜欢这个脖子上圈着粗粗一圈金项链的白净的男孩。当她知道这个男孩每周开着凌志,为她而来,还是没有喜欢上他。林霜的梦中情人是山谷清风般的黑衣骇客基努·里维斯,不是一个白净的富二代。

　　有一个夜晚,赵鑫在咖啡馆里坐了一夜,到凌晨两点才走,他离开时端详着林霜极其俏丽的脸,情迷意乱地说:"我要把我在 A 市碧湖居的男装专卖店,搬到厦门来,这样我就可以天天看到你。等我来做爸爸的思想工作,他自己在 A 市松柏路已有一家连锁店。""你爸叫赵奕。"林霜平平淡淡地说。"是啊,是啊,你怎么知道?""我和你,生长在同一座城市。"林霜波澜不惊地说,却在心里,翻江倒海地想:"我要接受他,为宝珊!"林霜说着,下意识地看了眼手指上的戒指,那里有宝珊抓出来的一个伤疤。

林洋和白小凤的木麻黄

每个人都有童年。有的人的童年，五光十色。白小凤的童年，是一片绿，一片绿色的木麻黄。

不知为什么，白小凤从一出生，她的家，就孤零零地、颓丧地伫立在村子的最北端。长大后，这也使她自卑，在她原来的自卑之上，雪上加霜。有时候，她会猜想，这一定又是因为她家的成分不好——富农（她一直都想不通，她家穷得只徒四壁，怎么永远是富农）？不过，这也有让她宽慰的一面，她家的后面，有一片绿森森的木麻黄。没有人能像她那样，能在哽咽

245

的当儿,憋着一口气,跑到木麻黄里,才放出声来痛哭。有一个可以肆意哭泣的地方,也好啊!还有,有了说不出的苦恼的时候,可以在木麻黄林子里待着,直到苦恼像海水退潮那样,从头向脚退去,才走出林子,回来。

白小凤读到小学毕业,便辍学了。学校又开学的那天,她正在门口喂鸭子,她的同学结伴要去中学读书,她们说说笑笑地打她面前走过,在身后扬下一片欢乐的碎片,这些欢乐的碎片,像粗暴的冷雨,全狠狠地甩在她的脸上。白小凤在她们身上瞟了一眼后,就忙用肮脏的小手,捂住自己的嘴,一口气跑到木麻黄地里,才冲破呜咽,放声大哭。

那个叫林洋的男孩,他那天正好逃了学,手执弹弓,在木麻黄地里,停停跑跑,追逐弹射歇在树上的麻雀。他听到白小凤的痛哭,以为发生什么天大的事,心中七上八下地走过去。当他问清楚她哭泣的原因,他差点笑出声来。他大声地告诉她:"上学有什么好?我逃出来了,还怕我妈知道打我哩!"他呵呵呵拼命忍着笑才说完。他那有趣的样子,使她差点破涕为笑,她的嘴唇裂了一下,眼泪还是簌簌地掉落下来。林洋很是惊慌,不知所措,他的眼睛,乌溜溜地转了几圈后,突然转身跑开。一会儿,又回来,他兴冲冲地拿来一根木麻黄针叶。他碰了碰她的手肘,脸露苯苯的讨好的笑容,说:"猜猜看,这支木麻黄的针叶,哪一节是接上的?"这个傻瓜一般笨拙又可爱的游戏,使哭红了眼睛的白小凤,再也忍不住,破涕笑开了,腮帮上的两颗泪,颤颤地,在阳光中闪着晶莹剔透的光。

后来,他们常常像两个傻瓜那样,做着这样的小把戏。

一个男孩和一个女孩,要这么自由自在地嬉闹在一处,那只有在木麻黄林子里了。所以,大约有一年的时间,辍学和常常逃学的白小凤和林洋,最快乐的时候,就在木麻黄林子里了。林洋最喜欢做的事,是从家里偷了地瓜藏于书包,带到林子里来,用木麻黄干枯的枝叶,烧熟了,单给白小凤吃。他还在林子里,用弹弓射下麻雀,烤得香喷喷的,与她撕着吃。每当看到白小凤香甜起劲而节制地吃;每当看到白小凤吃着吃着露出几颗贝齿,白百合开花般地笑起来,林洋就乐得浑身是劲儿。

白小凤最喜欢做的事,是让林洋闭上眼睛,跟着她安安静静地听风穿梭过无数的"绿针",所发出的一波一波"哗——哗哗"的声音。林洋的脸上,是梦幻般的懵懂,白小凤的眸子里,是微微的沉醉,心中则是大浪淘沙,万马千军。林洋有时会突然睁开眼睛,窥探一下白小凤的脸色,然后淘气地大叫一声"鬼来了"!突兀的惊吓后,白小凤会不甘心地抽出细长的胳膊,"啪啪啪"地笑着鞭打他的胳膊,林洋呵呵呵笑着,四处躲避她的"打"。白小凤还喜欢带林洋看夕阳,看到了黄昏忽地特别明艳起来的夕阳西斜在木麻黄树上,使得木麻黄的针叶投影在地上,如万千的金针银针。白小凤爱看林洋那常常黑一道灰一道的稚气脸上,那常常懵懵懂懂的眼睛,此时变得喜悦柔和一片。

欢乐的时光,总是如此短暂。

有一天,林洋不像往常那样,从家里"偷"出地瓜,掩在衣襟里,神出鬼没地飘进木麻黄里;也不高举着弹弓,兴冲冲地飞进木麻黄。他捧着满满一兜书,有些心事重重地来到木麻黄树林子里,来到他们时常见面的地方。林洋低了头,嗫嗫嚅嚅地告诉白小凤,说,他以后不能再来陪她玩了。为什么? 其实白小凤已意料到了,她早已意料到会有这一天。因为自己是富农的孙女,她早已没有其他玩伴。可是,白小凤还是煞白着脸,裂帛一般惊叫:"为什么?"眼里随即迸出热热的泪,一珠一珠,辣辣地掉落下来。"为什么?"这一句话,是她唯一能捞到的一根稻草。林洋红了眼圈,头更低了,却又提高了声音,急切地有些语无伦次地说:"这些书,我姨从北京带来的,全,全给你!"她抖着手,捧过书,慢慢地收了泪,又慢慢地带着一颗疼痛极

247

了的心,坐到木麻黄树下。白小凤翻开书,读着读着,读到不知林洋何时离开她,离开木麻黄;读到心慢慢变得麻木,又慢慢苏醒过来;读到黄昏来临;读到"突然,白雪公主从口中吐出了吃进去的苹果。原来是王子对公主的爱,使毒苹果失去了效力,公主也逐渐恢复了体温,睁开明亮的双眼……"已天昏地暗,文字模糊,自己也泪眼模糊,而心,却是从未有过的安宁和美。原来,人活着,除了林洋,除了木麻黄,还可以有这么一个奇幻瑰丽的世界!

之后不久的一天,贫病交加的富农爷爷死了,只剩她和爸爸(妈妈在她三岁的时候,忍受不住无尽的白眼,离家出走,从此音信全无)。有一天,住在城里的表姑来了,来跟爸爸商量把她接到城里去读中学。表姑拉过站在门边的白小凤的手,问:"想到城里读书吗?"白小凤回头忧愁地瞅了一眼黝黑衰老的父亲,又瞥了一眼面前陌生的表姑,"读书"两字,"唰"的一声,像一只从心中,乘风飞向辽远天空的风筝。白小凤鬼使神差地静默地点下了头。

到了城里,白小凤被表姑安置在一间素洁的小房间里。过了好久,她才知道,这是表姑的独生女儿的房间,她只比自己大一岁,一年前死于白血病。白小凤从此被表姑收养,成了那个家里,有爸有妈的"孤女"。

白小凤住在城里,夜晚的梦中,总有那片木麻黄,和那个拿着弹弓的男孩。可是,此后,她除了做梦,再也没有见到那个拿着弹弓的男孩。

白小凤长大后,她开始给报刊写文章,笔名就叫"木麻黄"。

长大后的林洋,在北方的一个城市工作,他一直收集着南方沿海另一个城市,一个叫木麻黄的女孩写的散发着淡淡忧伤的文章。有时,为了买到刊登这个女孩文章的刊物,他顶着烈日,从城西狂奔到城东。直到他钟爱的女友,以分手为警告,他才歇手。他也想真的忘却那片木麻黄,以及木麻黄下的那个女孩,不拿过去的记忆,以及对这一记忆无谓的追逐,侵蚀他现有的光润圆满的生活。可是,有些东西,你不让它长在表皮,它便钻入你的心中。比如,那片木麻黄,不知不觉地,就植入他心中那块无人知晓的地方,并且日益高大茂盛。木麻黄的下面,永远有个叫白小凤的白百合一般女孩。

又过了许多年,林洋差不多能对着心中的那一片木麻黄平静下来的时候,有一天,他徜徉在书店里的时候,他的目光忽然被畅销书架上的一本书,紧紧吸住。那本书,封面上,梦幻般的白底上有一片更加梦幻的碧森森的木麻黄。林洋看得血往上涌,急奔过去,颤着双手,捧起最上面的一本,抖着手指头打开,书的第一篇,标题是"林洋与白小凤的木麻黄"。作者当然,是那个笔名叫木麻黄的女孩!

不知何时,妻子带着儿子走了过来。她站在愣愣地看着那篇文章的林洋身边,跟着看了好一会儿,然后伸出凉润的手指,轻轻抚过书页,嗓音柔和地说:"咱买下来吧!"

林洋伸出自己宽厚的手掌,感激地握住那凉润的手指,如握住一把木麻黄的针叶。

凤凰花地
Fenghuang
huadi

附

录

日常的颓败与信心

——谈谈蔡伟璇的几篇小说

　　蔡伟璇是一个非常重视日常生活经验书写的作家，这是与她熟悉普通人，熟悉市井，熟悉家长里短，也熟悉办公室日复一日的生活体验分不开的；或许这与她的性别也有关系，女性的敏感，细腻，对生活之深入，都使她能够把握日常生活中那些对人生和命运产生影响的事件。所以她的小说就有了绵密、精巧和柔韧的特性。但她在写日常时，视角常常穿过生活表面的繁华，既看到日常生活的颓败之处,又力图以小说的方式重建普通人对日常生活的信心,做一种有破有立的尝试。

"我家临着宽阔的人行道的店面,原是个面目庸常的店面,但在多年前门口之下一株凤凰木",在《开红花的凤凰木》中,作者毫不掩饰对日常经验的喜好,开篇第一句就醒目地使用"面目庸常"这样的词来标明小说的叙事取向。在接下来的故事中,有理想、有追求、会画画、懂文学的好青年邱红婚后渐渐成了一个庸常的人,开茶社,开会所,在财富上小有成就之后就走向了普通人正常生活的反面,他曾经热衷的爱好也成了他嘲笑的对象。当他身患绝症,才再次忆起内心生活的重要。而在《手镯,手镯》中,一个祖母传下来的镯子充当了道具,见证着女孩郑巧巧从低调、朴实的小店员到成为店老板丈夫的情人的诡秘人生,也见证了一个男人幽暗的内心世界。小说的笔触直抵现实生活的真相,普通生活场域或隐或显地为人性的复杂表演提供了舞台。两篇小说的主人公为什么都在理想与现实的临界点上发生了命运的翻转?这是一个非常值得思考的问题。作者显然没有致力于将其意图定位在拜金主义、贪图享乐一类的世俗流弊上,但是这些人物又的确因为环境和条件的改变而改变了人生,这似乎是矛盾的。其实每个人都是世俗的人,作者笔下的这些人物就真实地存在于我们生活中间,真实到我们熟视无睹——生活的日常性就在此间,我们每天得见的表象背后,其实隐含着具有巨大破坏力的规律性负能量。

蔡伟璇的另一篇作品《好人老安》传达了与上述不同的叙事伦理,但是依旧是在写日常生活经验。忠厚老实、任劳任怨、按部就班的老安做出了一件惊人的事情,将领导跷脚吸烟的照片发到网上,直接导致了在日常格局中占有重要地位的主人公出局,而这个秘密直到老安故去也不被人知晓。在这个主线之外,作者又将老安的家庭与叙述者"我"发生联系,从而揭开诸多的谜团。这篇小说的特殊之处在于,作者通过一个略带些传奇性的故事,揭示了风平浪静的办公室生活中人与人关系中的隐忧,并述及每个人背后那鲜为人知独特命运。对这种隐忧的揭露没有侧重于职场、官场中的钩心斗角,而是着眼于办公室内人与人之间微妙的人际格局,这不牵涉官僚体制的问题,而是行政职场内每一个人都深陷其中的问题。老安和"我"是办公室生活中类型化了的人,甚至可以看作是同类人的符号。这篇作品显示出了作者把握现实,提炼人物共性,书写当下生活方面的能力,她善于用小说的方法将日常的规律性、普遍性写出来。《老妈》也是这样一篇作品,作者着眼于养老这一重大社会问题,写了一对老夫妇暮年的遭遇,他们与子女之间的冲突根源于社会养老制度的不完善甚至缺乏。这篇作品立意独特,反映了一个作家应有的社会责任,而文中对夫妻、母女、姐妹之间关系的描写,则体现出了作者的叙事功力。

透过上述作品,我们得见蔡伟璇以小说介入日常生活的能力。但是,她并非是一个悲观主义者,她固然看到现实中的颓败,但不陷于沉沦,仍旧试图挽救日常,从文学中寻找对现实的信心。所以,《开红花的凤凰木》中的邱红要通过朗诵许不多的诗这样的方式回归理想,尽管这种回归来得晚了些,但仍旧难能可贵;而《好人老安》则告诉我们,在枯燥的行政秩序之内,纵然有裙带关系,有互相倾轧,但是生活中仍然有良知,有美,有善良存在。《手镯,手镯》和《老妈》则以反讽的形式展开与现实生活的某种对攻。相对于宏大题材的书写,描写日常的作品似乎琐碎凌乱,但是反过来看,琐碎的日常才是生活的本来面目,只有透过日常才能看到生活的本质,这也就是《金瓶梅》《红楼梦》会成为经典的重要原因,甚至远如张爱玲、近如王安忆的写作—也莫不如此。蔡伟璇的作品让再一次让我们看到了文学在日常生活和公共生活中的精彩发言。

（原载于《厦门日报》6月10日,原题《日常生活的精彩发言》）

桫 椤

2014年3月22日,保定

探寻精神世界与现实生存的双重困境

现代人的精神困境在强大的现实生活面前,惨遭砥砺、撕碎乃至丧失,这是一个具有普遍意义的不容忽视却又难以解答的哲学命题。面对这一论题,生存个体无法给出解答,而只能做近乎本能的挣扎和努力,并且在种种挫败的背后独自吞咽所有苍凉与悲哀。读了蔡伟璇的两则短篇小说《好人老安》《老妈》,感觉作家意图在日常生活中给我们挖掘出一条看似平常却充满着无限悲凉与无奈、疼痛的巷道,明明灭灭,呈现着生存个体的艰难、孤独与无助,扣人心扉,让人心痛与悲哀。

通读两篇小说,我个人觉得这是属于新写实小说的范畴,惯于在日常琐碎生活的描述中,哲学地反映小说人物的双重困境。如《老妈》小说一开头就用等腰三角形的隐喻,写出多年形成的模式化的毫无生气的生

253

活，吃饭、上班、回家等这些琐碎的日常生活，针脚般地密布在小说中，围绕母亲这个同心圆，道尽生活的艰辛与无奈。这样的生活绝不是属于现实生活中的特例，差不多是我们生活在其中的人或多或少都要面对的。在这种对看似无价值、无意义的生活的形而下的描述背后，蕴含着一种有着真实深度的形而上的思考。不管是老妈还是江芊，都在生存的左冲右突中，面对生活沉重的磨难，诸如丈夫瘫痪、个人情殇、生活不堪等，但她们都在证明，即便在狭小的时空内活着，人活着毕竟是有意义的。有人说生活是严峻的，那严峻不是要你去上刀山下火海，而是那日复一日、年复一年的日常生活琐事。

这两个短篇，恰好呈现的是男女主人公的生活与工作的横切面。在《好人老安》中，我们触摸到的是老安复杂坚韧的生活之下，隐藏着他内心的另一个世界。他在陡峭的生活面前，保持卑微与忍耐。即便最终得病，也依然不动声色，平静之时，却居然用一张照片搞掉了大桌的饭碗。这让老安在读者眼中变得模糊与陌生，加上老安的家庭状况，妻子的腿疾居然是老安造成的，这家庭中的老安与工作中的老安截然相反，而遭此劫难的妻子默默忍受，因为女儿也不是老安亲生的。至此人性的复杂得到极大的呈现。谁能说出生活的真相？谁能解密老安的精神困境？一切都在生活的层面上铺陈开来。与小说《老妈》类似的是，小说看似叙述母女的生活，实则展现了女儿与母亲精神的困境。

蔡伟璇的小说叙事让人在充分感受着质感语言之时也看到她对生活高超的洞察力和感受力，还看到了一种潜藏在文字背后的悲悯、无奈与绝望。她在陷阱遍布的路上，给我们洒下的不是一路花香，而是一路落花，没有果实的凋零。她用充满无助的深情道出小说人物的疲惫不堪,生命无枝可依,精神极度困窘的艰难境地。更让人不堪承受的是这不是单个的个体,而是整个社会生活,作者揭示了日常琐碎中令人心痛与极度震惊的事实。比如老安,作家安排他处于生命的绝境,还有江芊,作家给了她一个可以解决性命的阳台,是我们的作家太悲观了,还是我们的生活太过于沉重了? 总之,作家给我们展现了极其沉重的原生态生活场景,不仅让我们看到生活中的种种不易,生存的艰难,精神的无家可归、无处可说,还有复杂人性的悲凉。这种悲凉有外界的,有他人的,甚至还有亲人间的,这尤为令人悲伤。

叔本华指出,人类的生存本身就是痛苦,人对于生存所做的各种努力和挣扎也根本没有意义,面对生存困境人是无能为力的。我们的作家和哲学家,在感知生存困境和精神困境投射给人的巨大阴影之后,只有耐得痛苦,不放弃思索,才有可能最终走向生命的本真状态。我真诚地希望小说家们在以后的创作中,有一定的精神向度,请给我们以温暖,以欣慰和体恤。

杜怀超

(原载于《文艺报》2014 年 3 月 26 日)

图书在版编目(CIP)数据

凤凰花地/蔡伟璇著.—厦门:厦门大学出版社,2015.7
ISBN 978-7-5615-5621-4

I.①凤… II.①蔡… III.①短篇小说-小说集-中国-当代 IV.①I247.7

中国版本图书馆 CIP 数据核字(2015)第 155752 号

责任编辑　王鹭鹏
封面设计　李夏凌
责任校对　卢维滨
责任印制　吴晓平

厦门大学出版社出版发行

(地址:厦门市软件园二期望海路 39 号　邮编:361008)
总编办电话:0592-2182177　传真:0592-2181253
营销中心电话:0592-2184458　传真:0592-2181365
网址:http://www.xmupress.com
邮箱:xmup @ xmupress.com
厦门集大印刷厂印刷
2015 年 7 月第 1 版　2015 年 7 月第 1 次印刷
开本:720×1000　1/16　印张:16.5
字数:200 千字
定价:35.00 元
本书如有印装质量问题请直接寄承印厂调换